韓流百年の日本語文学

木村一信・崔在喆編

人文書院

はじめに

日韓・韓日両方の研究者たちの共同執筆により、『韓流百年の日本語文学』を刊行することになりました。本書の企画は木村一信氏のご提案に沿って共編者として私が賛同し、韓国側の執筆陣と協力して創られたものです。

本書の部立ては、第Ⅰ部「日本文学のなかの韓国」、第Ⅱ部「〈朝鮮〉表象と日本語・日本文学」、第Ⅲ部「海を越えた人びと・言説」、第Ⅳ部「韓流の現在《いま》」の四部と、付録「韓流百年の日本語文学――作品年表」で構成されています。各論考は各筆者の責任で書かれ、部分的には重なるところや、流れなどが「日本語文学」の枠からやや外れているのもあるかもしれませんが、それぞれの論考を一冊にまとめて部立てをし名前を付けてみると、それなりの形になったと思います。

内容は日本と韓国の間の百年にわたる〈韓流百年の〉、互いに関連のある〈日本語文学〉の実際の全貌が眺望できるようになっているといえます。〈日本の中の韓国人〉〈韓国の中の日本人〉、日韓の狭間で悩める時代を生きた人々により、それぞれの国と風土や言語に対する拘りから表現された日本語文学、または、自己の内なる他者に関する日本語創作などをまとめて韓日の研究者が共同で論じています。これは越境し合った境界の文学を総合し、できるだけ客観的に見ようとする編集の方針を反映しているといえます。

資料の発掘とテクスト読みの地平の拡大などを通じて、近代百余年間の韓日の文学交流をふり返ってみることは、実在した人と物の痕跡の記憶を喚起しつつ、彼らの生きた時代をじっくり吟味するためでもあり、これからの望ましい相互関係を築くのに役立つ方向を模索するためでもあります。日韓共同企画による本書刊行の意義もこの辺にあるといってよいでしょう。

各分野における韓日間の相互理解の深化と友好親善の発展は両国の現在と未来のための必須の課題であり、現代の私たちに与えられた責務であるといえます。特に、基本的に重要な文学分野の、このような作業が韓日・日韓の比較文学・比較文化を考えるうえで参考になればと期待しております。

日本近現代文学研究の韓日学術交流を含め、数年間の本書の構想の段階から始めて、一年半あまりの企画と編集の期間中に共編者にはお世話になりました。そして、大学の仕事に追われる中での編集と原稿の読み直しに時間がかかりましたが、長らくご協力下さった皆さまに心より感謝致します。

おわりに、本書の一読をお勧めしつつ、日韓両国の読者の皆様の関心と叱正をお願いし、序の言葉に代えさせて頂きます。

二〇〇九年　盛夏

ソウルにて　崔在喆

目次

Ⅳ 〈韓流〉の現代《いま》

凡　例

・引用も含め、本書中においては、人名と一部の固有名詞を除き新字体を用いた。
・引用文においては、原文の仮名遣いを反映させた。ただし、読者の便を考え、カタカナ表記をひらがな表記に変更した箇所もある。
・引用文中、引用者による省略は〔……〕、注記は、〔　〕に入れて示した。／は、原文における改行をあらわす。また読者の便を考え、原文のルビを一部省略、あるいは原文にはないルビも適宜挿入した。
・引用文の翻訳は、原則としてすべて執筆者による。

韓流百年の日本語文学

Ⅰ　日本文学のなかの韓国

日本文学のなかの韓国・韓国人像
——民族・過去・倫理と関連して

金泰俊（加地みのり訳）

「日本文学の中の韓国・韓国人像」というテーマは、早くは、鶴見俊輔の「朝鮮人の登場する小説」（桑原武夫『文学理論の研究』岩波書店、一九六七年所収）をはじめ、朴春日の『近代日本文学における朝鮮像』（未來社、一九六九年）や高崎隆治の『文学のなかの朝鮮人像』（青弓社、一九八二年）などで本格的な検討と評価が続いた。これらの評価の特徴は、第一に日本文学の中の韓国・韓国人像が主にプロレタリア系の作家たちに限定されて登場し、これらは民族的偏見と歪曲から完全には自由でないという点である。また、当時の女性雑誌のどこにも「朝鮮」という文字を発見できず、娯楽雑誌においても同様であるという。これは本稿と関連して、ひじょうに象徴的な指摘である(1)。

このような議論を受けて、本稿では特に、終戦後に書かれたものや改作されたものの中から韓国をテーマとした問題作として頻繁にとりあげられてきた湯浅克衛（一九一〇～一九八三）の『カンナニ』（一九三六年）、村山知義（一九〇一～一九七七）の『明姫』（一九四八年）、田中英光（一九一三～一九四九）の『酔いどれ船』（一九四九年）などを中心にみてみたい。これらの作品はどれも民族の問題を扱っており、

「過去」の日韓関係が民族的偏見から自由になることができなかったという点で日本文学の倫理的な実状をみせてくれる。あるいは戦後経験の核心としての「受難」の体現者にこそ、混沌とユートピアの両意性の典型的な実りをみつけることができるという点において、日本の植民地政策の犠牲者である金子文子（一九〇三〜一九二六）の自叙伝『何が私をこうさせたか』にみられる韓国体験をとりあげてみる。

韓国人が登場する日本文学

『文学のなかの朝鮮人像』を書いた高崎隆治は、「日本人文学者が描いた朝鮮」というテーマで、中西伊之助の『緒土に芽ぐむもの』（一九二二年）、前田河廣一郎の『火田』（一九三八年）、伊藤永之介の『万宝山』（一九三一年）、黒島伝治の『穴』（一九二八年）、湯浅克衛の『カンナニ』などを挙げて論じている。ここで中西と前田河は日本プロレタリア文学の初期を代表する人物であり、また、伊藤、黒島、湯浅は植民地時代の朝鮮と中国を行き来した作家であり、特に反戦と労農の問題に関心を注いだ作家という点で共通点がある。

しかし、これらの作家の作品を、韓国人との関わりを通じた日本人自身の「人間」の問題という観点からとらえるようになったのは、一九四五年の敗戦と国民的規模の挫折を経験した後のことである。その時にようやく、これらの作品の倫理道徳的な情緒が問題として浮上してくる。それは「過去」が単純な前時代ではなく、新しく発見されなければならない時間であり、すなわち、それは現在の営みでもあるという点を内包する。(2)

田中英光『酔いどれ船』

戦後の日本小説として田中英光の『酔いどれ船』を例に挙げてみよう。この小説は一九四二年に組織されたいわゆる第一回大東亜文学者大会のソウル歓迎会を背景に、五日間にわたる韓国人親日文学者たちの異常な姿を描いている。〈日本文学の中の韓国・韓国人〉を語るために真っ先に戦後の作品である田中英光のこの作品をとりあげるのは、日本人による朝鮮・韓国への関心、とくに韓国の人間の問題を問うという作品であるという評価からである。また、この作品は在日朝鮮人作家、金史良の作品『天馬』といっしょに読んではじめて正しく読めるという性格も考慮する必要がある(3)。

作品には左翼から転向した朝鮮人女流詩人盧天心（盧天命）が登場し、男性主人公である坂本亮吉という転向した日本人小説家が彼女に抱く愛の空想と挫折を描いている。政治の渦巻く「京城」を舞台に、「和平の密書」を中国とロシアへ送ろうとする者たちの暗闘の中で盧天心は射殺され、これに連座したという嫌疑で坂本は逮捕されて竜山の陸軍刑務所に投獄されるという結末で作品は終わる。

この作品は、朝鮮に出てきた日本の青年が永遠の女性として朝鮮の女流詩人を愛するというせっかくの構成にもかかわらず、朝鮮人を理想化する人道主義的人間像の形成や、東アジア的連帯の可能性を示すよりは、転向者として日本人の自己嫌悪を深化するという水準から抜け出ていないと評価された。この自己嫌悪が他民族としての韓民族を「侮辱された朝鮮民族(4)」とし、小説の舞台としての朝鮮社会を一様に淫売と堕落の巣窟として失墜させている。崔載瑞の人物理解、京城の風景理解、民謡としての「アリラン」理解の三点からこの作品を見てみたい。

まず、朝鮮人の人物造形であるが、女主人公である盧天心を「三度も自身と民族を売り、薄汚い日本の牝犬となった」（二三二―二三三頁）堕落した女性として描いており、悪意ある人物設定であることは明らかである。また、実存した人物である崔載瑞に対する理解も同様で、「朝鮮の藏原惟人と呼ばれた評論家」（二八〇頁）として、崔載瑞であることを暗示した「崔健永」を「さまよえるユダヤ人のよな」（二七六頁）不幸な人物であり、マルクス主義から転向した殺人者として描いたりする。

軽石のような仏頂面で崔健永が入ってくる。このひとは昔、京城帝大始まって以来の好成績で、英文科を卒業し、かつてはマルクシズム文芸理論家として、朝鮮第一の人物だったという。その故か、石のような頑固さがあり、今でも時によると、本府の役人なぞに、火の玉のような勢いで食って掛る。役人はしまいには、いつも権力で、相手を圧倒する。そんな風に圧倒された時の、崔の口惜しそうな顔は、見ているひとの心まで、暗く悲しくする程の凄まじさだった。〔……〕だから、彼は泣いても泣き切れぬような、やり切れぬ生活をしているのだろう。酔った時の酒癖の悪さは有名だった。唐島博士でも、津田二郎でも見境ない。腹の底から軽蔑している態度で、泣くがごとく怒号し、手もとにある皿小鉢、手当たり次第に、叩きつけるのだった。（二七四―二七五頁）

ここに親日派となった後の崔載瑞の苦悩と剛直な性格が描かれているといえよう。

ところで、十四年間京城帝大の教師を務めた日本文学者高木市之助（一八八八〜一九七四）がこの時代を懺悔する文章の中に、当時英文科の学生だった韓国の英文学者崔載瑞との葛藤において「民族」の問題を苦悶する一節があり、比較することができる。

私が朝鮮に渡って、強く民族というものを意識させられたことはそのままこの民族への愛情というよりも関心でした。〔……〕朝鮮人の学生の中にももっと正しい民族意識でもって内地の学生のすぐれた人とつきあっていこうというのもいましたが、こういう学生たちの民族意識がちょうどわれわれの意識し続けた「民族」というものではなかったでしょうか。

そういう経験の一例をいうと、崔載瑞という学生がいて、英文学を専攻しておりましたが、彼を佐藤という教授がすごく可愛がっていました。卒業後は講師になったりして、私のところにもよく遊びに来て、学生時代には親日派と見られて朝鮮人の学生から殴られたことがあるほどです。この崔君がある正月休暇にビール瓶を二、三本ぶら下げて、ものすごい形相で夜更けに私のところに訪ねて来て、「先生たちはどんなに威張ったって僕たち朝鮮人の魂を奪うことはできないよ！」というような凄文句を並べて、またフラフラと出て行ったことがある(5)。

高木は、十四年間韓国で意識しつづけてきた民族意識がまさにこのようなものであったとし、彼が学生時代から学んできたザメンホフのエスペラントの世界精神を、この朝鮮人学生との関係をとおして生きた体験として得ることができたと言っている。彼はまた、自身が編集した教科書の中の「朝鮮の友から」という教科を例としてあげ、朝鮮に出かけることもなく教科書を書き、植民地朝鮮に対してどのように差別的な嘘をでっち上げたかを懺悔している。彼はこの偽りの文章を書いた真の過ちは、異なる民族を自分の「もの」にしようとする植民地政策の一翼を担った点にあるとし、植民主義とは一つの民族の「魂」の問題だとして、親日行為によって、汚点のついた一人の朝鮮人の苦悩の体験を自らの民族問題として捉えている。

これに比べ、田中の人物理解は、対象人物の受難に対する配慮がない。まさにこの点こそが、彼の道徳性を論ずるのに重要な点である。(6) 田中の作品の時間的背景となった一九四二年は『東亜日報』と『朝鮮日報』に続き、『文章』と『人文評論』が日帝によって強制廃刊され、御用の日本語雑誌『国民文学』が創刊された年である。この本の発行人である崔載瑞の苦悩がまさに「国」と「民族」の問題であったことは彼の文章から明らかである。(7)

次に、この作品の背景として「京城の風景」を見てみることは、作品の理解、作家の韓国理解を知るうえで良い手がかりになるだろう。この作品の最初の場面は、主人公亨吉と学生時代の友人則竹が京城の銀座といわれる朝鮮銀行前の広場の噴水台の上に登っていき、糞を垂れる様子を描いている。そして田中は、「一九世紀のロシア小説の青年たちが、その罪悪の意識に、ぎりぎりのところまで追い詰められると、聖き母なる大地に、きまって口づけするのを思い出した」とし、「それを二〇世紀の日本の青年は、こうしてただ、クソを垂れる」と、狂ったセリフをしゃべらせている（二三〇頁）。この作家が見た植民地下の第二の都市釜山も、彼にとっては「赤ちゃけた山に、黒い海、太い煙突の曲がった油槽船《タンカー》その他のなんとも植民地の港じみた貧寒な風景」（二七七頁）に映り、大邱《テグ》という名を聞けば「テエグヘジョ！（早ク入レテヨ！）」（二八二頁）を連想する。

ところで、この作品にも名前が登場する京城帝大の法文学部長であり、夏目漱石の弟子で、強い意志の哲学者として知られた安倍能成は、同じソウルの風景を「東洋のアテネ」にたとえ、南山をアクロポリスの丘にたとえている。そしてソウルとアテネの風景を比較しながら、本当にあたたかく哲学的に次のように表現している。

ソウルは乾いた都だ。ニーチェは天才が生まれた都はどこも乾いていると言った。(8)

ソウルの風景に対する印象とこの山河で出会う人物に対する印象とを分けては考えにくいのであって、安倍はニーチェの言葉を借りてソウルを「天才が生まれた都」と見ていることに間違いない。そしてこの風景に糞の洗礼を浴びせた田中は、自らが天才と設定した盧天心と崔健永をもまた、自身とともにこの風景の中に失墜させている。

一方、作品の後半に出てくる「アリラン」はアリラン峠を越え、遠い道のりにさまよわなければならなかった韓民族の別れの情緒を代表する民謡である。と同時に、日韓併合後の民族の運命を歌った歌でもある。韓国に八年間暮らした田中は作品の中で「貴族的な美貌の女優」で今は妓生《キーセン》になっている韓銀玉のアリランと、上野音楽学校出身のソプラノで、やはり今は妓生《キーセン》となって弟を東京の私大に入れているという全雪娘の古風なアリランを比べつつ、この民謡について重々しく語っている。

韓民族は太平洋戦争に徴用された際、あらゆる場所でアリランを歌ったが、本来の歌に反抗的な要素があるという理由で日帝はこの歌を禁止したということ、また元々は田植え歌であったアリランが、北の地方では満州などの流浪者を中心に哀調をおびているのに比べ、南の地方では賑やかに陽気に皆で歌うリズムだったということについて述べている。実際、アリランに代表される韓国の民謡は大部分が哀調を帯びているようだが、決して、沈んでばかりではなく、つねに抑揚をもって歌われる。それらの歌は悲しみも喜びもすべて包括する民族の情緒を代表するものである。しかし、民謡に象徴される韓民族の運命も明るい展望をもてぬまま、悲劇的な結末で作品は終わっている。この作品で韓国は非常に困難な試練の中で生き抜く女性たちとして描かれており、韓国文化の精神としての「アリラン」ももちろん、女性たちを通して語られてはいるが、韓国文化論として評価されるにはいたっていない。

このように、この作品は「作家自身が作品上に出てくる小説」あるいは「作家が直接会話する小説」という日本の私小説の「私の社会化」[9]をこのうえなく堕落した形で描きながら、「私の社会」でもあった当時の「朝鮮社会」を同じ方法で堕落させている。この作品の中で私の分身である主人公は「京城にいながら酒が飲みたい一心でファッショになって」、「日本文化という売淫文化に似た溝のボウフラ」として自殺か情死を考える（三六八―三七五頁）。

また、この作品においては韓国の男性にまったく発言権はなく、高木市之助に「民族」を悟らせてくれた崔載瑞さえ単に堕落した親日文人であり、歪んだ姿の殺人者として描きだされている。そのうえ、彼が中心人物として描いた朝鮮女性たち、言葉を奪われた朝鮮文壇、死にもがく朝鮮民族を指して、「自身の安全と享楽のために肉体と民族を売って生き残る」（三五七頁）女性、「形骸のみの朝鮮文壇」（三七二頁）、「風に吹かれて生きているような弱小民族」（三三八頁）として描いている。一方で、武田泰淳の作品『司馬遷』を挙げ、戦争に対する日本知識階級の抵抗精神を論じながらも、この戦争の最大の犠牲者である弱小民族としての韓民族に対する倫理的苦悩はみられない。ここにこそ、日本の帝国主義の再編成に先立ち、韓国の母国語抹殺に全力を注いだ犯罪的加害者の倫理的不感症と、日本の私小説の堕落が巧妙に合わさった姿をみることができる。

湯浅克衛『カンナニ』

次に『半島の朝』、『鴨緑江』など韓国をテーマに多くの小説を書いた湯浅克衛の『カンナニ』に注目してみよう。[10]朝鮮の三・一独立運動を背景に、淡い恋愛関係にあった朝鮮の少女李橄欖と日本の少年最上龍二との間に起きる悲劇を描いた小説である。この作品は作家自身が龍二ほどの年齢で経験した水原・堤岩里事件[11]を背景にしている。三・一独立万歳事件で「白い服を着た集団」としての朝鮮人の受難はカンナニの死へと続くが、ここでカンナニを殺したのは「日本の軍人」に間違いないという龍二の悟りは作家の素朴な告発精神を表しており、日帝が朝鮮で行った虐政の極限を描いていると評価されている。[12]

村山知義『明姫』

「過去」の植民地文学において侵略を正当化した作家が、戦後になって韓国を自己弁明に利用した例は、一九四八年に出された村山知義の小説『明姫』にもみられる。もともと、プロレタリア演劇運動の旗手であった村山は、日帝時代韓国の演劇界とも関係が深く、一九三八年に三度も韓国を訪れ、一九四五年四月、敗戦目前である時期にわざわざ韓国に移住して終戦を迎えた人物である。

彼が植民地農村の指導者として大成功を収めた「明姫」という若いインテリ女性の戦後の姿を描いたこの作品は、農村のために一途に働いたことが結局、戦争遂行の役割を担ったとしても、戦争状況の中で農民を助けたことは正しいことだったとして、その行為を肯定する。問題は村山が戦後一作目として韓国をテーマとして扱いながら、「明姫」という人物の戦争中の美談を肯定し、植民地下の朝鮮インテり女性の人生の苦悩よりは自己弁明、自己免罪を優先させていた感が少なくない。この点は戦後二作目の小説であり、彼の自伝的な作品とされる『日本人たち』（一九四六年脱稿）においてより鮮明に表れる。「矢口という日本人が朝鮮に渡り、朝鮮の芸術を指導するという口実で日帝の国策芸術を強制し」（『明姫』郷土書房、一九四七年所収）、昨日の巡査も明姫もみな変わりゆく韓国の混乱した状況を描いており、自身の存在に対する弁明と肯定を図っていることは明白なことである。[13]

金子文子『何が私をこうさせたか』

金子文子の自叙伝『何が私をこうさせたか』（一九三一年）[14]は日本文学の外郭から本格的に日韓関係を問題としている点で前述の例と対照的であり、注目に値する。金子は日本人女性でありながら日帝の国家権力の犠牲者となり、韓国と関わった生涯の体験と理念でこの権力に抗しながら、韓国人と同じ受難を経験し、韓国の土となった女性である。

金子文子の、二三年という短い生涯は「朝鮮」との劇的な出会いに彩られている。金子は一九〇二年横浜で生まれた後、両親から捨てられて七歳で祖母とともに朝鮮に渡り、忠清北道芙江で親戚の家のお手伝いとして働いた。植民地下の朝鮮での生活が七年ほど過ぎた一九一九年に三・一運動を日の当たりにし、満一六歳で再び日本に帰国したが、両親の尋常でない家庭生活と叔父との結婚を強いられるという、凄惨な生の束縛を受ける。そこから飛び出し、行き着いた場所が「社会主義おでん屋」と呼ばれた労働者食堂であり、労働現場と夜学だった。そこで彼女が出会ったのが労働者と朝鮮人と社会主義であり、この環境で彼女の心をとらえた男性が朝鮮人の青年朴烈であった。金子は以前『青年朝鮮』誌に載った朴烈の「犬コロ」という詩を読み、「朴烈に恍惚とした」記憶から自ら進んで彼に会い、「単刀直入に」交際を申し込み、そして恋人となった。(15)

ここで金子の自叙伝での対話を見ると、この時の二人の民族感情と思想を知ることができる。

私〔金子〕は続けて言った。「私は日本人です。しかし、朝鮮人に対して別に偏見なんかもって居ないつもりですが、それでもあなたは私に反感をおもちでしょうか」「いや、僕が反感をもって居るのは日本の権力階級です、一般民衆でありません。特にあなたのように何等偏見をもたない人に対してはむしろ親しみをさえ感じます(16)」

こうして二人の間の障害、すなわち民族的な障害は取り除かれ、金子は求めているものを朴烈の中に見いだしたと言った。そして何度か会った後、ともに生きてともに死のうと誓ったのだった。

金子と朴烈が男女として出会ったからこそ、朴烈らが大杉栄や岩佐作太郎と理念上で出会うのとは違う、最大の障害とは「民族」の問題であったといえよう。そして彼らは「民族」を超越する社会主義思想、アナーキズムという思想で一致したのである。二人は共同生活にあたっても、思想の同志として相互が「主義」のために運動に協力し、一方の「思想」が堕落して権力者と手を結ぶことは許されないなど、厳しい誓約を結んだ。特に朴烈は、朝鮮人はもちろん、日本人社会でも有名な「主義者」であり、二人は「主義者」として思想に徹底することを誓ったのである。

このように理念で結ばれた二人は、前年に在東京朝鮮青年学生会の統一団体として結成された黒涛会の機関誌『黒涛』を出すのに全力を尽くした。『黒涛』はまた、アナーキストの機関誌としての性格をもっており、それは創刊号に載った「宣言」をみても見当がつく。ここでさらに注目されることは彼らが国や民族の差別的な偏見を何よりも問題とみなしていた点である。

俺達は人間としての弱者の叫び所謂不逞鮮人の動静、及び朝鮮の内情を未だ血の硬化しない人間味有る多くの日本人に紹介すべく黒涛会の機関誌としての『黒涛』を創刊する。（『黒涛』第一号、一九二二年七月一〇日）

「弱い者の叫び」そして「未だ血の硬化しない人間味有る多くの日本人に」あるいは「何等国家的偏見も無ければ民族的憎悪も有ろう筈が無い」世界という表現、そして「その時」を約束する点で、アナーキストの理想主義が色濃く表れている。

こうして朝鮮の青年朴烈の、思想と人生の伴侶となった金子は、一九二三年九月一日に起きた関東大震災に乗じて天皇暗殺を企てたとし、大逆罪で朴烈とともに死刑囚となった。金子は裁判で朗読した手記をとおして、朴烈に対する自らの愛と理解を次のように述べている。

私は朴烈を知っている。朴烈を愛している。彼が持つ全ての過失と欠点を超えて愛している。私は今彼が私にした過ちを全て受け入れる。まず朴烈の同僚に言っておく。この事件が可笑しければ私たちをあざ笑うといい。これは二人の問題だ。次に裁判官に言っておく。どうか私たち二人を共に断頭台に立たせてほしい。朴烈と共に死ぬならば私は満足だ。そして朴烈に言っておく。たとえ裁判官の宣告が二人を隔てたとしても私は決してあなたを一人で死なせたりはしない。(17)

大逆事件という日帝の構造的な脅迫の前で、この堂々とした一途な愛の「宣言」は朝鮮人朴烈に対する愛の確認はもちろん、朝鮮を植民地化し支配する天皇制に対する、朝鮮民族との共同闘争の宣言でもあった。民族が違うという理由で二人を引き裂こうとする裁判官の説得と脅迫の前でも金子は、朝鮮での体験と体制の中での「受難」の体験をもって、植民地下で苦しむ民族の苦悩に対して手を差しのべ、連帯したのである。

むすび

明治以降の日本文学が風俗小説と私小説の感覚的技巧的傾向を伝統としてきたために、日本にはユートピア思想が根づかなかったと指摘したのは思想家、藤田省三である。(18) 一九五二年アメリカの占領が終結し、同国の軍政下におかれた日本が植民地時代の韓国と植民地政策の結果生じた在日朝鮮人問題を考えるようになったことは、小説の背景としての韓国、主人公としての韓国人が登場する日本文学の新しい座標を作った。李承晩政権下の韓国の庶民生活をユーモラスに描いた金達壽(一九一九~一九七九)『朴達の裁判』(一九五八年)や『密航者』(一九六三年)などは例外にするとしても、大江健三郎(一九三五~)の『遅れてきた青年』(一九六二年)、井上靖(一九〇七~一九九一)の『風涛』(一九六三年)

などが韓国人や韓国を含めた東アジアを扱っており、日本を反省的に見る視点がくり返し描かれている。これこそが中野重治（一九〇二〜一九七九）が「雨の降る品川駅」（『改造』一九二九年二月号）で詠んだ「すべての植民地人の苦悩に対して握手の手を差し出す優しさを持った」[19]ジェスチャーにたとえられるだろう。

それはまた、戦後経験の核心としての「受難」の体現者の中にこそ、混沌とユートピアの両意性の典型的な実り[20]をみつけることができるということである。しかし日本社会は圧倒的に同質性が強く、異質なものを毛嫌いしたり、自分と異なるもの、少数者という他者を取るに足らないものと捉えたりする場合が少なくないと思う。中野重治の前述の詩は革命家だからこそ書かれたものであり、彼はマルクス主義を通じて、事実を尊重し、事実相互の関連を見きわめるための枠組みを知ったということができよう。[21]実際、中野のように韓国問題を執拗に扱った日本の作家は少数であり、マルクス主義者にとって韓国問題・在日朝鮮人問題は、天皇制や日本帝国主義と闘ううえで避けられない課題であった。

日本で差別を受ける少数者の代表が在日韓国人であり、彼らが自らの体験を描いた在日韓国人文学の存在は日本文学のユートピア的な可能性でありうる。なぜなら在日韓国人文学が、日本人が無関心である韓国人の声であると同時に、彼らに対する差別の受難と不安要素に満ちた朝鮮半島に向き合っているからである。それはまた過去に対する発見であり、在日韓国人作家の重要性もこの点にある。ここでは在日韓国人文学は扱えなかったが、鶴見俊輔のように在日韓国人文学の、日本の作家とは違う骨太の文体に注目している論者もいる。また文体だけでなく、阿部知二は『冬の宿』（一九三六年）で、副主人公として登場する高という朝鮮人青年のように、正邪の両方で大胆に生きていく朝鮮人の人間性に注目した。しかしいまだ日本文学史において在日韓国人文学の位置づけに対する本格的な検討はなされておらず、これこそが日本文学の何より新しい課題であり、可能性であろう。

注

（1）日本の歴史教科書の執筆者の一人である小島晋治が書いた「『教科書に書かれた朝鮮』を読んで」によれば、一九六〇年頃まで日本の教科書には三・一運動に対する記述はまったくなかったという（『文学思想』一九八一年八月号、一二七頁参照）。

（2）藤田省三『全体主義の時代経験』イホンラク訳、イスネ編集、ソウル：創作と批評社、一七二頁。

（3）鶴見俊輔「朝鮮人の登場する小説」、桑原武夫編『文学理論の研究』岩波書店、一九六七年、一九三頁。金允植「韓日文学の関連様相」『傷痕と克服――韓国の文学者と日本』大村益夫訳、朝日新聞社、一九七五年。以下、『酔いどれ船』からの引用は、『田中英光全集』第二巻、芳賀書店、一九六五年により、本文中には頁数のみ記す。

（4）鶴見「朝鮮人の登場する小説」前掲書、一九八頁。

（5）高木市之助『国文学五十年』岩波書店、一九六七年、一三九―一四〇頁。

（6）また韓国の英文学者崔載瑞は、彼が発行していた雑誌『人文評論』に載った金南天の小説「浪費」と「脈」の主人公李観亨としても描かれており、田中の人物理解との比較になろう（和田とも美「金南天の取材源に関する一考察」『冠岳語文研究』第二三号、一九九八年）。

（7）その一例として、崔載瑞の「朝鮮文学の現段階」（『国民文学』第二巻七号、一九四二年七月）では、日本文学が異民族の包容と世界新秩序に繋がる側面として、〈八紘一宇〉を論じる点で、その苦悩の一端を見ることができる。

（8）池明観企画執筆「日本知識人の韓国観」『文学思想』一九八一年八月号、ソウル：文学思想社。
（9）金允植「日本文学の意識構造」『韓日文学の関連様相』ソウル：一志社、一六九―一七一頁。
（10）高崎隆治「日本人文学者のとらえた朝鮮」『季刊三千里』第二一号、一九八〇年春号。
（11）堤岩里教会事件は三・一運動当時、水原駐屯日本兵三〇名が村のキリスト教徒二三名を教会堂内に閉じこめて放火、虐殺し、民家三二軒をすべて焼き払った事件。
（12）湯浅は、旧植民地文学において日本の国策を肯定した大陸開拓文藝懇話会の中心人物であり、第一次満州・北支派遣ペン部隊の一員だった。彼らが満州・北支に派遣された年である一九三九年一一月に、韓国でいわゆる内鮮一体・文章報国を志向する李光洙などの朝鮮文人協会が結成され、一カ月後には創氏改名を強行する本格的な武断政治へ突入する。
（13）高崎隆治「八月十五日の演劇人――村山知義小説集『明姫』」『文学のなかの朝鮮人像』青弓社、一九八二年、九八―九九頁参照。
（14）金子文子「何が私をこうさせたか」『日本人の自伝6』所収、平凡社、一九八〇年、三二八頁。金子のこの自叙伝は、同志だった栗原一男が検事長から取り返し、あちこちハサミで切られていたものを穴埋めして出版したものである。よって内容に疑いがないとはいえないが、現在これが金子の唯一の自叙伝として伝えられている（金一勉『朴烈』合同出版、一九七三年、五五頁参照）。
（15）金子「何が私をこうさせたか」前掲書、三三三頁。
（16）同書、三二八頁。
（17）再審準備会編『朴烈・金子文子裁判記録――最高裁判所蔵』黒色戦線社、一九七七年、七四八頁。山田昭次『金子文子――植民地朝鮮を愛する日本帝国のアナーキスト（原タイトル：金子文子――自己・天皇制国家・朝鮮人）』チョンソンテ訳、ソウル：サンチョロン、一三頁参照。
（18）藤田省三『全体主義の時代経験』みすず書房、一九九五年、一七七頁。

(19) 中野重治「雨の降る品川駅 解説」『中野重治詩集』小山書店、一九四七年。しかし中野のこの詩においても他の日本人作家同様、日本の「民族エゴイズムのしっぽのようなもの」(中野重治「『雨の降る品川駅』とそのころ」『季刊三千里』一九七五年夏号)を引きずっているという疑いは別の議論が必要であろう。
(20) 藤田前掲書、一七七頁。
(21) 加藤周一『日本文学史序説下』『加藤周一著作集5』平凡社、一九八〇年、五〇八―五〇九頁。

『国民文学』の日本人小説家

尹大石

1　朝鮮文壇における日本人作家の登場

一九三九年一〇月朝鮮文人協会が創立されるまで、植民地朝鮮において日本人の文学活動はほとんどなかったといっても過言ではない(1)。あったとしても同好会レベルの集いにすぎなかった。さらに、その中心はやはり詩であり、詩のなかでも日本の伝統的な詩である短歌、俳句、川柳が主だった。その状況を要約すれば次のようである。

短歌の場合、一九四二年現在、朝鮮には一千名に及ぶ歌人が活動し（そのうち一割が朝鮮人）、彼らは一九四一年結成された朝鮮歌人協会や国民詩歌聯盟に加入していた。作詩のレベルは、国民詩歌聯盟のほうが高かったようだが、代表的な作家としては、道久良、末田晃、渡部保、前田勘大などがいた。朝鮮歌人協会所属作家では、百瀬千尋、椎木美代子、守永愛子らがいた。この両団体は、一九四三年四月朝鮮文人協会が朝鮮文人報国会に改変されるときに、その短歌部を構成することになる。発表機関は、

『国民詩歌』と『京城日報』の「京日歌壇」があった。

俳句の場合、高浜虚子の朝鮮訪問をきっかけに、一九四一年六月朝鮮俳句作家協会が結成され、『京城日報』の「京日俳壇」および『水砧』を発表機関にし、作品活動が行われていた。代表的な作家としては、富安風生、水原秋桜子、臼田亞浪などがいたが、彼らは朝鮮文人報国会への改変とともに、その俳句部を担当するようになった。川柳の場合は朝鮮川柳協会という団体があったが、朝鮮文人報国会に川柳部も作ることになった。寺田五柳子がその代表作家だった。

現代詩は、京城帝大教授佐藤清を中心にした京城帝大学生および卒業生が主流だった。杉本長夫、寺本喜一、川端周三などがその一員であった。この集いは、一九四一年六月国民詩歌聯盟として組織され、『国民詩歌』を出していたが、一九四三年四月朝鮮文人報国会の詩部に吸収統合された。

在朝日本人の文学活動が詩、それも日本の伝統的な詩に限られていたということは、別の言い方をすれば、彼らに近代的な意味での文学活動自体が存在しなかったことを意味する。独立的な作家意識、固定的な読者層、大量出版という近代文学の制度が彼らにはなかったのである。近代文学の制度が国家(民族)単位で設定されるのならば、朝鮮の文壇とも東京の文壇とももつながりを持たない在朝日本人の文学が近代文学の外に位置していたのは当然のことだった。こうした在朝日本人の文学が近代的な意味の文学になったのは、朝鮮文人協会の結成(一九三九年一〇月)以後、彼らの多くが「半島文壇」に参加してからだった。

内地人側の文壇は前述の如く殆どその存在を認められない位であるが、朝鮮文人協会の結成により多少とも何等かの形で動きはじめた傾向はあり、一方同人雑誌等を中心とした少数のグループがそれぞれの分野で活動してゐる。(2)

上の引用文からみられるように日本文人たちが朝鮮文壇に登場するきっかけとなった決定的な出来事は、朝鮮文人協会の結成だった。なお朝鮮文人協会の結成には朝鮮総督府が介入しており、指導部にも多くの日本人が配置された。(3)

また、朝鮮で発行される日本語雑誌及び新聞などにおける日本語紙面の拡大が日本人作家の登場を加速化させた。一九四〇年を前後にして『国民詩歌』、『緑旗』、『新女性』、『国民文学』、『国民新報』、『内鮮一体』、『東洋之光』、『文化朝鮮』などの日本語雑誌が新しく創刊されたりして日本語原稿を必要としていたし、『朝光』、『三千里』(後に『大東亜』)、『新時代』、『野談』、『春秋』、『毎日新報』などの朝鮮語雑誌、新聞にも日本語紙面が増えるようになった。そして、ついに一九四一年一一月には文学専門雑誌である『国民文学』が創刊された。『国民文学』は、年四回国語(日本語)版、年八回朝鮮語版が計画されたが、一九四二年二月号および三月号のみ朝鮮語で発刊し、一九四二年五・六月合併号から国語専用に転換された。こうして拡大された日本語紙面にくらべ書き手が不足し、これを埋めるために文学的能力が検証されていない日本人作家たちを新たに動員したり、東京で活動している日本人作家の文章を載せざるをえなかった。

無論、その根本には内鮮一体運動と、文学上でそれと対応される朝鮮文壇の日本語創作への転換があった。「内鮮一体」が日本の「国体」へ朝鮮人を吸収することであり、「国語常用」が日本語常用を意味したことを考慮すると、在朝日本人作家たちが近代文学的訓練の不足にもかかわらず、政治的に朝鮮文壇の中心勢力に浮上したのは当然のことといえる。在朝日本人作家たちは「日本精神」を先験的に獲得していたとみなされ、彼らが国家語としての日本語を文学言語として使用してきたという点から近代文学の制度と関係なく朝鮮文壇を横領し、指導的な立場に立つことになる。しかし、日本人のイニシアティブに対する朝鮮人作家たちの反発も手強いものだった。それは、単純に文壇の主導権をめぐる闘いに限らず、「内鮮一体」と「大東亜共栄圏」の主体をめぐる闘いがその基底にあったからである。

2　日本文学の解釈をめぐる闘い

朝鮮文人協会は、周知の通り、一九三九年一〇月に結成され、一九四三年四月朝鮮文人報国会結成で消滅するまで三年六カ月間存続した朝鮮人と日本人の合同文学団体である。合同文学団体とはいうものの、創作の観点からみて朝鮮文人協会はあくまで朝鮮文壇だった。朝鮮文人協会があったにもかかわらず、先にみたように日本人文学団体が別に誕生せざるをえなかったのはそのためだ。朝鮮歌人協会、国民詩歌聯盟、朝鮮俳句作家協会、朝鮮川柳協会とともに、朝鮮文人協会が朝鮮文人報国会を設立するのは、一九四三年四月だった。朝鮮文人協会が存続していた時期は、数少ない日本人作家も含めていたが朝鮮人作家が中心となり近代的文学ジャンルを中心に構成された朝鮮文人協会と、ほとんど日本人作家中心に構成され日本の伝統的文学ジャンルを主として構成された様々な団体が共存していたといえる。

その中で、「半島文壇」の中心は朝鮮文人協会だったが、朝鮮人作家と日本人作家の対立は隠せないものだった。

寺田瑛：端的に言ひますと、特殊性とかローカル・カラー、独自性とか言ふ言葉はありますが、日本文学の一翼としてでなしに、素直に言ひますと朝鮮は朝鮮だけに閉篭ると言ふか、朝鮮だけをもつと深く掘下げて行くといふ気分があつたやうです。〔……〕

崔載瑞：日本文化の一翼として朝鮮の文学は再出発する。さうすると今までの日本文化それ自体がやはり一種の転換をやつてゐるわけです。もつと広いものになるわけです。さうすると今までに内地的文化になかつた或る一つの新しい価値が朝鮮文化が転換したことによつて附加されろ。さういふことがなければ、本当の意味はないと思ひます。〔……〕

辛島驍：今日に於て朝鮮的なものを日本文学に特別に追加しようとする意識を強調する必要はないと私は思ふ。この点を強調することには或る過誤があると思ふ。〔……〕なつてしまつたものから滲み出るのはむしろ結構でせう。ですから今日に於て特にこの問題を提議する必要はないと私は言ひたいのです。(4)

こうした対立を金允植《キムユンシク》は、日本人を中心とした『国民文学』グループと朝鮮人を中心とした『緑旗』グループの対立で説明するが(5)、これは、人的対立を越え、思想的対立へまでいたっている。「内鮮一体」が日本の「国体」に朝鮮人を合体させることであるという点、それによって朝鮮文学の再編を日本精神への合流とするという点では、両者ともに同意するが、日本の「国体」を、そして日本精神をいかに解釈するかという点では双方がずれているのだ(6)。辛島驍の論理によると、日本の国体とは、何千年ものあいだ受け継がれ今に存在している日本民族の純粋な本質であり、少しも加減することがないものだが、崔載瑞《チェジェソ》などの朝鮮人にとって国体とは、大東亜共栄圏の各民族の特殊性を総合した雑種的性格をもつものだった。すなわち、「国体」または、「日本精神」とは、日本人が先験的にもって生まれたものではなく、新たに作っていかなければならないという論理だ。

だからこそ、日本人も日本人文学も変化すべきだと崔載瑞は主張する。崔載瑞とともに、『国民文学』を編集した金鐘漢《キムチョンハン》は「東京も京城と同じ地方である。中央は国家しかない(7)」という新地方主義論でこれを論理化する。先の引用文でみられる、辛島驍の不快感は、日本「国体」の再調定に対する不快感、日本人の先験的優越性を否定される危機感からきたと解釈できる。

さらには、『国民文学』を主宰した崔載瑞、金鐘漢のこうした論理を日本人作家にも拡大適用すれば次のような主張ができる。

> 金鐘漢：これからは、朝鮮文学の概念の中には、半島の地理に安心立命しようとする内地人の作家も加はるわけですが、その場合はやはり半島の生活に撤する覚悟で加はつて頂きたいですね。それでないと、意味がないと思ふし、もし半島の土に撤する勇気がなければ、やはり東京でやるべきでせうね(8)。

ここにいたっては、朝鮮文学は日本の「皇道文学」でもなく、かといって朝鮮の民族文学でもない、地理と風土に基盤を置いた雑種的な「地域文学」としての性格をもつことになる。日本人であれ、朝鮮人であれ、関係なく、また、彼らの各々もっている先験的文化を認めず、地域と地理、風土を最も一次的なものとして判断するこうした文化・文学論は、雑誌『国民文学』の見えない編集方針であり、その編集陣が「大東亜共栄圏」および「内鮮一体」運動に賛同できる最小限の自尊心であった。

『国民文学』の編集者たちが、日本人の先験的優位性を認めず新たな帝国の中に朝鮮を位置づけようとした背景には、日本帝国主義論理自体の分裂と揺らぎがあった。その分裂は帝国と帝国主義の間で起きる。近代的な概念である帝国主義は、国民国家の拡張された形態として「文明の理念」にその基盤を置いているゆえに、個別的民族の自立性は根本的に認められない。帝国主義の秩序は、それが「根付くどこでも、自分自身のアイデンティティの純粋さを管理し、ほかのすべてを排除するため自分の社会的領域を支配し、位階的な領土の境界を強いて[9]」いたのだ。このように、アジア民族に対する日本の侵略行為が民族本質の拡大再生産としての性格、すなわち帝国主義的性格をもっているが、当時の世界秩序はこうした側面だけで自分を正当化することを許せなかった。むしろ、日本は各民族のアイデンティティをそのまま維持しながら緩い統一へ向かう形、たとえば、満洲の「五族協和」やアジア民族がそれぞれの権利と自立性をもつ「大東亜共栄圏」を対外的に宣伝し、ある程度これを保障せずにはいられなかった。しかし、こうした言説の帝国的性格と帝国主義的性格は決してうまく溶け合うことなく分裂され、そうした分裂の中で形成された言説はまた、両方の間を絶えず揺れ動いた。

3　日本人作家の植民地的無意識

日本人作家たちは、新地方主義論という『国民文学』の方針に抵抗感を顕にした。そうした抵抗感は、自分の矛盾と分裂、揺らぎを認めまいとするものだった。朝鮮の特殊性を認めてしまえば、日本人としての先験的優越性と矛盾するからだ。彼らは「大東亜共栄圏」を均質な空間、つまり日本の国体をとおして一律的に統治される空間として想定したため、異質的なものを生理的に受け容れがたかった。意識のレベルでは帝国的秩序、つまり民族の自立性を尊重するが、無意識のレベルでは依然として帝国主義的秩序、すなわち日本人の先験的本質性を強調した。先に引用した金鐘漢の発言を受けて、田中英光の次の発言が続く。

田中英光：僕は朝鮮で書いても、戦地で書いても、東京で書いても一つの伝統を身につけてゐるのです。〔……〕金さんの持論のやうに内地の作家が半島で文学を書く意味を三通りに分けて、一つは半島の人の生活を書くとか、もう一つは内地の作家が朝鮮に暮らしてゐてその特殊な生活感情を書く、もう一つは内鮮文化の交流といふことを言はれたのですが、それは原則として正しいと思ふ。しかしそれは原則としてであつて、僕はさうはいへないと思ふ。

牧洋〔李石薫〕：田中さんは、朝鮮の生活が身についてゐないから、朝鮮が書けないのであつて……(10)

右でいう「一つの伝統」というのは、創出された日本の本質、つまり「国体」観念を意味するならば、田中英光が物をみて文章を書く視点の中心に日本の本質がおかれているということがわかる。彼は、朝鮮であれ、満洲であれ、戦争中の中国であれ同一視点で、つまり自分を絶対化された透明な位置において、それをもとに異質的なものを見つめるのだ。それは、自分を文明と位置づけ、他民族をそうした文明の観点をとおして見つめ、彼らを文明に同化させようとする「帝国主義的＝植民主義的」視線である。作家自身が直接戦闘に参加した経験をもとに書いた「月は東に」で彼は、中国軍人を次のような視線で見つめた。

さながら蛮人に追ひかけられる冒険映画の主人公のやうな気もふつとした丈の余裕があつたのが、不思議だつた。(11)

一瞬ではあるが、中国軍人＝蛮人、日本軍人＝冒険映画の主人公という比喩をとおして、アジアの解放を謳っていたが実際は、自分たちが侵略者だったことを告白する文章として読める。ともかく西洋映画のカメラの視線がここに介入していることは間違いない。この小説で注目されるのは、「余裕＝文学」と「戦争」の関係についてである。俳句の節から始まるこの小説のテーマは、戦争の中で味わう余裕とロマンだ。こうした余裕とロマンが文学を生産する原動力になったはずだが、ここでその余裕とロマンは戦争を相対化し批判する根拠になるのではなく、むしろ戦争を合理化する手段として使われている。余裕とロマンを、つまり文学を知りもしない野蛮人を解放させてあげるという論理がそれだ。「高貴な文学」と「野蛮的侵略行為」に対する相関関係については、すでにサイードの言及[12]が存在するが、ここでも文学／文化と戦争／政治は、相互を合理化する手段となっている。しかし、同時に田中の小説では矛盾した感情も含まれている。これを簡単に説明すると、西洋に対する同一化とアジアに対する差別化といえる。表面的、意識的には英米との対立とアジアの連帯を掲げているが、無意識の中ではそれが逆転され出てくるのだ。話者は、意識のレベルでは英米の代理人である中国人と闘っているが、無意識のレベルでは先の引用文で自らを冒険映画の主人公と、中国人を西洋映画の野蛮人と一致させていることからみられるように、自ら英米の代理人になり、野蛮人である中国人を解放啓蒙しているのだ。これを小森陽一は植民地的無意識（西洋と対立すると考えるが、実際は西洋の植民地的性格をもっている）と植民地主義的無意識（アジアと連帯すると考えるが、実際はアジアを植民地とみなしている）といっているが、これは、欧米列強によって植民地化されるかもしれない危機的状況を隠蔽し、あたかも自発的な意志であるかのように「文明開化」というスローガンをかかげ、欧米列強に対する模倣に内在する自己植民地化を隠蔽し、忘却することで同時に発生する[13]。こうした同時発生的な無意識は、表面的に侵略を合理化する作家だけではなく、植民地を憐れみの眼で見つめる作家にも共通にみられる。日本人作家がもつ他民族への同化と排除という矛盾する両価感情はここから発生するのだ。

4　植民者の民族エゴイズムと両価感情

植民地朝鮮に居住し、朝鮮に対する造詣が深く、好意的な視線を送っていた作家もそうした点では変わらなかった。ここでは、宮崎清太郎と久保田進男に限定し、彼らの作品にみられる植民地作家の両価感情を探ってみる。作品分析を両作家に限定するのは、彼らが植民地で文学活動を始めたという点、それも一九四〇年代に『国民文学』をとおして作品活動を始めたという点のためだ。彼らは『国民文学』の編集者による「地域文学」論にふさわしい作家として文学レベルと関係なく動員された(14)。彼らこそ朝鮮の地に徹底しようとする作家だったが(15)、編集者の意図とは異なり、彼らも日本人としての先験的優越感から自由ではなかった。先に言及した帝国と帝国主義、同化と排除、差別化と同一化という相容れない矛盾した価値体系の中で自我が形成されたためであるが、そうした理由から彼らの作品は、朝鮮人文学者たちの「地域文学」論と日本人作家の間の距離を測定するのにひとつの尺度として利用しうるものだ。

まず、両作家の職業が教師という点に注目したい。宮崎は京城の私立商業学校(人同学校)、基督教系高等普通学校、公立京城中学校を転々としながら、国語(日本語)および英語教師として在職し、久保田は咸鏡南道永興郡福興公立国民学校の校長だった。彼らの小説が私小説の変形である身辺小説の形をとっていることから、作家の状況を反映し小説の話者も大方日本人の教師と設定されている。したがって、これらの小説では教える側としての立場から視線が展開されている。教師の視線で見るということは、すでに教える内容を話者がもっていることを前提としているものだ。こうした前提は、その視線が朝鮮人に向いているときには「内鮮一体」、または日本民族の本質を自らが先験的に獲得しているという無意識と重なっている。まず、弟子たちの学徒出陣に大邱《テグ》までついていく私立中学校教師であり、文人報国会詩部にもかかわっている「その兄」(一九四四年)の話者の視線で追ってみよう。

今日は、半島最初の学徒出征式の日だ。話者である「私」も国民総力連盟の派遣でその歴史的現場を見学し、報告するため集結地から半島出身の学生たちやその父兄たちと同行する。太鼓部隊、旗部隊を先頭に出征する学生たちが列を作って練り歩き、その後を朝鮮服であるドゥルマギを着た老人、女学生、小学生などが手に手に日の丸を持ってついていく。ところどころに隊伍を先導している国民服を着た愛国班の班長、組長たちが「×××万歳」を先唱し、それについて人々が叫ぶ声、太鼓の音、軍歌、合唱の声が騒々しく聞こえる。しかし、話者には、こうした風景は内地ではよく見るものでさして珍しいことではない。しかし、こうした風景が「朝鮮」でも行われていたという事実は「歴史的」であり、感激的なものである。したがって、朝鮮での学徒出征の光景は話者にとって「内地」との弁別点を中心に認識される。差別化は次のような形で現れる。

半島人らしい訛りのある国語で云ふ。(16)

この署長のことは、かつて、新聞で見たことがある。×署の署長に、半島出身者で任命されたのはこの人が最初で、中々の秀才とのことである。「今こそ、米英撃滅の秋であり、今こそ、諸君が皇国臣民となる千載一遇の機会である。(17)」

「勝つて来るぞと勇ましく」これらの言葉が、今こそほんとうウーに彼らのものとなつた。今は真正真銘、彼らの肺腑から沁み出してゐるに相違ない。乱舞しながら高唱しつづけてゐる彼等自身も、このことを意識し、感激に心底をふるはせて居るに相違ない。少少思ひあがつた言ひ方かも知れぬが、ああとうとう、朝鮮もここまで来た。はじめて接するかかる場面に、私は感動し昂憤し、さらに私自身も、はじめて真味に征人を送る心になり、黙然と、しみじみした気持で佇立しつづけて居た。(18)

ここで、「私」と「彼ら」が分けられており、「私」は「彼ら」の外側から「彼ら」を見つめているということがわかる。「彼ら」は国語もまともにできない、だからまだ真なる皇国臣民ではない。しかし、「彼ら」とかけ離れたところから見つめる「私」はそうした皇国臣民の地位をすでに出身上獲得している。そのため、差別化は双方の独自性をいうのではなく、「私」の優越性を立証することになる。三番目の引用では、まるで、「彼ら」が「私」の地位に登りつめたことに感激しているかのように話しているが、むしろ「私」が感激したのは「彼ら」が絶対に「私」の位置に登れないこと、いくら秀才でも「私」の位置に登れないこと、そうであるにもかかわらず絶えず「私」を、日本人を模倣しているという事実にある。「私」が「彼ら」の様子にすぐに感激し、すぐに失望するのはそうした理由からだ。しかし、こうした差別化の感情がふとしたきっかけで、不快感に変わる場面が登場する。すぐに感激する「私」は、またすぐに「彼ら」の様子に失望するのである。彼らがいきなり幾人かの出征者を囲んで「アリラン」を歌いながら輪舞を踊りだしたのだ。

彼らはまだまだこの程度だ、不遜にも、午後から私の心内に予定されて居たことが、偶然(哀しいけれど)形をとつて現はれたに過ぎないのだらうか。一瞬かうした、不安と寂寥——すウと心内が真

空管になるやうな――を覚えたが、私は頭をふり、例の「歴史的」「歴史的」を、お題目のやうに口のうちで呟いた。(19)

朝鮮人たちとの差別化の中で自分のアイデンティティを確保し、自分の優越性を確認していた話者は逆に同化できない「彼ら」の異質な面をみた瞬間、不安と寂寥、不遜を感じる。「私」は「彼ら」の異質性を認められない。それを認めた瞬間「私」の優越性はもちろん、「私」のアイデンティティまでもが消え去ってしまうからだ。植民地人たちが同質化を主張するときには差別化で立ち向かい、逆に植民地人たちが差別化を主張するときには、同一化で立ち向かう植民者の両価感情をここでも確認できるが、これは「大東亜共栄圏」論のもつ両面的性格でもある。つまり、日本は、共栄圏の諸民族が帝国主義的(民族的)権利を主張するときには、帝国的(脱民族的)な秩序で、反対に帝国的権利を主張するときには帝国主義的な秩序で立ち向かっていたのだ。

同じく、「その兄」の話者である「私」も、そのように実在し、「私」を脅やかす異質性を想像的な同一化によって解決しようとする。つまり、「私」がその異質なものを受け入れる方法は頭を振り、そうした異質性を忘却してしまうこと、代わりに彼らに「歴史的」という、「私」が作りだした形状と観念を与えることだった。他者と自我の差異についてのこうした両価的感情はまたすでに「私の心内に予定されて居たこと」だった。こうした異質なものとの対面とそれに対する失望は幾度となくくり返し小説の中に現れる。しかし、「私」はそのたびに「歴史的」という言葉をくり返しながら自分の矛盾を隠蔽する。(20)

宮崎の小説には、日本人としての自我の優越性が朝鮮人の劣等性を土台に構築されており、そうした視点で小説の話者は朝鮮人の異質性を抑圧し、想像の中で朝鮮人像を構築している。久保田の「農村から」（一九四三年）でも話者の視線は基本的にこれと同一だが、重点は反対側におかれている。この小説でも同じく話者は教師（校長）だ。近隣の朝鮮人たちを皇国臣民に作りだす重大な任務をもっていると自負している話者は「その兄」の話者と基本的には同じ、つまり自分の先験的優越性という視線で朝鮮人たちを見つめている。

国民学校の校長である「私」を、ある日ドゥルマギを着た朝鮮老人が訪ねてくる。言葉も通じない老人だったので彼が連れてきた子供の通訳を聞いてみると、老人の孫が来年八歳になるが、国民学校に必ず入れてもらいたいというお願いをしにきたのだ。国民学校の受容人数は少なく、教育熱は高いために起きた現象だった。さらにその老人はチョゴリの中から卵を取り出し賄賂をわたすではないか。彼らのあいだの権力関係がうかがえる場面である。しかし、一瞬にしてその関係が逆転する出来事が起きる。

子供の名前を書いた紙切れを置き、やがて、彼は帰らうとしたが、突然、老人は立上つて、皇国臣民の誓詞を唱へはじめたのです。それはまことに唐突で老人を案内したお母さんも私の家内も顔をかくして笑ふし、通訳の子供も笑ひ出しました。実際それはあまり唐突であつたのです。しかし何故か私は笑へなくて、実際は私も正に笑ひ出しさうであつたのですが、突嗟に笑ひどころか、形を正さざるを得なく、私は老人のたどたどしい誓詞を聞いてゐたのでした。[21]

このおかしな光景を前にしてみんな笑っているが、「私」は笑えなかった。この小説に対する書評をみると金鐘漢も笑えなかったようだ。彼は、「涙が出てきてしようがなかった」と話した[22]。人はみんな笑っているのに、なぜこの二人は笑えなかったのか。笑えなった理由が二人は同じだったのか、違ったのか。再度バーバの論理を借りざるをえないが、ここでの笑いは皇国臣民誓詞として象徴される植民統治の権威が嘲弄されているということ、それが再現的権威を失っているということ、つまり模倣（mimicry）による差異によって嘲弄（mockery）へと変質されていることから発生する[23]。老人の「誓詞」は、賄賂でわたした卵と同じ意味をもつが、だからこそ、そしてそれがたどたどしいからこそ厳粛であるべき原典との差異を発生させ、皇国臣民誓詞の権威を嘲弄し笑いを誘うのである。

植民地人であった金鐘漢が笑えなかったのは、その老人の姿から、新地方主義論が挫折し、日本精神に向かって絶えず自分を同化させなければならない道しか残っていなかった時代の閉塞を見たからではないか。

そうすると、話者である「私」はどうして「ちょっと笑い姿勢を正さざるを得」なかったのか。それは皇国臣民誓詞の権威が崩れる状況でそれを見守らなければならない最後の堡塁として、自分を認識したからである。自分もが笑ってしまうと、植民者の権威が崩れることを自ら認めざるをえない。したがって、危うい植民地人の模倣行為を自分の想像力によって代理補充することで、模倣行為の危険性を減らそうするのだ。しかし、それは笑いと敬虔の境界に位置している。

5 結論に代えて

一九四〇年を前後にして日本人文学者が朝鮮文壇に大挙参加することになるが、その論理的根拠は朝鮮人が日本人と統一化されるという「内鮮一体」にあった。朝鮮人作家たちは内鮮一体に同意しながらもそれとは矛盾するさまざまな言説をくり広げた。「内鮮一体」が国民国家の理論であるにもかかわらず、「新地方主義」とか「朝鮮の特殊性」のように、国民国家の枠組みからは認められないそうした言説をある程度認めざるをえなかったのは、「大東亜共栄圏」のもつ矛盾、つまり帝国主義的でありながらも帝国的な様子をそのまま露呈しているものだった。この中で、日本人作家たちがもつ同質化と差別化の両価感情はそうした矛盾を端的に表している。

同質化と差別化の両価感情は植民者だけではなく、植民地人もまたもっているものだ。これは、個別的民族文学の枠組みの中で把握できない。両者の関連様相の中でのみ、または、その枠組みをこえてのみ把握できる性質のものだ。また、植民地人（朝鮮人）の植民地国語文学（日本語文学）が解放以後の国民文学（韓国文学）に含まれないのが当然であるように、植民者（日本人）の植民地での文学もまた、植民地宗主国の国民文学（日本文学）に含まれない。この二つの種類の文学はいかなる国民文学としても還元できない私生児的な文学、つまり境界に立った文学といえる。しかし、植民地宗主国の優れた文学が植民地と無関係に成立できないものだったとしたら、同じく植民地の優れた文学が植民地宗主国と無関係に成立できなかったものだったとしたら、植民地と近代の矛盾をもっとも克明に表すこの時期の文学はひとつのリトマス試験紙としての意味をもつだろう。

注

（1）一九三九年までの植民地朝鮮での日本人文学活動については『朝鮮年鑑』（京城日報社、一九四二～四四年）を参照した。
（2）『朝鮮年鑑』京城日報社、一九四二年、五九一頁。
（3）朝鮮文人協会の人的構成と結成過程については林鍾國の『親日文学論』（ソウル：平和出版社、一九六六年、ハングル）参照。
（4）座談会「朝鮮文壇の再出発を語る」『国民文学』一九四一年一一月号、七八―七九頁。
（5）金允植「一九四〇年代前後の在ソウル日本人の文学活動」、大江志乃夫ほか編『近代日本と植民地7　文化のなかの植民地』岩波書店、一九九三年、二三五―二四二頁。
（6）尹大石「日本の影」民族文学作家会議『作家』二〇〇二年六月号、四六―四八頁（ハングル）。
（7）金鐘漢「一枝の倫理」『国民文学』一九四二年三月号、三六頁（ハングル）。
（8）座談会「国民文学の一年を語る」『国民文学』一九四二年一一月号、九三―九四頁。
（9）ネグリ＋ハート『帝国』ソウル：イハクサ、一七頁（ハングル翻訳版）。
（10）座談会「国民文学の一年を語る」前掲書、九四頁。
（11）田中英光「月は東に」『国民文学』一九四一年一一月号、一四八頁。
（12）Edward Said, *The World, The Text, and The Critic*, London: Stone Ltd., 1983.
（13）小森陽一『ポストコロニアル』岩波書店、二〇〇一年、一五頁。
（14）金鐘漢も、両作家が文学レベルが低いと話しながらも「ほかの理由のため」彼らを高く評価せざるをえなかった状況を告白している（「新進作家論」『国民文学』一九四三年三月号、二七―二八頁）。

(15) 先の座談会でも田中英光は、『国民文学』編集者が主張する新地方主義論と似たような傾向をもつ作家が宮崎であることを指摘している（座談会「国民文学の一年を語る」前掲書、九四頁）。
(16) 宮崎清太郎「その兄」『国民文学』一九四四年四月号、五八頁。
(17) 同右。
(18) 同書、六〇頁。
(19) 同書、六二頁。
(20) ホミ・バーバによると、こうした両価性は植民地人を不完全な（partial）存在として肯定させる不確実性へ変形される予測不可能な過程だ。バーバにとって「不完全な」という言葉は「完全ではない」と「想像的」ということをみな意味する（Homi Bhabha, *The Location of Culture*, London: Routledge, 1994, p. 85）.
(21) 久保田進男「農村から」『国民文学』一九四三年二月号、一三四頁。
(22) 金鐘漢「新進作家論」『国民文学』一九四三年三月号、二八頁。
(23) Bhabha, *op. cit.*, p. 92.

Ⅱ　〈朝鮮〉表象と日本語・日本文学

子規と異文化

孫順玉

1　子規の異文化への対し方

正岡子規（一八六七〜一九〇二）は、あるがままに対象をとらえるという西洋的なリアリズムをうまく日本の伝統文学である俳諧に応用して近代俳句を誕生させた人である。西洋文明の影響で物質だけを追求していた変革期の近代日本において、子規は自然の実景に目を向け、すべての誇張と空想を排除した叙景詩のような俳句を、近代文学の新しいジャンルとした。

子規が、独立した発句を「俳句」と呼んで、これを近代の詩としたのは、一八八八（明治二一）年、ハーバート・スペンサー（Herbert Spencer）の著作『*Philosophy of Style*』に接し「最簡単ノ文章ハ最良ノ文章ナリ[1]」との表明に共感したことに端を発している。明治時代、その存在すら危ういものと考えられていた俳句だったが、現在、「HAIKU」という名で文化的輸出品となり世界中で親しまれているのは、子規が、異文化たるスペンサーの文体論を積極的に偏見なく受けいれられたからであろう。

子規が生まれたのはちょうど明治元年（一八六八年）の前の年である。子規は明治とともに育った人であるといえる。明治維新というのは、誰もが知っているように西洋の異文化の刺激を受けた日本人が、自らの封建的伝統を省みながら、すべての事を新しく改革しようとしたものである。子規が俳句革新の旗標を鮮明にしていくのも、明治二〇年代の後半から三〇年にかけてのことである。明治時代初期、日本の新政府をはじめ皆が国の形を作るために一所懸命だった時が過ぎ、ちょうど人間の個人的な生き方にもやっと目が向いていく時代であった。

子規は社会の因習やしきたりなどをかなぐり捨てて新しく生きていかなければいけないと考えた。たとえば俳句革新にあたって『俳諧大要』（一八九五年）のなかで「俳句をものせんと思はば思ふままをものすべし[2]」と書いている。子規は、思うままを自由に発表したり、あるがままに表現したりして、それが俳句革新や写生文に繫がっていく。あるがままに対象をとらえるのは西洋の発想であるが、子規は中村不折など周囲の西洋画家たちからヒントを得て、写生の方法を文章の表現に応用したのである。

子規の望んでいた新しい俳句は、個人の抒情を盛って詠む短い詩であった。個人の感動の世界を読者に伝えて、それを共有するものであった。子規は評論「叙事文」（一九〇〇年）の中でつぎのように述べている。

とにかく読者をして作者と同一の地位に立たしむる効力はあるべし。作者若し須磨に在らば読者も共に須磨に在る如く感じ、作者若し眼前に美人を見居らば読者も亦眼前に美人を見居る如く感ずるは、此の如く事実を細叙したる文の長所にして、此文の目的も亦読者の同感を引くに外ならず。[3]

子規にとって、創作の目的は作家と同じ感動を読者にも同じように感じさせることであった。したがって、それを達成するために、見たまま、ありのままを「正直」(4)に描写することを訴えていた。子規自身「取捨選択が必要だ」と言っているように、芸術の性質上、自然をあるがままに写すとしても、純粋な客観というのはありえない。作者が対象を選ぶ瞬間、主観が入るし、すべてにおいて言葉で組み合わせを考えなければならない。人間の精神の働きが作用するわけである。

子規は事物を正直に描こうと試みるうちに、自然と人間の生命をともに生かす自分なりの「写生」を体得し、立派な業績を残したのであろう。このような業績はまた、子規の異文化についての考え方に拠るものも多かった。子規は「歌よみに与ふる書」の中で、日本文学を強固にするためには少ない金額で買える外国の文学思想などは続々輸入すべきだと主張しながら、またどんな外国語を使っても「日本人が作りたる上は日本の文学に相違無之候。」(5)(「七たび歌よみに与ふる書」)と声高く述べている。子規は異国のものでも有益だと思ったら躊躇なく受け入れるような考え方をもっていたのである。

2 詩歌に表れている異文化

子規は一八九八(明治三一)年二月から新聞『日本』に「歌よみに与ふる書」を発表しながら、短歌革新にも取り組んでいた。「しきたりに倣はんとするにても無くただ自己が美と感じたる趣味を成るべく善く分るやうに現すが本来の主意」(「十たび歌よみに与ふる書」)と述べ、「如何なる詞にても美の意を運ぶに足るべき者は皆歌の詞」(「七たび歌よみに与ふる書」)と申すべきだと自ら主張していたように、

子規は「ベースボール」という外国語を用いて新鮮な俳句と歌を詠んでいる

夏草やベースボールの人遠し(6)（一八九八年）

生垣の外は枯野や球遊び(7)（一八九九年）

九つの人九つのあらそひにベースボールの今日も暮れけり
今やかの三つのベースに人満ちてそぞろに胸のうちさわぐかな
九つの人九つの場をしめてベースボールの始まらんとす
うちはづす球キヤツチヤーの手に在りてベースを人の行きぞわづらふ
うちあぐるボールは高く雲に入りて又落ち来る人の手の中に
なかなかにうちあげたるは危かり草行く球のとどまらなくに

（『日本』一八九八年五月二四日付(8)）

異国の運動競技が日本の伝統的詩歌の枠のなかでいきいきと描かれている。野球のゲームを直に見ているような現場感さえ伝わってくる。

子規は野球がたいへん好きであった。野球をしながら遊ぶばかりではなく、野球について書いてもいる。まず、一八八八年「筆まかせ」という随筆の中では「base-ball」と題し、壮健活発の男の児にふさわしいものとして、愉快で、趣向の複雑な運動はベースボールだけだと言い、実際の「戦争」は危険多くして損失夥しいが、野球ほど愉快に満ちている「戦争」は他にないと断言している。「囲碁、将棋の如きは精神を過度に費しかつ運動にならねば遊技とはいひがたし[9]」と、東洋の遊技と比べながら、その長所を語っている。

ここにも子規の異文化に対する哲学がよく表れている。遊技というのはただの遊びではなく、精神的な活動も必要であり、またゲームの仕組みが簡単なものは幼稚だと言い、囲碁や将棋のような東洋的なもの、また相撲や「鬼事」のような日本的なものよりは、精神面と運動面をバランスよく備えている野球のほうが日本の若者にはふさわしいものだと言っているのは、今日から見ても合理的である。このように子規の異文化に対する理解は簡潔かつ明快である。遊技の面でも、取捨選択の眼を失うことなく、異文化を摂取したのである。

次は、一九〇〇年に詠まれた短歌に表れている異国的雰囲気である。

支那ニ行ク人ヲ送ル

① ヒリピンの都さわげりしかれどもそこもひすてゝからに行く君
② 国宝つるぎ携へからへ行く君を送りぬ花咲く四月
③ もろこしの少女がしふる酒に酔ひ楊子の川に落ちて流るな
④ 黒髪をあみて垂れたるから人も人にしありけり豚とな思ひそ
⑤ ゐのこ人からのますらをはげましてオロシヤ国人国の外に追へ[10]

右の②の歌からは一八九五年、二十八歳の子規が日清戦争の時、従軍しながら詠んだ「一枝はから国人に見せてましわが日のもとの花の桜を」という短歌を思い浮かべることができる。「明治維新の改革を成就したのは二十歳前後の田舎の青年であって幕府の老人ではなかった」(11)（『病牀六尺』三十七）と考えていた子規だけに、愛国心は誰にも負けなかったことだろう。しかし、③の「もろこしの少女」とか、④の「豚とな思ひそ」という言葉からは、中国に対して礼儀をもって向き合っていることがうかがわれる。子規が使っている「支那」という名称に、蔑視の意味は全然感じられない。漱石が「満韓ところどころ」（一九〇九年）で韓国人や中国人によせていたまなざしとは違う。

子規は欧州に十年もいて帰ってきた人の話を聞き、「露西亜はえらい」(12)（『病牀六尺』一十三）と言っていたが、⑤の中のロシアについての態度は中国に対するそれと違う。漢文学の素養を元にしていた子規だったので、中国は東洋文化の中心国として高く認識されていたにちがいない。

洋行ノ人ヲ送ル

フランスのパリス少女は日の本の扇手に持ち君を待つらん(13)

後期印象派フランスの画家ルノワール（一八四一〜一九一九）の描いた「扇を手にとった少女」の絵画を思い浮かべる内容である。一九世紀後半、西洋の画壇には日本風が流行っていた。一八八一年、ルノワールが、日本の扇を手に握らせた若いモデルを描くことによって、当時の流行に乗ってしまったと言われるあの有名な絵である。子規は絵画にも詳しかったので、その絵のことを考えながら歌ったのだろうか。そうでなければただ単に、当時のヨーロッパの風潮を気にして歌ったのか。とにかく異文化の交流が美術の上にも詩歌の上にも見えるようで面白い。

日の本のしこの少女の居るといふシンガポールを過ぎて行くらん(14)

この短歌から思い浮かぶのは、漱石の日記の記述である。ロンドンに行く漱石は、一九〇〇年九月八日、横浜を出発し、九月二五日、シンガポールに立ち寄った。さまざまな場所を見物しながら「此処日本町と見えて醜業婦街上を徘徊す。妙な風なり。」と日記につけている。もっとも子規がこの歌を詠んでいるのは一九〇〇年四月なので、漱石の渡航以前のことである。

シンガポールについては、日本新聞社の池辺三山や福本日南などフランスに赴いた人々からの伝聞があったのだろうか。子規は噂を誰かに聞いていたらしい。「妙な風なり」と漱石は知らんふりをしているのに対し、子規は「過ぎて行くらん」と残念に思っているようである。現実と向き合う姿勢である。直接、足を運んでいた漱石よりも病床の子規のほうがシンガポールの風情を先に歌っているのは意味深い。百年前の子規はすでにグローバル時代を予感した人物だったのだろうか。いろいろな場所やいろいろな事物に興味を持っていたことがわかる。

テーブルの足高机うち囲み緑の蔭に茶をすする夏(15)

西洋の机であるテーブルを囲んで多くの家族、または友だち同士が仲よくお茶をのみながら心を打ちとけている場面が目の前に広がるようで、和やかで睦まじい風景である。緑の蔭には涼しい風が通っているにちがいない。西洋の文物と東洋人の心がよく調和している短歌である。和、敬、清、寂のお茶の世界が、畳の上に座らなくとも、テーブルをうち囲むうちに通じるような雰囲気である。漱石が『虞美人草』の中で西洋菓子を「亡国の菓子」[16]とまで言っているような文明観とは違う。漱石は同じ作品の中で、子規を「貧に誇る風流」[17]を明治になっても楽しむ人であるとして高く評価している。貧しかった子規のほうが、外国留学まで経験した漱石よりも近代文明を適切に違和感なく受け入れているような感じがする。もっとも子規は、松山において、儒学者として著名な大原観山が子規の外祖父であったし、叔父の加藤拓川がフランスに行くような外交官だった。そうした生まれつきの家庭環境が漱石と違っていたおかげなのか、日本の伝統と西洋文明とをよりうまく調節し、活用していたように思われる。子規は自分の好みをこえて取捨選択し、漱石は自分の好みにしたがって物を見ていたのではないだろうか。

3　随筆にみる外国

子規は一八九八年一月一日、新聞『日本』に「東洋八景」[18]という題で記事を書いているが、その文章からまず我々は子規のアジア文化への考え方をうかがうことができる。「東洋八景」では、順番に挙げると、富士山、太平洋、台湾島、鴨緑江、万里長城、シベリア（西比利亜）、ブッタガヤ（仏陀伽耶）、エルサレム（耶路撒冷）が紹介されている。が、「東洋八景」を紹介する前、まず冒頭に、自分の国である「大和民族」に対する自負心はもちろんのこと、アジア全般にわたって相当の誇りをもって語っている。宗教の源がアジアであることに力点をおいて説明する一方、エルサレムを「天の択びたる靈地」と言っているのが興味深い。「天の択びたる」という表現からは、子規がキリスト教の教理をそのまま受け入れ、認めていた姿勢がうかがわれる。

子規は一九〇一年の随筆「墨汁一滴」[19]にも「一時間なりとも苦痛なく安らかに伏し得ば如何に嬉しからんとはきのふ今日の我希望なり。〔……〕希望の零となる時、釈迦はこれを涅槃といひ耶蘇はこれを救ひとやいふらん」(『日本』一九〇一年一月三一日付)と記している。子規の宗教に対する考え方はとても開放的で、釈迦やキリストをはじめ孔子、マホメットまでも同じ次元で見ているのである。釈迦の涅槃とキリストの救いを、子規ほど簡潔に説明しているものはほかにないだろう。釈迦やキリストの教えを彼なりにすっかり飲みこんでいたことがわかる。アジアへの認識も幅広く、異国の宗教への考え方が偏っていないのである。

ほかにも、外国への関心を示す文章を数多くのこしている。「墨汁一滴」の冒頭で、子規は枕辺に寒暖計や橙とともに門下生である寒川鼠骨(一八七五~一九五四)からもらった地球儀を並べ、次のように言っている。

病める枕辺に巻紙状袋など入れたる箱あり、〔……〕この地球儀は二十世紀の年玉なりとて鼠骨の贈りくれたるなり。直径三寸の地球をつくづくと見てあればいささかながら日本の国も特別に赤くそめられてあり。台湾の下には新日本と記したり。朝鮮、満州、吉林、黒竜江などは紫色の内にあれど北京とも天津とも書きたる処なきはあまりに心細き思いせらる。二十世紀末の地球儀はこの赤き色と紫色とのいかに変りてあらんか、そは二十世紀初の地球儀の知るところに非ず。とにかくに状袋箱の上に並べられたる寒暖計と橙と地球儀と、これわが病室の蓬莱なり。（一月一六日）

多くの近代日本の文学者たちが英国、ドイツ、ロシアにまで留学した経験を持ちながらも、世界を見る目があまり常識的でなかったのに比し、子規は晩年寝たきりの病人となり、病床で苦痛を耐えながらも、中国の自立を心配する心持ちから「北京とも天津とも書きたる処なきはあまりに心細き思いせらる」と記すなど、常識的な立場を崩さなかったように思われる。

子規の心配していた「紫色」の「朝鮮」は、一九一〇年、啄木が「地図の上朝鮮国にくろぐろと墨をぬりつつ秋風を聞く」と歌っているように、「二十世紀末」にならぬうちに、すでに色を変えさせられてしまった。子規は、また四月一五日に次のように書いている。

ガラス玉に金魚を十ばかり入れて机の上に置いてある。余は痛みをこらえながら病床からつくづくと見て居る。痛いことも痛いが綺麗なことも綺麗じゃ。

右のものは、子規が書いた写生文のなかでも一番の傑作にあたる文章ではないだろうかと思われるほど心が打たれる。誰が読んでみても、病人が持ちやすい偏狭な考え方はちっとも見えなく、純粋で素直な心が伝わってくる。異国的なものである「ガラス玉」の中の「金魚」を見て、禅のような悟りが感じられるこの文章を子規が書いているのは意味深い。子規はロンドンに留学していた漱石が先進国の文化に圧倒されている姿をもユーモラスに表現している。

漱石が倫敦の場末の下宿にくすぶって居ると、下宿屋の髪《〔ママ〕》さんがお前トンネルという字を知ってるか、だの、ストロー（藁）という字の意味を知ってるか、などと問われるのでさすがの文学士も返答に困るそうだ。この頃伯林の潅仏会に滔滔として独逸語で、演説した文学士なんかにくらべると倫敦の日本人はよほど不景気と見える。（「墨汁一滴」一九〇一年五月二三日付）

東京大学を卒業したさすがの文学者も、文化の差でまだトンネルとかストローとかという日常的な言葉に当惑していることをおもしろく書いている。

4 「仰臥漫録」にみる韓国

子規の「仰臥漫録(20)」にみる韓国への視線は温かくて肯定的である。一八九八年「東洋八景」の中で、富士山についてこれ以上のものがないように誇りをもって説明しているのに対し、鴨緑江についてはあまりにも国粋主義的な考えを示していたのとは違う。公に発表する意思のなかった日記のせいなのか、または「私」を捨てて無心の境地から見ることのできる客観的な写生がもっと純粋なものになったせいなのか、子規の韓国への発想は非常に真摯なものである。

九月三日　朝雨
午前十一時頃晴　その後陰晴不定陸氏内より朝鮮の写真数十枚持たせおこす
九月五日　雨　夕方遠雷
午前　陸妻君巴さんとおしまさんとをつれて来る陸氏の持帰りたる朝鮮少女の服を巴さんに着せて見せんとなり　服は立派なり　日本も友禅などやめてこのようなものにしたし　芙蓉よりも朝顔よりもうつくしく

九月二十五日　晴
南品川中村某より朝鮮の草鞋というものを贈り来る

十月一日　晴
夜陸翁来る　支那朝鮮談を聞く　曰く支那の金持は贅沢なり　曰く北京のような何の束縛もなき処に住みたし　曰く朝鮮にては白い衣を山の根方の草の上に干すなり　持統天皇の歌の趣あり　日本人は昔朝鮮より来りしかの心地せり

その時代の代表的言論人であった陸氏が「北京のような何の束縛もなき処」に住みたいと吐露したことや、山裾の草の上に服を干すという韓国の風習を伝え聞いて、「日本人は昔朝鮮より来りしかの心地せり」と子規が書いているのは、無視してしまえるようなありふれた考えではない。文章中の「持統天皇」の和歌は、日本人ならば誰でも愛誦する「春過ぎて夏来るらし白たへの衣干したり天の香具山」という『万葉集』の歌に違いない。

一九〇一年九月五日の「仰臥漫録」には、「朝鮮少女の服」の絵も描かれているが、「袴の紐白」「上の袴紫」「中の袴黄」「下の袴も黄にして短し」と特に服の色について添え書きがある。正式に描かれた水彩画というよりも、服と色彩を説明するための挿絵の性格を帯びている。『文学美術評論』中の「写生と絵画」という絵画論で「人が天地間の物を見るには一番色が主なものである」(21)と述べているように、子規は色に対する情感が格別であった。少女の着ていた韓服は、まさに子規がたいそう好きであった鶏頭の赤をチョゴリに、朝顔の紫をチマ（スカート）に、そして葉の緑をチョッキ（胴衣）にと、見事に構成されていた。

愛していた朝顔、「この頃の蕣（あさがお）籃に定まりぬ」と詠みもしたその色彩を少女のチマに見つけた喜び。しかもチョゴリは薄い赤、チョッキは緑で、その調和は見事であった。そのうえ内バジ、内チマの色までが黄色であったために、まるで赤い花の中の黄色い雄しべのような色の調和を子規は見ていたのではないだろうか。自然の色の調和をなして、それをそのまま服に当てはめたようなチマチョゴリの色の美しさに子規は感嘆して、写生するにいたったのだろう。画の左側に書いている「芙蓉よりも朝顔よりもうつくしく」という言葉は子規としては最高の賛辞である。

「芙蓉よりも」はチョゴリの色彩を、「朝顔よりも」はチマの色彩を象徴的に詠みながら、全体的には韓国服の美に対する最高の感動なのである。この時期の俳句には滅多に見出すことのできない感傷的な

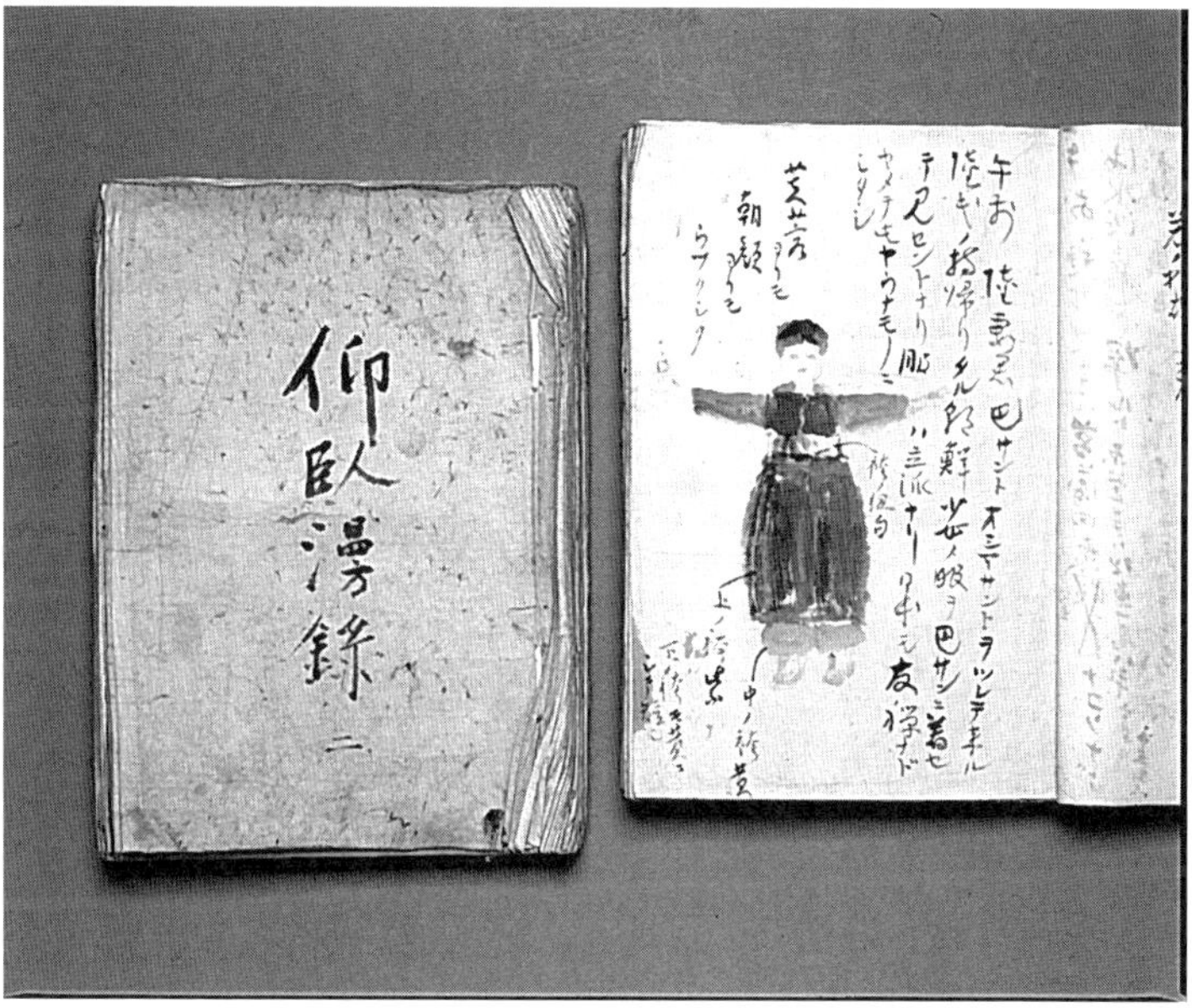

語「うつくしい」を使用しながら、子規は自身の感情を限りなく表出している。さらに「服は立派なり　日本も友禅などやめてこのようなものにしたし」と言っているのはもっと積極的である。

　また、九月二五日、「中村某」より贈られた「朝鮮の草鞋というもの」についても、画に描くほど興味を示している。画にしたばかりではなく、「日本の草鞋のごとく編みたれど原料不明」とも書き添えてある。子規がその原料にまで思いをめぐらせながら描いていた草鞋は、当時の韓国の身分の高い人たちが履いていた「ミトリ」というもので、紙で作られていた。

　子規が韓国の文物によせる思いは非常に好意的である。それは、政治感覚とは違って、当時の日本のエリートたちの一般的文化感覚だったろうか。二一世紀に入り、グローバル化がすすみつつある近年の若者たちの好奇心や幅広い考え方とあまり差がないように感じられる。
一八九二年に、子規が松尾芭蕉を「Baseo as a Poet」として英訳紹介したのが、はじめての俳句の国際化であったと思えば、子規は他のさまざまな分野においても革新家であった。韓国のチマ、チョゴリが綺麗だと判断して、すぐ「日本も友禅などやめてこのようなものにしたし」と書いていたのは、革新家たる子規でなければできない考え方である。

これまで述べてきたように、子規は漢文学の知識を基にしながらも、古今東西に幅広く眼を向けていたようである。自国に対する自負は人一倍強く、伝統に愛情をもちながら、他者である外国の異質性にも理解を示していた。伝統の詩歌の上に、積極的に外国の地名や文物などを読みこんでいるし、外国の言葉も巧みに取り入れて歌を作っている。「ベースボールの歌」からも分かるように、過去を表現するのではなく、いきいきとした現在を表現する作家であったと思う。子規は自国の文化と異文化を適切に調節する能力や、未来に向けて国粋主義と進歩主義との調和を予見した詩人ではないだろうか。グローバル時代を生きている我々に大きな示唆を与えてくれる。

子規は、精神的にも肉体的にも極めて苦しい中にありながら、外の世界に眼を開いて、多くの関心や好奇心をもち、その視野の広さは、当時には滅多に見られぬものであった。明治維新以降、自国中心的な日本の文学者がいるなかで、子規は、平衡感覚を保っていたように思う。特に子規の随筆に見られる韓国への関心や考え方は客観的であり、好意的であった。今の時代、「韓流」とか「日流」とかいわれるが、世界がともに発展するためには、お互いが異文化を取捨選択しながらそれぞれが長所を選んで活用することが望ましいのはいうまでもない。「世界文明の極度といへば世界万国相合して同一国となり人間万種相和して同一種となるの時にあるべし　併し猶一層の極点に達すれば国の何たる人種の何たるを知らざるに至るべし[22]」をもって、子規が青春時代に志した世界観を紹介して拙稿の結びとしたい。

注

(1) 正岡子規「スペンサー氏文体論」『子規全集』第一〇巻、講談社、一九七五年、三七八頁。以下、子規の引用はこの全集版による。
(2) 『子規全集』第四巻、三四九頁。
(3) 『子規全集』第一四巻、二四三頁。
(4) 正岡子規「五たび歌よみに与ふる書」『子規全集』第七巻、三三三頁。
(6) 『子規全集』第三巻、一八〇頁。
(7) 『子規全集』第三巻、三〇八頁。
(8) 『子規全集』第六巻、一七九頁。
(9) 『子規全集』第一〇巻、四八頁。
(10) 『子規全集』第六巻、二九五―二九六頁。
(11) 正岡子規「病牀六尺」『子規全集』第一一巻、二八一頁。
(12) 同書、二六二―二六四頁。
(13) 『子規全集』第六巻、二九六頁。
(14) 同右。

(15) 同書、二五八頁。
(16) 夏目漱石「虞美人草」『漱石全集』第三巻、岩波書店、一九六六年、一九八頁。
(17) 同書、二〇一頁。
(18) 「東洋八景」『子規全集』第一二巻、一八八頁。
(19) 「墨汁一滴」『子規全集』一一巻、
(20) 「仰臥漫録」『子規全集』一一巻。以下、引用においては、読みやすさを考慮し、原文のカタカナをひらがなに変えた。
(21) 『子規全集』第一四巻、二三〇―二三二頁。
(22) 正岡子規「文明の極度」『子規全集』第一〇巻、一七頁。

石川啄木と〈朝鮮〉

――「地図の上朝鮮国に……」の歌をめぐる一考察

瀧木和成

1　〈朝鮮〉をめぐる啄木論の動向とその主眼

地図の上朝鮮国にくろぐろと墨をぬりつゝ秋風を聴く

この短歌は、これまで日本あるいは韓国で多くの研究者によって解釈及び評価がなされてきた一首である。[1]啄木と〈朝鮮〉あるいはナショナリズムをテーマに考察する場合、啄木が〈朝鮮〉に言及している文章や作品がそれほど多くないため、どうしてもこの歌を外せない事情があるからだが、この歌は一度詠（読）んだり、聴いたりすれば不思議と印象に残る一首であることもまた事実である。それはこの歌自体に我々を惹きつける魅力や優れた要素があることを物語っているからだと考える。ただ、これまで数多くの論考が発表されてきたにもかかわらず、それらは時代や社会状況から当時の思想家や知識人との比較において啄木の思想を明確にする目的で、この短歌を取りあげてきたという感は否めない。したがって、本論考ではそうした経緯をふまえ、この歌の表現の特徴やリズムなどを軸に重層的な鑑賞を行い、同時に制作発表された他の短歌との関係や連続性も考慮に入れながら、さまざまな視点からことばの意味や感情の位相を分析、考察し、短歌（作品）としての位置づけや評価を行うことを第一の主眼とする。そのうえで、この歌が詠まれた時代や社会的背景、当時の啄木の物の捉え方や思考（形態）あるいは時代認識、問題意識に迫っていくことを目標としたい。

2　歌の改作――その意味と効果

先の短歌は、「九月の夜の不平」と称して一九一〇（明治四三）年一〇月雑誌「創作」第一巻第八号に発表されているが、発表以前の「九月九日夜」、「明治四十三年歌稿ノート」に綴られていることも考慮に入れておく必要がある。いま「明治四十三年歌稿ノート」と雑誌「創作」に発表されたものを並べて比較検討してみたい。

　九月九日夜
地図の上朝鮮国に黒々と墨をぬりつつ《〔ママ〕》秋風を聞く
　九月の夜の不平
地図の上朝鮮国にくろぐろと墨をぬりつ、秋風を聴く初句「地図の上」はどの句に掛かるのか。第二句「朝鮮国」に掛かるとすれば、この「上」は「地図」に描かれた「朝鮮国」を指している。が、初句切れと詠む場合は、世界「地図」の中のアジアの中の日本の「上」にある「朝鮮国」と理解できないだろうか。そのように解釈すれば、すでに啄木第一歌集『一握の砂』(2)の冒頭歌「東海の小島の磯の白砂に我泣きぬれて蟹とたはむる」(3)にみられるアジア(「東海」)の中の日本(「小島」)の海岸(「磯」)にいる私(「我」)という視線で全体を俯瞰的に眺めて詠む手法と同一である。初句の「地図」から第二句の「朝鮮国」という言葉にいたるまでに、世界「地図」の中の亜細亜の中の日本の「上」(北に位置する)の「朝鮮国」という俯瞰的な図象世界が開けてくる。ここにこの歌の最大の特徴があり、啄木の思考(形態)の特質を指摘することもできる。高い地点から鳥瞰できる視点(手法)の獲得は、表現上の遠近法を獲得した証であり、焦点をだんだんと絞っていくことで、ものごとを捉える視界の広さと一点に集中する力を併せて示しえている。その時、第三句「くろぐろと墨をぬ」っていく「我」が見えてくる。そして私たちは、この歌が、世界を俯瞰する地点から「墨をぬ」る「我」にフォーカスされていく様を経験するのである。

啄木の短歌は、立体的な空間を短歌の世界に表現し、かつ詠み手である「我」をも客観視することができるように工夫されている。そこに啄木短歌の斬新性と個性を見ることは、難しいことではない。啄木短歌の特徴として、歌中に詠みこまれた「我」を遠くで見ている詠み手(啄木)がいることに(私たちは)気づくのである。「墨をぬ」る「我」を演じさせている一種冷めた演出家啄木が(出現して)いることを知るのである。そうした視点の獲得と表現によって詠まれたこの歌には、どのような心情が吐露されるにいたるのか。後半の鑑賞に向かいたい。第三、四句、結句は「くろぐろと墨をぬりつゝ」、「秋風を聴く」と続く。第三句は「くろぐろ」が漢字からひらがなに、結句は「聞く」から「聴く」に改められている。墨を「くろぐろ」とぬることによって、第四句の動作としてゆっくりと確実にぬっていく様が強調されたとみてよい。また、結句を「聞く」から「聴く」と変えることによって自然と聞こえてくるというよりはより能動的に耳を欹てて聴いている「我」が演出される。したがって、雑誌「創作」に掲載する折、下の二句は、「ぬりつゝ」「秋風を聴く」という二つの動作を同時に行う「我」がいて、「くろ」という色彩、筆で「墨」をぬりながら「秋風」の音を（耳で）聴くという行為、つまり、視覚的、触覚的、聴覚的、ともすれば「墨」の匂いすら感じられる臭覚的効果も併せた五感に訴える効果を放つよう改作されているといえる。そのうえにじっくり丁寧に「墨」を塗る行為が付与されて、考えながらゆっくりと（しかしながら）確実に筆を動かす様がみてとれる。「黒々」を「くろぐろ」とひらがなに改めたのは、「墨」の字の黒との重複を避けると共に、歌中での漢字の比率を下げ、堅苦しくなり過ぎるのを回避する目的が理由で（回避したいという思いが働いたためで）あると考えられる。明らかに改められた歌の方が、それぞれの言葉の働き（機能）を発揮させ、感情の細やかさをより表現できていることがわかる。

3　一九一〇年前後の啄木——その意識と思考

次に、啄木が「朝鮮国に」「くろぐろと墨をぬ」る歌を詠んだ一九一〇（明治四三）年九月前後の時代・背景や社会状況とその当時の啄木の問題意識を考えてみよう。

石川啄木が〈朝鮮〉を意識して書き記したものに、一九〇九(明治四二)年一〇月三〇日『岩手日報』に掲載された「百回通信」一七[4]がある。

独逸の建国はビスマークの鉄血政略に由る。然り、而して新日本の規模は実に公の真情によりて形作られたり。吾人は『穏和なる進歩主義』と称せらるゝ公の一生に深大の意義を発見す。然り、而して吾人の哀悼は愈々深し。唯吾人は此哀悼によりて、事に当る者の其途を誤る勿らん事を望まずんば非ず。其損害は意外に大なりと雖も、吾人は韓人の愍むべきを知りて、未だ真に憎むべき所以を知らず。寛大にして情を解する公も亦、吾人と共に韓人の心事を悲しみしならん。(「百回通信」十七〈東京 二八日前九時〉『岩手日報』一九〇九年一〇月三〇日)

この記事は、伊藤博文が安重根によって暗殺された事件[5]をきっかけに書かれたものである。啄木は「新日本の規模は実に公の真情によりて形作られたり」とドイツのビスマルクによる「鉄血政略」と比較しながら、伊藤博文を「穏和なる進歩主義者」と捉え、「深大の意義を発見す」と評している。その一方で、「韓人に愍むべきを知」る心情を表白している。「韓人の心事」に言及し、思いを馳せているところに啄木の関心の在処とその特徴を見い出すことができる。啄木はなぜ伊藤博文の死を悼みながらも「韓人の心事を悲し」んでいるのか。啄木が一九一〇(明治四三)年三月『岩手日報』に発表した「戦雲余録」にその問いを解く鍵がある。

近頃同情に堪へないのは、波蘭独立運動の勃興である。波蘭が初めて欧羅巴史に多少の勢力を現はしたのは、十世紀の頃、彼国最初のクリスチアン王たるヨイヂスローの時代であつた。其後、露西亜瑞典に対する侵略戦争の大敗北や、内治の混乱が有つたりして、十八世紀の末には、今の墺太利匈加利よりも広い位の領土が、漸く沈頽しかゝつて居た。それを、十九世紀の初めの頃、暗君上に在つた為めに、遂に普墺露三国の牙角によつて分割され、其大部分は露西亜領となつたのである。波蘭亡国史は、世界史の中の必ず涙を以て読まれる部分であるので、志士騒客の追悼の詩も少なくない。……今彼等の健気なる自由の呼声を聞いて、余は実に同情に堪へない。

（「戦雲余録」（三）『岩手日報』一九〇四年三月八日）

この文章は、啄木がポーランドに言及したものだが、「普墺露三国の牙角によつて分割され、その大部分が露西亜領となつた」ポーランドの「今彼等の健気なる自由の呼声を聞いて、余は実に同情に堪へない」と記し、他国の侵略によって亡国となってしまった悲しみとそこに生きる民への「同情」が示されている。「韓人の心事を悲しみしならん」と述べる啄木に、このポーランド人に対する「同情」と同じ心境をみることは難しいことではない。したがって、先の歌の「真情」は従来なされてきた日本による「韓国合併」[6]への批判ではなく、「同情」から発した表現であると考えたほうが当時の啄木の感慨により近いと考えられる。「同情」とは、相手の陥った状況（状態）に対して共感することである。良くも悪くもそこに「同情」する「我」とされる人（他者、ここでは「朝鮮国」の人々）との間に距離があることは確かである。

先述したとおり「創作」に掲載されたこの歌は、亡国の徒、「朝鮮国」の人々とそれに「同情」する「我」ともに客観視できる視点が内在しており、相対的に物事を見る啄木の視点が立体的に交錯した作品に仕上がっている。こうした視点の獲得と認識は、先に分析した「戦雲余録」の文章からもすでに指摘できる。この評論において、啄木はすでに偏狭なナショナリズムや感情制御できないロマンチシズムから解放されて（卒業して）いる。それらが、相対的視点の獲得および遠近法を視野に入れた思考によって可能となったと同時に、短歌の表現技法に生かされたといえる。

啄木の思考の特徴は、これだけに留まらない。他の随筆評論においても問題の在処（全体像）を把握しながら、具体的な例（事象）を起点として、問題の本質に向かう思考経路を示している。先に問題の本質に自覚的になることによって、現実の具体的事象から抽象的概念（文芸観・社会観）へと向かう方向がその特徴として指摘できる。その折、問題（テーマ）は単一ではなく、複数存在しており、それらが有機的に絡み合う形で、提示され、理論展開されているところが、啄木随筆評論（作品）の最大の特質でもある。このように啄木のつねに全体像（問題の在処）を見すえながら、個々の具体的な事象の分析と考察をとおしてその核心部分に近づいていく思考形態は、短歌の手法及び随筆評論の論証方法に反映されて結実している。

4　「墨をぬ」る行為——表現者啄木の意図

それでは、啄木がこの歌で詠った「同情」の内実とは何か、そこを明確にするためには「くろぐろと」「墨をぬ」る行為と「秋風を聴く」行為の（複数重なった）感情の発露とその意味に着眼しなければならない。まず、「くろぐろと」「墨をぬ」る行為（表現）とは、どのような意味なのか（をなしているか）。

「墨」の黒という色に注目すれば、池田功が「当時お目出度いということで、新しくなった領土をお祝いの赤い色で塗るということが行われていた」[7]と指摘しているとおり、赤で日本が占領した地域（領土）を塗って戦勝気分に沸く当時の一般市民の実（感）情を敏感に察知（意識して、逆に対照的な表現方法を採ったと解せられる。歌中謳われる「くろぐろと」「墨をぬ」る行為には、当時一般市民が抱いていた心の在り様とはまったく逆のベクトルが働いている。赤が祝事（ハレ）の代表色であるのに対して、黒は葬儀など厄事（ケ）を示す色である。たとえば先述した伊藤博文の死の報道記事などはこの時期すでに四方黒枠が施されていることからもわかる[8]。啄木は、日本国中が戦勝気分に沸くなかで（一般市民が朱で塗る行為と重ねて）、ひとり同じ箇所に（地図上の〈朝鮮〉に位置する箇所に）「くろぐろと墨でぬ」る「我」を詠み、日本に〈朝鮮〉が併合されることへの「朝鮮国」の人々の悲しみの心情を思い遣る「我」の感情として表現されている。しかしながら、それはたんに「朝鮮国」の人々の悲しみの心情に対する思い遣りの表現ではなく、字間（区切れ間）には朱で染めながら戦勝気分に沸く日本人たちへの悲しみとして表出されており、それこそがむしろ「くろぐろと墨をぬ」る「我」の悲しみの源泉であり、その行為に繋がる心情の発露だと見ることができるだろう。そこに物ごとを相対化してみせる啄木短歌の真骨頂がある。こうした視線がそなわれば、この短歌は自己を相対化し得るときの存在の悲しみに啄木が出遭った瞬間の感情を三一文字に託し、（文字によって永遠に）封印した作品だと見做すことができよう。そのような視点からいま一度この歌を観照するならば、啄木が共有する悲しみの感情が、（「同情」という心情の重なりを起点）として幾層にも連なり合い深まりを見せながらそれぞれの「真情」として表出されていることがわかる。したがって、作者啄木によって表現された歌中の「我」は、彼自身に向けられたものであり、それは当時の日本人へも向けられた視線であり、それと連なる「朝鮮国」の人々への「不幸」の総体としての悲しみの心情がその根底にあるといえよう。

啄木は「時代閉塞の現状」(9)で

我々日本の青年は未だ嘗て彼の強権に対して何等の確執をも醸した事が無いのである。従つて国家が我々に取つて怨敵となるべき機会を未だ嘗て無かつたのである。さうして此処に我々が論者の不注意に対して是正を試みるのは、蓋し、今日の我々にとつて一つの新しい悲しみでなければならぬ。何故なれば、それは実に、我々自身が現在に於て有つてゐる理解の猶極めて不徹底の状態に在る事、及び我々の今日及び今日までの境遇が彼の強権を敵とし得る境遇の不幸よりも更に不幸なものである事を自ら承認する所以であるからである

と述べている。国家を敵として意識しなければならない認識に至った悲しみ（不幸）を基調として、日本の青年が「強権」に対して「確執」を意識したことがないことへの悲しみ（不幸）、それゆえに国家が「怨敵」と自覚する機会がないことへの二重の悲しみ（不幸）が表出されている。そして、我々自身が現在そうした認識に対して未だ十分でなく、浅薄であることも新しい悲しみ（不幸）として提出され

る。そして国家を敵として認識せねばならない悲しみ（不幸）よりも我々自らが立っている時点（での生活実態）、その生活状況が何より厳しく、その「境遇」に涙する「我」を照射する悲しみ（不幸）がより一層悲しみの感情を惹き起こすことが述べられている。この文章は啄木によってじつに五重の悲しみ（不幸）の位相とその内実が認識されていることを示している。

また、雑誌『創作』掲載時に「聞く」から「聴く」に訂正されたことは、「秋風」の音を能動的に耳にする姿勢が明確にされており、ここに表現された「秋風」は、たんなる季節から来る寂寥感だけでなく、空虚（虚無）感とともに先の悲しみ（不幸）の諸相が連なっていることに気づくのである。

さらに、「墨でぬ」る行為を歌の中に詠み込んでいる点も重要である。「くろぐろと」「ぬる」だけでなく、あえて三一文字の中に「墨でぬ」ると表現したのはどうしてか。創作時が一九一〇（明治四三）年九月であること、そしてこの歌を含む歌群のタイトルが「九月の夜の不平」となっていることが大事である。「墨でぬ」るという行為を歌中に挿入することによって、大逆事件（明治四三年五月）に代表される言論統制・弾圧がその背景として意識されるからである。厳密にいえば、こうした言論の自由や表現をめぐる取り締まりは、大逆事件以前からすでに始まっていたといわなければならない。第二次桂太郎内閣発足時（明治四一年七月）の施政方針大綱第六「内務」の項には次のような記述がみられる。

今や経済の変遷時代に属し、機械工業の発展と、競争の激甚と、貧富の懸隔をして益々甚しからしめ、従って社会の間に乖離反動を促し、輙もすれば、安寧を危害せんとするに至るは、欧米の歴史に徴して寔に已むことを得ざる理数なり。彼の社会主義の如き、今日は尚ほ繊々たる一縷の烟に過ぎずと雖も、若し捨てて顧みず、他日燎原の勢を為すに至りては、臍を噬むも復た将に及ばざらんとす。故に……社会主義に係る出版集会等を抑制して、其の蔓延を禦ぐべき也

さらに、一九〇九（明治四二）年五月には新聞紙法が公布されている。本文全四五ヶ条、付則三ヶ条に及ぶ新聞紙法は、旧新聞紙条例に比べて拡充されたもので、とくに第一九条及び第二三条が目を引く。

第十九条　新聞紙ハ公判ニ付スル以前ニ於テ予審ノ内容其ノ他検事ノ差止メタル捜査又ハ予審中ノ被告事件ニ関スル事項又ハ公開ヲ停メタル訴訟ノ弁論ヲ掲載スルコトヲ得ズ

第二十三条　内務大臣ハ新聞紙掲載ノ事項ニシテ安寧秩序ヲ紊シ又ハ風俗ヲ害スルモノト認ムルトキハ其発売及頒布ヲ禁止シ必要ノ場合ニ於テハ之ヲ差押フルコトヲ得

検事に対して記事掲載差止め命令権を与える第一九条と安寧秩序紊乱及び風俗壊乱記事掲載紙に対する内務大臣の発売頒布禁止行政処分（略して発禁処分）権を有する第二三条は、表現規制のうえでその後の出版界や日本社会の中で重要な意味をもっていくことになる。

そうした言論統制への動きや大逆事件に触発され、それらに対する批判性から生まれた同時代の作品に森鷗外の「沈黙の塔」[10]や「食堂」[11]がある。これらの作品は、文芸（活動）及び人間生活において自由というものがいかに価値があるかを暗喩的、逆説的に描写したものだが、とくに作品「食堂」中には、

あれは外国から這入る印刷物を検閲して、活版に使ふ墨で塗り消すことさ。黒くするからカヰアにするといふのだらう。ところが今年は剪刀で切つたり、没収したりし出した。カヰアは片側で済むが、切り抜かれちや両面無くなる。没収せられれば丸で無くなる

と主人公木村をして語らせるシーンがあり、公安または機密保持という名目で行う検閲行為を「墨で塗り消す」と表現し、文芸（活動）への危惧を示し、官憲権力による強制的な言論統制及び検査を暗喩的に諷刺している箇所である。こうした描写とこの歌で表された「墨をぬ」る行為は同一線上にあると考えられる。鷗外と同様啄木もまた「墨をぬ」るという行為のなかに当時の言論統制・弾圧への隠喩的諷刺を籠めているのであり、（象徴的役割として）この歌にこれまで表現されてきた不幸の位相とも連なっている。それは「百回通信」一九及び二〇で啄木が取り上げた「文芸取締に関する論議(12)」中、「日本に生れたるを以て小生自身の最大の不幸なりと思惟したる時代ありき(13)」と自ら意識して論じていることからも明白である。不幸は、〈朝鮮国〉から日本へ、それぞれの国に住む人たちへ、そして我（私）へと向けられ、悲しみの諸相が映しだされる。そういう意味で（そういう視点からみれば、）この一首は繊細で微妙なことばの意味を多様な視線から見ること（を可能にすること）によって、幾層にも重なる不幸と悲しみの情況（感情）を照射している優れた短歌であるといえよう。そして啄木の思考の特質と相俟って、その先に不幸と悲しみの本質を凝視しようとする表現者啄木がいることに再度私たちは気づかされるのである。

5 「地図の上朝鮮国に……」の位置

これまで一首のみの分析、考察及び鑑賞を行ってきたが、この短歌を「歌稿ノート」に残された「九月九日夜」や「創作」に発表された「九月の夜の不平」の一連の短歌と関連して詠むとどのような位置づけができるか。「歌稿ノート」と雑誌『創作』発表時との違い（選択歌の有無、字句の訂正、配列など）にも触れながら究明していきたい。

まず、冒頭において問題提示した「歌稿ノート」と雑誌『創作』発表歌との相異点に関して纏めると以下の特徴が指摘できる。第一に三九首から三四首に選歌されている。第二に配列の改変、第三に一首一首の字句の訂正がみられる。前半から後半にいたる過程で、凡そ個人的な感慨からくる「不平」から社会性を帯びた「不平」へと変わって行くのが特徴で、前半から後半にいたる過程で、およそ個人的な心情（自己の戯画化も含んだ）の吐露や自己をめぐる他者（自己ともう一人の自己）との関係性を感慨として詠んだ「不平」から出版統制や社会主義者たちへの言論弾圧、伊藤博文暗殺事件など社会性を色濃く帯びた「不平」へと変容していることがわかる。歌の配列が、個人から社会への作り手の問題意識の広がりと深まり、そして批判性を獲得する過程と呼応していることがみてとれる。こうした啄木の配列意識がこの歌群の特質でもある。そのなかでも「地図の上朝鮮国に……」の歌にとくに関連性があると思われる歌に着目してみよう。

秋の風今日よりは彼のふやけたる男に口を利かじと思ふ
くだらない小説を書きてよろこべる男憐れなり初秋の秋
男と生れ男とまじり負けて居りかるが故にや秋が身に染む
いつも来るこの酒舗のかなしさよ夕日赤々と酒に射し入る
この日頃ひそかに胸にやどりたる悔あり我を笑はしめざり
公園のとある木陰の捨椅子に思ひあまりて身を寄せしかな
公園のかなしみよ君の嫁ぎてよりすでに七月来しこともなし
女あり我がいひつけに背かじと心をくだく見ればかなしも
時ありて猫のまねなどして笑ふ三十路の友が酒のめば泣く
売ることを差止められし本の著者に途にて会へる秋の朝かな
つね日頃好みて言ひし革命の語をつゝしみて秋に入れりけり
今思へばげに彼もまた秋水の一味なりしと知るふしもあり
秋の風我等明治の青年の危機をかなしむ顔撫でゝ吹く
時代閉塞の現状を奈何にせむ秋に入りてことに斯く思ふかな
誰そ我にピストルにても撃てよかし伊藤の如く死にて見せなむ
いらだてる心よ汝は悲しかりいざいざ少し欠伸などせむ
何事も金、金といひて笑いけり不平のかぎりぶちまけし後
明治四十三年の秋わが心ことに真面目になりて悲しも

（「九月の夜の不平」）

「秋の風我等明治の……」は、明治の青年の生き難さと問題の所在の無自覚さに悲しむ姿（同情と批判）を詠んだ歌である。「時代閉塞の現状を……」は、まさに五重の悲しみ（不幸）を重ね合わせながら、「時代閉塞の現状」にどのような行為が必要とされるのか、それが問われる歌となりえている（なっている）。「誰そ我にピストルにても……」は、「伊藤の如く死にて見せなむ」と表現される「我」の生活・健康状態とその気概が伊藤博文の死と対照的に照射されている逆説歌だということができるだろう。「何事も金、金といひて……」は、その「不平」の根源に資本主義社会が陥る最大の疎外状況が貨幣疎外であることの認識が、一青年の感情の吐露として詠まれていて、自己の憤懣の捌け口となっている。国家を敵とみなす悲しみ（不幸）よりも悲しい（不幸な）境遇が現実生活を占領していることが語られており、「後」という表現によってより余韻が強く残る歌（より残響が醸し出される歌）となっている。「明治四十三年の秋……」は雑誌「創作」発表の最後に配された歌である。「明治四十三年の秋」の「わが心」の「真面目さ」を「悲し」と詠む啄木は、問題の所在を様々な視点から考えあぐねた「我」を「悲しも」という結語にて相対化している。一連の短歌全体に流れる「不平」の感情が五重の悲しみ（不幸）として表されており、しかもこれまでそれぞれの心情が歌の連続性のなかで詠まれてきたものが、この歌（最終歌）によって相対化され（る効果を発揮し）ているのである。その意味で雑誌「創作」に発表された三四首の短歌は、先述した「悲しみ」の内実の位相をそれぞれの視線から詠み込み、最終歌「明治四十三年の秋……」で一九一〇（明治四三）年の「我」の心情の総体を相対化して締め括ったのである。

こうした幾層にも重ねて詠む「悲しみ」の心情は、雑誌「創作」に発表された他の一連の短歌にそれぞれ（ひとつの悲しみとして）特化され、また相対化されて詠まれていることがわかる。まさに「地図の上朝鮮国に……」の歌もこのような「悲しみ」、「不幸」の延長線上にある歌として詠まれるべきである。それはこの歌が、「朝鮮国」の人々に向けられた悲しみの心情とともに、悲しむ「我」を悲しむ作者啄木がそこにいることを示唆している。歌中の「我」は啄木の分身であると同時に「日本の青年」たちに向けられた悲しみであり、歌作は啄木にとってそうした感情の源泉を掘り出す行為として位置づけられるのである。そして、その源泉を尋ねる行為として随筆評論が執筆されていくのである。啄木にとって詠む行為と書く行為はこのような関係性の内に存在していたといえよう。

注

（1）中野重治「あらためて啄木を」（一九六一年三月）、旗田巍『日本人の朝鮮観』（勁草書房、一九六九年五月）、朴慶植『朝鮮三・一独立運動』（平凡社、一九七六年一一月）、中塚明『近代日本と朝鮮』（三省堂、一九七七年二月）、中村文雄『大逆事件と知識人』（三一書房、一九八一年一二月）、姜在彦『日本による朝鮮支配の四〇年』（大阪書房、一九八三年二月）、洪在憙「啄木の国民意識に関する研究」（『釜山産業大学校論文集』第五巻第一号、一九八四年三月）、朴春日『増補近代日本文学における朝鮮像』（未來社　一九八五年八月）、韓基連「石川啄木と日韓併合――近代日本文学史の一側面」（『国際関係研究』第八巻第三号、一九八八年三月）、尹健次『きみたちと朝鮮』（岩波書店、一九九一年六月）、池田功「啄木における朝鮮」（『文芸研究』第六七号、一九九二年二月）、渡邊三好『啄木の二つの歌』（近代文芸社、一九九五年一月）、近藤典彦「啄木短歌に現れる幸徳秋水」（『新日本歌人』第五八九号、一九九六年四月)、田口道昭「石川啄木と朝鮮――『地図の上朝鮮国にくろぐろと~』の歌をめぐって」(『国際啄木学会研究年報』第二号、一九九九年三月)、池田功「喩としての亡国――石川啄木・朝鮮国の黒塗りの歌をめぐって」(『国文学 解釈と教材の研究』一九九九年一〇月)、近藤典彦『啄木短歌に時代を読む』(吉川弘文館、二〇〇〇年一月)、尹在日「韓国併合詔書」(『石川啄木事典』おうふう、二〇〇一年九月)、碓田のぼる「啄木歌「朝鮮国にくろぐろと」考」(『新日本歌人』第六七四号、二〇〇二年四月)、中村粲「啄木の歌に見る朝鮮観」(『昭和史研究會報』第六四号、二〇〇二年八月)、中根隆行『〈朝鮮〉表象の文化誌』(新曜社、二〇〇四年四月)、土屋忍「啄木の植民地イメージ」(『国文学 解釈と教材の研究』二〇〇四年一二月)など。

(2) 初版は一九一〇(明治四三)年一二月東雲堂書店刊。

(3) 初出は一九一〇(明治四三)年七月雑誌『創作』第一巻第五号。

(4) この種の関連記事には「百回通信」一六、一八(『岩手日報』一九〇九年一〇月二九日、一一月七日)がある。

(5) 一九〇九(明治四二)年一〇月二七日付『大阪毎日新聞』には、「長春来電 二十六日 伊藤公遭難」と題して、「年頃二十二三歳の韓国人は七連発の短銃を公に向け僅か五尺の距離内より狙を定めて発砲したる……」とあり、黒枠で報道されている。

(6) 一九一〇(明治四三)年八月二九日付『官報』には「併合」の「詔書」が公表されている。それとともに「韓国の国号はこれを改め、爾今朝鮮と称す」とあり、この時「韓国の国号」が「朝鮮」と改称されていることがわかる。各紙がいっせいに「韓国併合条約」を報じたのは、その翌日八月三〇日である。啄木は『日本無政府主義者隠謀事件経過及び附帯現象』(一九一一年一月)で「詔書」および「韓人」、「社会主義者」等に触れている。

(7) 池田功「喩としての亡国――石川啄木・朝鮮国の黒塗りの歌をめぐって」『国文学 解釈と教材の研究』一九九九年一〇月。

(8) 注(5)参照。

（9）一九一〇（明治四三）年八月執筆。生前未発表。初出『啄木遺稿』一九一三年五月。
（10）初出は一九一〇（明治四三）年一一月雑誌『三田文学』第一巻第七号。作中に「芸術の認める価値は、因襲を破る処にある。因襲の圏内にうろついてゐる作は凡作である。因襲の目で芸術を見れば、あらゆる芸術が危険に見える。……学問だつて同じ事である。学問も因襲を破つて進んで行く。一国の一時代の風尚に肘を掣せられてゐては、学問は死ぬる」とある。
（11）初出は一九一〇（明治四三）年一二月雑誌『三田文学』第一巻第八号。
（12）「百回通信」一九、『岩手日報』一九〇九年一一月一〇日。
（13）「百回通信」二〇、『岩手日報』一九〇九年一一月一一日。

李光洙の日本語小説『萬爺の死』
——創作言語の転換と人物表象の変化

鄭百秀

『萬爺の死』は、植民地期の韓国近代小説の代表的な作家李光洙（一八六二～一九五〇）が、京城の朝鮮語新聞に『無情』（一九一七年）、『開拓者』（一九一七～一八年）、『再生』（一九二四年）、『土』（一九三二～三三年）などの一連の長編小説を連載した後に、日本の総合雑誌『改造』（一九三六年八月号）に発表した短編小説である。したがって『萬爺の死』には、〈朝鮮語から日本語に〉という創作言語の転換と、それにともなう〈朝鮮語文化圏の読者から日本語文化圏の読者に〉というコミュニケーション状況の変化がテクストの成立条件として前提されている。

本論稿では、創作言語の転換が『萬爺の死』の小説世界にどのように作用しているのかという問題を取りあげる。まず第一節で、一連の朝鮮語新聞小説の人物像と対比する観点から「萬爺」という人物の性格を把握する。第二節で、朝鮮語新聞小説と『萬爺の死』における人物表象の語りの方法を対照して相違点を確認する。そして第三節では、人物表象と語りの質的差異が、創作言語の転換というテクストの成立条件の変化とどのように関連しているのかを分析する。

1　共同体イデオロギーの外部の人物

「村中の誰とも一切交渉がない」

李光洙の朝鮮語小説の主要人物と『萬爺の死』の主人公萬爺との間には、決定的な差異が読みとられる。『萬爺の死』以前の朝鮮語新聞小説は、基本的に、民族共同体の現実に対する作者のイデオロギーや社会思想を、「新青年」、「新女性」と呼ばれていた「有力」「有識」「有産」階級の人物に体現させることによって成立する。作家自身も、この点に関して明確に認識していたと見られる。李光洙は、「私が見た当時朝鮮の中心階級の実状を如実に描き出し」、「この政治下〔植民地被支配の政治的状況〕で自由に同胞に通情できない心懐の一部分を伝える」[1]ために、朝鮮語新聞小説を書いたと述べているのである。たとえば、『無情』の「享植、炳郁、英采、善馨」、『開拓者』の金性哉、『再生』の淳英、『土』の許崇などの人物は、作家自身の現実認識や共同体のイデオロギーをそのまま実践している。朝鮮語新聞小説でのこうした人物に比べ、「萬爺」はどのように形象化されているのだろうか。

『萬爺の死』は、題名が示すように、萬さんという初老の男が死を迎える過程を描いた小説である。物語冒頭で、語り手「私」は、萬爺の次のような性格に注目する。

彼は無口で、私とは足掛三年も隣同志であるけれども、極最近までは、ついぞ彼の口を利くのを見たことがなかつた。通掛かりに擦違ふ様な場合にも、彼は私に振向きもしない。私は始は彼を唖かと思つたし、つい近頃迄も彼の視力をさへ疑つた位である。〔……〕盲目の様な、そして唖の様な彼は、村中の誰とも一切交渉がない。[2]

「盲目の様な」、「唖の様な」などは、村の共同体生活の中で、村の人々とコミュニケーションを持とうとしない性格を、身体的特徴になぞらえた表現であろう。目と口とは、いうまでもなく、身体の中で他人とのコミュニケーションを可能にするもっとも重要な感覚器官である。しかし、他人との接触に慣れ親しみがなくなった場合、この目と口は、むしろ自己表現や他者理解の障碍として立ちはだかる。つまり、「盲目の様な」、「唖の様な」という表現によって、「村中の誰とも一切交渉がない」という萬爺の性格が具体的に形象化されるということである。

そして、物語の結末では、萬爺の葬式の場面や葬式以後の後日談が語られている。

〔……〕横死者の不浄な葬式が通ると云ふので、母達は物見高の子供達を、手を引つ張つたり、頭を叩いたりして、内の中へ呼び入れては戸を締めて居た。併し、五十年かの萬爺の一生に於いて、此の日ほど村の人に、その存在を認識されたことはなかつたらう。

萬爺の遺骸は、灰になつて、兄の龍爺の手で、祝音峰の頂から、風に吹き飛ばされた。

〔……〕萬さんが死んで、もう一週年になる。私は、その命日は記憶して居ない。此を記憶してるのは恐らく戸籍簿位のものだろう。（一七七頁）

ここでは、生前の萬爺と死後の萬爺に対する、村の人々の記憶が同時に示されている。葬式の「日ほど村の人に、その存在を認識されたことはなかつた」という語りからは、村の共同生活から外されていた萬爺の生き方を、「記憶してるのは恐らく戸籍簿位のものだろう」という語りからは、死後の萬爺が村の人々の記憶から抹消されていることを、それぞれ読みとることができる。すなわち、萬爺は、生きていた間も、死んだ後にも、村の人々に「その存在を認識されたことはなかつた」のである。共同体との断絶という文脈に関わって、ここでもう一つ注意したいのは、「灰になつて」「風に吹き飛ばされた」と、語り手が「萬爺の遺骸」の処理をはっきり述べている点である。周知の如く、朝鮮半島の人々にとってもっとも一般的な葬式の形態は土葬である。土葬とは、基本的に、死人の墓を作り、子孫がその墓の面倒をみるという、共同体の契約によって成立する。その意味で、土葬には、死人と共同体の生の世界とのつながりが保たれている。したがって、「萬爺の遺骸」が土葬されるのではなく、火葬され、「風に吹き飛ばされた」という物語場面には、死を契機にして萬爺と共同体とのわずかなつながりが完全に絶たれるということが暗示されている。

物語冒頭で示された「村中の誰とも一切交渉がない」という萬爺の性格は、このように、物語の最後まで一貫している。こうしてみると、萬爺と朝鮮語新聞小説の登場人物たちとの差異が明らかになる。朝鮮語新聞小説で焦点が合わせられたのは、先ほど述べたとおり、植民地朝鮮の民族共同体のイデオロギーを代弁する人物であった。それに比べて、萬爺は、村という共同体の生の世界と切断された場所に位置する人物だからである。

掟破りと共同体からの懲罰

それでは、萬爺が「村中の誰とも一切交渉がない」という事態を物語展開からもう少し詳細に捉えてみよう。

「此の土地に十四五代も住んで居つて、此の土地切つての名家」（一六九頁）に生まれ、「もう五十を四五も越」すまで、この村を離れなかった萬爺のことを、「此の村」の人々との「交渉」を前提せずに、想像することはできない。こうした「交渉」生活から萬爺を切り離したのは、萬爺が京城の職業案内所から「此の村」に連れてきた「若い女」である。「能く、アイロンを掛けられた、白麻の上衣《チ■ウトム》や袴《チマ》や、そして、その着こなしや、それから、髪の結方、翡翠の笄《ピナ》（かんざし）等、何うしても此の村の者とは思はれなかつた」（一六五頁）、その他所（都市）の女は、「山へ国有林の薪を盗みに行つたり、採石場へ、砂利を割に行つたりして二三十銭を稼ぐ」（一六三頁）「此の村」の女たちとは異質的存在である。その「若い女」が、萬爺にとっては、「金にも命にも換へられぬ代物」（一六六頁）だったのである。こうした物語状況から、村共同体と萬爺との間の亀裂は、「若い女」の価値体系を萬爺が承認したことから生じたということが分かる。

萬爺と「此の村」共同体との断絶が回復不可能になる決定的な契機は、もちろん、萬爺が所有していた「此の村」の土地や家を分けてくれることを「若い女」が要求することによって与えられる。「二百何坪かの急傾斜地の果樹園」の土地を「若い女」と「共同名義にする」という計画を聞いて、萬爺の家族――「此の村」の崔氏門中――は会議をする。

〔……〕所が龍爺は、即席に弟の不心得を責め、それに止まらずに、甥達にも、話したのであつた。「三吉。大変だ。お前のものになる財産があの女の手に這入つて了ふのだ」と云ふので、三吉の兄の、千吉や、福吉や、彼等の母や、そして彼等の叔母で、同時に龍爺の妹に当る、山向の叔母と云ふ巫好きな女とが、集まつて、協議をして、萬さんの不心得な計画を止めようとしたのであつた。〔……〕

親族の者が協議の結果、崔家の財貨を、赤の他人の、あの女に渡すことは、崔家一門の恥辱であるとの結論に達して、萬さんの兄の龍爺から、皆の前で此の宣告を云ひ渡されたのであつた。（一六九頁）

「此の村」の土地を「赤の他人の、あの女」と「共同名義に支度いと云ふ」「萬さんの不心得な計画」は、家族代表の龍爺によって「即席に」その不当性が指摘された。萬爺の計画が家族－村の秩序を破壊し、共同体の経済システムを根本から揺るがすことを念頭に置くと、龍爺が「即席に」結論を出していることは充分理解できる。ここで、土地を「若い女」と共同名義にするのは「崔家一門の恥辱である」という「宣告」だけを以って家族協議が終わるということは意味深長である。『萬爺の死』の後半の物語は、家族共同体の「宣告」がそのまま実行される方向に展開するからである。家族協議の後、「二三日して、或夜中に、萬さんの愛する女は、皮肉にも、萬さんと同衾中に家を抜け出して、姿を消し」、そのため、「萬爺は発狂した」（一七〇頁）のである。女の「夜逃げ」、萬爺の「発狂」によって、「萬さんの不心得な計画」は自然消滅してしまったのである。こうしてみると、萬爺の計画が無化されるように出来事を配置しているという点において、『萬爺の死』の作家が、家族－村の共同体の価値体系を暗黙的に容認していることは明らかである。

物語の後半では、萬爺の「発狂」を家族－村の共同体がどのように処理していくのかを追っていく。語り手「私」は萬爺の死んでいく姿を次のように捉えている。その場面を通して、萬爺の「発狂」に対する共同体の処理の仕方、いいかえれば、物語の表面には取り上げられていない村共同体の懲罰をうかがうことにする。

手頸や足頸の縄が深く皮膚に食ひ込んで、骨が見はれて居る様に見えた。あの白みの有るのは、骨膜の筈である。多分縛めを切らうと藻搔いた跡であらう。それから上膊の所をしかと結紮をしてあるので、手や爪先が青く監〔藍の誤字〕血して腫れ上がつて居る。併し、萬さんの顔には、凄い所は微塵もなく、至つて平和で睡さうでさへあつたが、唯その眼だけが、きらきらと不気味に光つて居た。（一七三頁）

萬爺を「狂人」、「色気違」と名づけることによって、すなわち、萬爺の異常を強調することによって、共同体の自らの土地への欲望は隠蔽されるようになる。ここで見逃してはならないのは、萬爺に加えられた制裁と暴力が家族－村共同体の内輪では正当化されてしまうという点である。はたして、「無口で、何時も怒つた面をしてやすが、根は正直で、人情も義理も弁へる」（一七二頁）萬爺が、「手足の動けぬやうに縛り付け」られ、死を迎えることは、本人がもっていた「色気違」という素質によるものだったのだろうか。物語の表面では、萬爺に加えられる共同体の暴力を、「発狂」に対する治療行為として描いていく。そして、「発狂」の原因が、もともと「色気違」という萬爺の潜在素質であり、また、「死」は「発狂」の治療過程で偶然生じたとするならば、共同体のほうのアリバイはひととおり成立するかもしれない。しかし、物語の裏面には、第一、都市から連れてきた「若い女」を愛することをきっかけに、生まれ育った共同体との断絶を強いられ、第二、自分と「同衾中に家を抜け出して、姿を消した」「若い女」を探し回る行動が「発狂」と名づけられ、そして第三、治療に事寄せたすさまじい共同体の暴力によって死を迎える、というモチーフの因果的連鎖がきわめて読みとりやすい形で配置されている。こうしてみると、『萬爺の死』という物語は、共同体がその中にある異質的存在を暴力的に排除していく話として浮かびあがるのである。

『萬爺の死』以前の、李光洙による一連の朝鮮語新聞小説はすべて、「この政治下で自由に同胞に通情できない心懐の一部分を伝える」ために、作家自身が把握した「当時朝鮮の中心階級の実状」を形象するものであった。そこに描き出された人物とは、植民地被支配という歴史的状況の中に置かれている朝鮮民族共同体の経験、願望を代弁し、また実践する人物であった。共同体の秩序や掟を破る異質的人物を主人公として捉え、しかもその掟破りの個人が共同体の集団暴力によって排除される過程を物語展開とした作品は、李光洙文学の中では『萬爺の死』が唯一のものである。

2　感覚的経験による語りと対象の固有性

内部認識の語りから外部知覚の語りへ

朝鮮語新聞小説と『萬爺の死』の物語世界は、どのような語りによって表象されているのだろうか。まず、それぞれの冒頭の第一文を取り上げる。

（A）京城学校の英語教師李《イ》亨植《ヒョンシク》は午後二時に四年生の英語の時間を終え、降りそそぐ六月の陽ざしに汗を流しながら、安洞《アンドン》にある金《キム》長老の屋敷に向かっている。（『無情』[3]）

（B）化学者金性哉《キムソンジェ》は、疲れたかのように椅子から立ち上がり、あまり広くない実験室の中を行ったり来たりしてうろつく。（『開拓者』[4]）

（C）革命家——彼の名は孔産《コンサン》と呼ばれている。無論これは仮名である。（『革命家の妻』[5]）

（D）夜学を終え、帰ってきた許崇《ホスン》は、両手の指を組んで枕代わりにして、行装にもたれて横になっていた。（『土』[6]）

北漢山の麓の、初夏の夜は、あの腸をちぎる様な、ポクギ鳥（晩春初夏にかけて啼く杜鵑屬の一種）の聲か、又それとは反對に、いとも朗らかな高麗鶯の聲で明ける。（『萬爺の死』一六二頁）

一連の朝鮮語新聞小説の第一文は、主人公について語っている。それらの主人公たちこそ、「当時朝鮮の中心階級の実状」を担っている人物であろう。ここで注目したいのは、それぞれの語りがどのような認識の仕方にもとづいているのかである。他の四つの朝鮮語新聞小説の第一文は、語り手の〈内部認識〉に依拠する程度が『萬爺の死』の第一文に比べてより顕著である。ここで〈内部認識〉とは、語り手の発話地点（いま、ここ）から、時間的、空間的に離れている遠隔の地点・時点に存在する事象を捉えるときの意識作用を意味する。それは、基本的に、外部世界に対する感覚的知覚経験という認識の仕方と対立する。発話地点からの語り手の感覚が直接的に及ばない対象を捉えているという点で、より先験的、総合的、そして超越的な認識の仕方である。そうした意識作用の中には、想像、想起、予期、概念、意味などが含まれるだろうが、それらを〈主観的認識〉による概念化作用（conceptualization）と理解することもできる。

すなわち、朝鮮語新聞小説の第一文はすべてが、語り手の〈内部認識〉の中に事前に概念化されていた人物を読者に紹介することによって成立している。たとえば、（A）の「京城学校の英語教師李亭植」という表現からは、「李亭植」という人物と「京城学校の英語教師」とが、語り手の主観の中にあらかじめ繋ぎ合わせせられていることが分かる。（B）で、金性哉が化学者であることが、（C）で、孔産が革命家であることが、（D）で、許崇が夜学に関与している者であることが、（A）と同様に、語り手の〈内部認識〉の概念化によって、それぞれ構成されている。このように、朝鮮語新聞小説の第一文には、登場人物の性格に対する語り手の〈内部認識〉が優先的に扱われているのである。

一方、『萬爺の死』の第一文では、物語空間や時間、そしてその中の自然現象が捉えられている。ここでは、語り手の発話地点を原点とする、外部に向かって広がる意識作用が基準になっている。先験的認識の無媒介的な提示はまず見当たらない。その意識作用とは、朝鮮語新聞小説の第一文の認識の仕方と対比する観点からすると、〈感覚的経験〉による知覚作用（perceptualization）なのである。物語場面の内部に位置している語り手は、「あの腸をちぎる様な」、「いとも朗らかな」などの表現からも分かるように、まず対象から直接に刺激を受け、その刺激に対し、情緒的に、感情的に反応を行い、知覚感覚に透過された外部世界を提示していくのである。つまり、『萬爺の死』の第一文において、対象を捉える語り手の意識作用には、〈内部認識〉より〈外部知覚〉が優先的に働いているということである。

ここで、朝鮮語新聞小説の第一文を支えている語り手の〈内部認識〉とは、作者－読者の意識共同性にも該当する。朝鮮語新聞小説読者に作家自身のイデオロギーを伝えるのがそれらの小説の目的だとするならば、作者－読者の意識共同性を前提することは当然であろう。語り手の〈内部認識〉と作者－読者の意識共同性との接点を表面化している文章として（C）が挙げられる。『革命家の妻』の第一、二文（C）では、主人公である革命家に「孔産」という名前が与えられている。名前に対する説明以外の内容は一切取り上げられていない。その「孔産」という名前は、実は朝鮮語の発音で〈共産〉と同じく〈コンサン〉と読まれることをここで見逃してはならない。基本的にハングル表記になっているこのテクストの中で、主人公の名前「공산」の部分には括弧がつけられ、漢字「孔産」が記入されているのである。この点は、語り手が人物の名前を語っていく際に、命名を工夫し、その提示方法を操作したことを端的に表している。語り手の工夫や操作というのは、いうまでもなく、対象世界を事後的に捉え、解釈し、判断する意識作用、すなわち〈主観的認識〉の概念化作用にほかならない。

もちろん「공산（孔産）」という命名には、その人物が共産主義革命家であること、植民地社会で共

産主義運動がすでに失敗していたこと、そして語り手が共産主義者たちを風刺していることなどをめぐって、作者‐読者の共有意識が働いている。周知の如く、一九二〇年代における植民地共同体の民族主義の方向性は、ソビエトコミンテルン傘下の共産主義者の革命闘争を支持する路線と、資本主義システムの中で民族の主体的な実力の養成を主張する路線とに、二分されていた。植民地住民共同体の民族主義の文化状況も、こうした政治的、思想的展開の中で形成されていた。『革命家の妻』(一九三〇年)という作品には、植民地住民の漸進的実力養成主義の立場から共産主義的革命路線を批判する、李光洙自身の民族主義イデオロギーが反映されている。それは、植民地被支配状況の中で発行されていた朝鮮語新聞の民族主義を代弁するものでもあり、李光洙の一連の朝鮮語新聞小説における一貫したイデオロギー的主張でもあった。つまり、『革命家の妻』の主人公の名前「孔産」は、朝鮮語新聞が媒介する植民地民族主義の立場から共産主義革命家の行動や思想を批判し、滑稽化しようとする、作者‐読者の共有意識によって構成されたのである。その点において、「孔産」は、外部世界の人物を指す固有の名前ではなく、語り手の〈主観的認識〉にあらかじめ内在していた〈類概念〉そのものである。

(C)以外の文章からも、対象世界を捉える語り手の認識の仕方が作家自身の民族啓蒙主義に深く関わっていることが読みとられる。たとえば、(A)の「京城学校英語教師」、「英語授業」、(D)の「夜学」などの言葉には、近代的知識に対する植民地住民の願望が、(B)の「化学者」、「実験室」という言葉には、西欧の近代科学文明に対する憧れが、直接反映されている。こうしてみると、朝鮮語新聞小説の第一文において、対象世界を捉える語り手の〈主観的認識〉の概念化作用、作者‐読者の意識共同性、そして朝鮮語新聞が媒介する植民地住民の共同体的イデオロギーの諸要素は、互いに重なり合って表現の意味を支えていることが確かめられる。

これとは対照的に『萬爺の死』の第一文では、「北漢山の麓」、「ポクギ鳥の聲」、「高麗鶯の聲」など、外部世界の固有の対象を指示する言葉が目立つ。その文章の表現は、語り手の感覚的知覚が把握する対象と、そこに結びつけられている感覚的、情緒的経験とを指示する言葉によって構成されている。語り手は、発話地点での意識作用によって、対象世界を捉えているということである。こうした表現を通して読者が体験する物語世界とは、〈主観的認識〉の内部にあらかじめ形成されていた概念的、イデオロギー的事象ではなく、語り手の〈感覚的経験〉の知覚認識によって捉えられた外部の対象なのである。

原理的に考えて、実在する外部世界を最初に経験するときの人間の意識作用とは、さまざまな感覚による〈知覚認識〉のほうであろう。〈主観的認識〉は、その感覚的知覚の累積によって、ある経験像が形成されていく結果として得られたものである。その点において、知覚認識は、主観的認識に比べ、存在論的に優先的であり、認識論的に根源的であらざるをえない。したがって、外部世界にある指示対象の固有性を言葉に保持させるためには、語り手は、〈主観的認識〉ではなく、〈感覚的経験〉のほうに依拠して表現するしかないということになる。

ここで、〈感覚的経験〉に頼る表現と指示対象の固有性との関係を『萬爺の死』の第一文で確かめてみる。語り手が捉えている「北漢山」は、そこから抽象された意味、いいかえれば〈主観的認識〉の中に形成された概念には還元できない固有対象である。たとえば、「北漢山」から抽出される、地理的認識、生体学的認識、地質学的認識などのさまざまな〈主観的認識〉の意味作用からはつねにすりぬけていくのが、「北漢山」という固有存在である。「北漢山」という対象は、〈感覚的経験〉に依拠する語りによって表現されるとき、はじめてそれ自体の権力である固有性を保持することができる。すなわち、『萬爺の死』の第一文では、語り手の意識が〈感覚的経験〉の知覚作用に依拠していること、それによって、指示対象が固有の外部世界として表現されているということが明らかである。

類概念的人物から「萬爺」へ

それでは、朝鮮語新聞小説と『萬爺の死』の第一文で分析した、〈主観的認識〉に偏向する語りと〈感覚的経験〉に偏向する語りという表現の質的差異は、それぞれの物語世界全体ではどのように確認されるのだろうか。まず、(朝鮮語新聞小説を代表して)『無情』と『萬爺の死』で語り手が主人公を描く部分を引いてみる。

(A)まだ独身の李《イ》亨植《ヒョンシク》は親戚以外の女性と近しくしたことがない。純真な青年にはよくあることだが、若い女性と向きあうと含羞《はにか》んで顔が火照《ほて》り、思わずうつむいてしまう。男としてこれでは情けないかもしれないが、女と見ればあらゆる口実を設けて近づき、一言でも口をきこうとする軽薄なやからよりはましであろう。(『無情』三頁)

〔……〕たしかに、亨植《ヒョンシク》は何の力もない。黄金《かね》の時代だというのに黄金《かね》の力があるわけでもないし、知識の時代だというのに人が羨むほどの知識力があるわけでもない。イエス・キリストはずっと前から信仰しているが、もともと教会に志があるわけではないので、教会内での信用もさほど大きくない。

(『無情』七頁)

（B）萬さんと云ふのは、もう五十を四五も越した採石場の人夫だ。自分では石工だと云つて居るけれども、一人前の石工ではないらしい。只火薬で爆破された大きな石塊を、棟梁の指図通りの寸法に、割つたり、荒削りをしたり、する様であつた。彼は顔の黒い、目の窪んだ、そして小くて白み計りがいやに目立つ、知力も感情も並以下ではあるが、禮〔體の誤字（?）〕格は至つて岩畳な男であつた。
（『萬爺の死』一六四頁）

（A）で、「李亨植」という人物の性格を描写する際に、語り手は、まず「独身」であるという断定から語り出している。語り手の〈主観的認識〉の中の判断が何より先に提示されるのである。次の文章では、「純真な青年にはよくあることだが」という一般化の叙述によって、李亨植の女性に対する価値観や行動が、類的な属性として抽象化される。語り手は、判断、解釈、一般化を通して、李亨植という人物を描いていくのだが、そこで捉えられている「独身」、「純真な青年」とは、実は、語り手の〈主観的認識〉の中に先験的に与えられているカテゴリーにすぎない。語り手は、具体的な個別者である李亨植の行動や性格ではなく、一般者である「独身」、「純真な青年」のそれについて表現しているのである。つまり、（A）の前半部には、語り手の〈主観的認識〉による概念化作用が強く働いているということだ。人物の性格がもう少し加えられる（A）の後半部の語りでも、語り手は同様の態度を示す。「何の力もない」という語り手の先験的判断が何の前触れもなく語られる。次の文章からは、その「何の力もない」状態について説明していく。「黄金の時代」、「知識の時代」という、作者－読者の共有認識によって支えられる言葉を動員し、「何の力もない」という性格の理由づけをしているのである。それによって描かれたのは、「純真な」「無力な」青年というステレオタイプの人間像にほかならない。どこにも存在しそうではあるが、実際にはどこにも存在しない、〈主観的認識〉から語った類概念的な人間なのである。

一方、萬爺はどのように捉えられているのだろうか。萬爺を「採石場の人夫」として描写する第一文で、語り手は、まず人物の年齢に関する情報から述べる。見逃してはならないのは、「もう五十を四五も越した」と、語り手が概略的な表現を用いている点である。「五十を四五も越した」とは、いうまでもなく、人物の外見から直接的に得られた感覚的知覚認識による描写である。したがって、そこには、あらかじめ収められていた人物に対する情報はほとんど介入しない。第二、三文では、「らしい」、「様であった」など、推測、伝言をあらわす終結表現が使われている。それらの表現もまた、語り手の規定、判断など主観的認識の働きを阻止する機能を果たしている。そして、最後の文章では、語り手は、自分が直接見た情報とその場で感じとった情報を中心に人物の性格を構成する。もちろんそこには、「知力も感情も並以下ではある」と、語り手の主観的判断が語られてはいる。しかし、萬爺のそうした性格は「顔の黒い、目の窪んだ、そして小くて白み計りがいやに目立つ」という人物の外見から引き出されたものである。語り手の外部知覚による感覚的経験が優先されているということである。つまり、萬爺という人物を捉える際に、『萬爺の死』の語り手は主観的認識の働きを抑制し、感覚的知覚経験を積極的に生かすスタンスをとっているのである。

「萬爺」は、第一節で議論したとおり、村の掟を破ることによって共同体から追い出される人物であった。そのような人物だからこそ、作者－読者の民族共同体のイデオロギーの中で代弁されることはない。その結果、類概念化から自由になった固有人物として捉えられたのである。確かに、「萬爺」は、朝鮮語新聞が媒介する民族共同体の記憶と予想の中には存在しない人物である。しかし、植民地朝鮮という具体的な経験世界の中に〈本当に〉存在する人間とは、「当時朝鮮の中心階級の実状」として恣意的に抽象された「英語教師」、「化学者」、「革命家」ではなく、萬爺のほうだったのではないだろうか。それは、萬爺が、語り手の感覚的経験の認識作用によって捉えられた、外部世界に実在する固有の人物だからである。もちろん、萬爺の固有性は、『萬爺の死』の語りそのものに絶対的価値として内在しているものではない。それは、朝鮮語新聞小説での類概念的人物から『萬爺の死』での「萬爺」への変化を介して、相対的差異の価値として見いだされたものである。朝鮮語新聞小説での語りの概念化作用によって排除された対象世界の固有性は、『萬爺の死』での語り手の感覚的経験に依拠する語りの中で回復されるようになったということである。

3　異言語テクストとしての『萬爺の死』

朝鮮語新聞小説と『萬爺の死』を対比すると、植民地民族共同体の内部の価値体系を体現する人物から「村」共同体の外に追い出される人物へ、また、語り手の〈主観的認識〉の概念化作用に偏向する語りから〈感覚的経験〉の知覚認識に偏向する語りへ、という二点がもっとも重要な物語世界の変化として浮かびあがる。そしてこの二点の変化が因果的に関連していることについては、これまでの議論で述べたとおりである。それでは、こうした物語世界の変化は、作家が朝鮮語から日本語へと創作言語を転換する契機とどのような地点で関わっているのだろうか。

朝鮮語新聞小説での語り手の主観的認識の概念化作用は、基本的に、朝鮮語を媒介にする作者－読者の共同体意識によって支えられていた。しかし、日本語小説『萬爺の死』は、当然ながらこうした作者－読者の共同体意識が不在である言語状況を前提するテクストになるのである。まず、朝鮮語から日本語へと創作言語が転換されることにより、作者－読者の共同体意識がテクスト言語状況から排除される、という事態をもう少し分析的に考えてみることにする。

作家にとって自分が属している共同体の言語である朝鮮語は、実は、植民地期の二言語の文化状況では、つねに自言語、〈母語〉という相対的観念として想定されていた。いいかえれば、異言語である日本語との関係の中で、あるいは日本語が「国語」として強制される中で、朝鮮語は自己同質的価値を獲得していたのである。日本語によって抑圧される朝鮮語を選択し、朝鮮語新聞メディアに発表した李光洙の創作は、その点において、自民族共同体の言語である〈母語〉の発話の典型的な例にあたる。朝鮮語新聞小説は、それ自体〈母語〉共同体の内部での発話行為でもある。「いうならば、この政治下で自由に同胞に通情できない心懐の一部分を伝える」という朝鮮語新聞小説に対する作家の主張は、まさにこうした〈母語〉共同体の作者－読者の相互主観性の等質的関係を前提していたのである。

一方、〈異言語〉テクストとは、いうまでもなく、〈母語〉共同体の外部に向かう発話として成立する。したがって、異言語による発話行為の中で、作家は、言語共同体の外部の他者性、あるいは異質的読者の他者性を想定せざるをえない。文化的かつ歴史的コンテクストを異にする読者集団とのコミュニケーションに、〈母語〉共同体の発話状況の中で想像されていた相互の共同主観性の等質的関係が排除されることは充分予測できる。そのかわりに、異言語による発話行為には、作者と読者の間のありとあらゆる非等質的な関係が立ち現れるようになる。したがって、植民地期二言語作家李光洙が『萬爺の死』を日本語で書くという事態には、〈相互共同主観性の等質的関係〉が〈他者との非等質的な関係〉に置き換えられるというテクストの言語状況の変化が必然的に含まれる。

ここで一つ確かめておきたいのは、〈母語〉の言語行為と〈異言語〉の言語行為とが、〈相互共同主観性の等質的関係〉あるいは〈他者との非等質的な関係〉のもとで、それぞれ自律的に成立することを意味するのではないということである。母語から異言語への転換によって初めて、母語の対話における〈相互共同主観性の等質的関係〉も異言語の対話における〈他者との非等質的な関係〉も、相対的差異の価値として見いだされるのである。より具体的にいうと、植民地朝鮮人作家李光洙が朝鮮語新聞に書くときの構えから、植民本国の『改造』の日本語読者に向かって書くときの構えへ、と転換する状況の中で、朝鮮語新聞小説における〈作者－読者意識の等質性〉と『萬爺の死』における〈作者－読者意識の非等質性〉が確認できるということである。もともと〈母語〉と〈異言語〉とは、それぞれ自律的に実在する言語体系ではない。一方がなければ他方もありえない〈相対的関係〉の観念体系として想像されるしかないものだからである。

したがって、『萬爺の死』という異言語テクストでの発話行為は、朝鮮語共同体システム内部における作者－読者の等質的関係性からの相対的差異として見出される、日本語システムの作者－読者の非等質的関係性によって支配される。作者－読者の非等質的関係への転換というテクストの発話状況には、共通の規則やコードを語り手と聞き手が共有しないという条件が前提される。ここで、植民地住民共同体の語り手と聞き手の意識共有性のもとで成り立っていた朝鮮語新聞小説での語りは、最初からその根拠を失わざるをえなくなる。そのかわりに、『萬爺の死』の語りには、語り手が感覚的経験の知覚認識に依拠して対象世界を捉える傾向が著しくなったのである。〈非等質的な他者性〉によって作者の意識が支配される発話状況では、語り手は、語り手と聞き手の両方が疑うことのできないもっとも確かな事象から語りはじめなければならない。ここで〈もっとも確かな事象〉とは、語り手の主観的認識の中に概念として体系化されている対象より、存在論的にも、また認識論的にも先行する、外部に実在する対象であるはずだ。その外部対象を捉えていく『萬爺の死』の語り手は、主観的認識のほうではなく感覚的経験のほうの知覚作用に優先的に依拠するようになったということである。

こうしてみると、人物表象の変化、語りの変化、そして創作言語の転換という契機は、因果的に結ばれていることが明らかである。「村」共同体の異人、作者－読者の共同主観性の外部の人物「萬爺」は、つまり、植民地期の二言語作家李光洙が、母語から異言語へと越境するという創作言語の転換によって体験した新しい表象である。この新しい表象の獲得は、いいかえれば、「この政治下で自由に同胞に通情できない心懐の一部分を伝える」という民族共同体のイデオロギーからの解放によって行われたのである。しかし、朝鮮人作家が朝鮮語から離れ、日本語を選択すること自体を否定的に見る、すなわち、民族共同体の自言語中心主義の観点を堅持しようとする、これまでの文学研究が、それを正しく評価することはもちろんなかった。この新しい人物の表象は、朝鮮語新聞小説と『萬爺の死』を、〈母語〉と〈異言語〉を往来する二言語の相互関連テクストとして位置づけ、対比的に読んでいく中で初めて浮上するものだからである。

注

（1）「余の作家的態度」『東光』一九三一年四月、八一頁。朝鮮語文章の翻訳は、特記しない限り、鄭百秀による。
（2）『萬爺の死』『改造』一九三六年八月、一六四頁。
（3）『無情』波田野節子訳、平凡社、二〇〇五年、三頁。
（4）『李光洙全集』第一巻、ソウル：三中堂、一九六二年、三一九頁。
（5）三部作『群像』の第一部。『李光洙全集』第二巻、三五七頁。
（6）『李光洙全集』第二巻、七頁。

中西伊之助文学における〈朝鮮〉

勝村　誠

1　創作と闘いを結びつけて生きた人

中西伊之助は一九二二（大正一一）年二月に『赭土に芽ぐむもの』（改造社）を発表し、文壇に鮮烈なデビューを飾った。この作品は長編小説として初めて日本の朝鮮植民地支配を批判的に描きだした作品であった。さらに同じ年の『改造』九月号には日本人青年が朝鮮人独立運動家を訪問する設定の中編小説「不逞鮮人」を発表し、翌二三年二月には朝鮮人革命運動家たちを主人公にした長編小説『汝等の背後より』（改造社）を発表した。また、同じ時期に「新しい朝鮮（上）・（下）」『東洋』（一九二二年五月・六月）、「朝鮮及び朝鮮婦人の美」『中央美術』（一九二三年五月）をはじめ朝鮮に関する多くの論説を新聞や雑誌に発表し、朝鮮に詳しい文人として一躍注目されるようになったのである。ここでは、まず中西伊之助の文壇デビューまでの歩みを確認しておくことにしよう(1)。

中西伊之助は一八八七（明治二〇）年二月八日に京都府久世郡槇島村（現在の宇治市槇島町）で生まれ、

一九五八（昭和三三）年九月一日に神奈川県藤沢市で死去した。(2) 少年期に槇島から京都府宇治村五ヶ庄芝ノ東（現在の宇治市五ヶ庄）に転居しているが、槇島と五ヶ庄を合わせ、中西伊之助は宇治で生まれ育った作家であると言って差し支えないだろう。中西が一九二三年五月に発表した『農夫喜兵衛の死』（改造社）は自らの少年時代の経験をもとに書きあげた小説である。自らをモデルにした辻伝作が槇島と思われる村の農家の手伝いに励む場面や、五ヶ庄の陸軍宇治火薬製造所で過酷な労働に従事する場面が登場するが、それは実体験をもとに綴られたものであり、その体験こそが中西文学、そして中西の人生の原点をなしている。

昭和初期の中西伊之助

　中西伊之助は向学心の強い少年だったが、生家が没落したため少年期から過酷な労働に従事した。十四歳で陸軍宇治火薬製造所の職工になり、十六歳で奈良鉄道の機関庫掃除夫、そして日露戦争時には対馬の海軍修理工場に勤めた。より高い賃金を求めて危険な戦地にまで赴いたのだろう。こうして中西は「十九まで労働して傍ら独学して百円の金を作って」東京に出た。中西はのちに自分の少年時代を「十五、六の少年があんなことまでして貯金をして学問をしたかったのかと思へば今でも自分がいたわしい」と述懐している（『大衆』創刊号、一九二八年四月）。

　中西伊之助は対馬でキリスト教徒の夫妻に出会い強い影響を受け、東京に出てからは雑誌『光』や『新紀元』を愛読し、次第に社会主義に近づいていった。一九〇七（明治四〇）年の『日刊平民新聞』には中西が投稿した記事が二本掲載されている。そして兵役を終えてから、生母が暮らしていた朝鮮に渡った。朝鮮で『平壌日日新聞』の記者となった中西は、朝鮮総督府や日本企業に対する批判記事を書いたことから、信用毀損罪のかどで平壌監獄に投獄されたとされている。この経験が『赭土に芽ぐむもの』の基礎となった。

中西は一九一四（大正三）年の二月以降に平壌を後にし、『やまと新聞』や『鉄道時報』などの記者をつとめた(3)。また、堺利彦が開業した売文社が一九一六年四月に開設した「売文社語学部」に入学しており(4)、このときに堺利彦や高畠素之から『共産党宣言』などの社会主義文献を英文で読む指導を受けている(5)。そして、一九一八年二月には『時事新報』の社会部記者となった(6)。

中西は時事新報記者として労働争議を取材するうちに、当時きわめて劣悪な境遇にあった東京市電（路面電車）の労働者と知り合い、彼らの組合結成を援助するようになる。一九一八年九月三日、ついに日本交通労働組合が結成され、中西は理事長（いまの書記長）に選ばれた。そのことはすぐに時事新報社に知れ、解雇される。そして一九二〇（大正九）年四月には東京市電争議の全線ストライキを指導して治安警察法違反の容疑で検挙され、市電争議とともに、その指導者として中西伊之助の名も世に知られるようになった。もはや新聞記者としては生きられなくなった中西だったが、そんなときに手にした賀川豊彦のベストセラー小説『死線を越えて』を読み「これぐらいなら自分でも書ける」と思い立って作家への道を歩みはじめたのであった。そして、自らの数奇な朝鮮体験をふまえて『赭土に芽ぐむもの』を書きあげた。その後、中西伊之助は社会運動家として活動しながら、数多くの作品を発表しつづける。まさしく創作と闘いを結びつけて生きた人であった。

2　中西伊之助の朝鮮表象――『赭土に芽ぐむもの』を中心に

『赭土に芽ぐむもの』は本文五九四頁、一〇〇〇枚を超える大作である。全体は七三の節からなるが、二人の主人公が交互に登場する筋書きであり、大きく分けると六つの部分からなる。少し長くなるが以下に梗概を示しておく。括弧内は節の番号である。

①金基鎬《きんきこう》は朝鮮半島のH（平壌）近郊に住む勤勉な農民である。一人息子の金成俊《きんせいしゅん》は酒家や色酒家に入り浸っている。金基鎬にH政庁から日本企業による炭坑開発のための所有地買上の内達が届く。土地を売る気になれない金基鎬はH政庁から差し紙を受けて出頭して、精一杯の抵抗を示す。金成俊は色酒家からの帰り道に身に覚えのない殺人の罪で逮捕されH監獄に送られる。（一～七）

②槇島久吉は過酷な労働生活、苦学、兵役を経て、生母が暮らすC（朝鮮半島）に渡る。Cに着いてみると、継父が営む商店はC人に薬品（阿片）を販売しており、継父は母に暴力をふるっていた。槇島は家を出て下宿し、H近郊農村の景観や人びとの生活に親しみ、魅せられるが、Cの人びとと解りあえないことに寂しさを覚える。（八～一七）

③槇島はH日々新聞（平壌日日新聞）に記者として採用され、

『赭土に芽ぐむもの』書影

Ｃ人もふくむ社の同僚たちと親しく交際する。私生活では、妓生の姜錦江《きょうきんこう》や日本人芸妓の萩路と交際する。また、取材を通じて日本人たちの道義なき姿を目にする。（一八～三〇）

④病気で妻を失った金基鎬は農地を手放すことになったが、郷里を離れる決心がつかず悲しみにくれる。同じ集落に住む女性・李召史《りしょうし》は農地も夫も失っていたが、金基鎬は彼女の境遇に同情するようになる。金基鎬は李召史がＮ人（日本人）経営の曖昧屋（表向きは料理屋などに見せかけながら、ひそかに客をとる店）に勤めに出ていると知り、その店をのぞくが金銭を奪われ叩き出される。金は李に付きまとっているうちに、李がＮ人相手の娼妓になっていることを知る。金は李に対する同情と独占欲を催してつきまとい、はずみで彼女とその子供を殺害してしまう。（三一～三六）

⑤槇島のもとに、Ｈの近郊にあるＦ組（藤田組）Ｓ炭坑の労働者虐待を告げる投書が届き、槇島は同僚とともに取材に行く。そこでのＮ人の職工たちの労働条件は劣悪で、伝染病に感染しても放置されており、死者も出ていた。槇島は現場の労働者たちと労働条件改善を求める運動を起こそうとするが、何者かに襲撃されＨに戻る。社に戻った槇島はＨ日々新聞で論陣を張りＦ組との戦いを挑むが、Ｆ組から信用毀損罪で告訴され、新聞は発行不能になり、槇島は起訴されＨ監獄に投獄される。（三七～五二）

⑥槇島はＨ監獄の監房で金基鎬と同房となる。槇島は劣悪な監獄の環境に苦しみながら、同房の金基鎬に惹きつけられていく。ある日、槇島は金基鎬がＣ人の看守から暴力を受ける姿を眼にし、それに抗議する。それがきっかけとなり、槇島と金基鎬の間に監房内で静かな心の交流が芽生える。金基鎬の死刑が確定した日の夜中、槇島はふと眼をさますと、窓の下に立っていた金基鎬の姿を眼にし「神秘な感」に打たれる。槇島が金基鎬より先に保釈で監房を出るとき、金基鎬は槇島を監房の出口まで見送っ

てくれ、はじめて槙島に涙を見せる。槙島は公判で懲役四ヵ月の刑に処せられ、真冬のH監獄で労役につきながら刑罰や生命についての思索を深める。出獄の日、槙島は萩路と一夜を過ごし、翌朝、次の放浪の旅に立つ。（五三〜七三）

　このように、中西伊之助は槙島と金基鎬という二人の主人公を交錯させながら、自分の分身としての槙島が次第に植民地支配への批判的な眼と、被支配民衆との共感を求める心理を育んでいく過程を描いた。また、土地を強制的に奪われた理不尽さを呪う金基鎬を登場させることによって、当時の朝鮮半島の農民の心理を推し量ろうと努力した[7]。そして、その二人が監房で出会い、静かに心を通わせていく様を描いたのである。そのような中西の朝鮮観と朝鮮表象をテキストにそって確認してみたい。まずは冒頭部を見ておこう。

> 土人の金基鎬は、この部落でも可なり立派な門構の家から、ひよろ長い軀《からだ》を屈めながら出て来た。落葉した楊柳《やなぎ》が、その家の厚い瓦の上に枝垂れかゝつてゐた。
>
> 痘痕《あばた》のある、骨つぽい彼の顔に、汚ならしい天神髯の伸びてゐるのが、いかにも寂しい。けれど、日光に焼け爛《ただ》れた顔や、その手先の銅色の皮膚を見ると、彼がここの土人に有り勝ちな遊惰民の部類に属してゐないことだけは判る。木綿の白い上衣《ちょぐり》と袴《ばあちい》だけは、それでも新しかつた。その眼がよく光つた。
>
> 　そこはC植民地の冬であった——。東方のNと云ふある強国の——。その小さな部落には、土人の家が百戸あまりあつた。西方の大陸から吹いて来る砂漠の黄塵を孕《は》らんだ嵐は、この半島に、ほんの太

古からの惰力で生きてゐるやうな人々の生活を恣《ほしいまま》に脅かした。土人等はその暴威を防ぐために、荒土《あらつち》を塗り込めた頑丈な洞穴に似た矮《ちいさ》い家に棲んだ。それは恰《あた》かも人類の穴居時代からまだ幾歩も進化してゐないもののやうに想はれた。

（『赭土に芽ぐむもの』改造社、二頁。以下、頁数のみ記す）

中西はこの小説の書き出しで、朝鮮の「土人」の多くを「遊惰民」とし、その暮らしは「人類の穴居時代からまだ幾歩も進化していない」ものだと、植民地の有り様を冷酷に描く。中根隆行は「この冒頭部の朝鮮人農民の形態描写は、日本人の農民表象の特徴にほぼ重なる」としたうえで、「金基鎬をめぐる生活環境は〈文明／野蛮〉という紋切り型の植民地表象の語りによって倍加される」として、中西の朝鮮表象を〈文明／野蛮〉の構図に沿うものと捉えている。(8) しかし、冒頭部分の表現をそこまで全面化して中西の朝鮮表象を評価してしまっていいのだろうか。「土人」「天神髯」「遊惰民」と畳みかけられる言葉は、中西の朝鮮表象というよりは、おそらく当時の日本人の一般的な朝鮮表象に寄り添って選ばれた言葉であっただろう。

この小説中の槇島久吉は日本で報われず新天地での生活を夢見て朝鮮に渡ってきた青年として描かれている。そして、槇島が朝鮮で様々な現実に出会いながら、朝鮮社会に対する認識を深めていくという仕掛けになっている。中西の朝鮮表象は中根が断じるほど単純な構図ではないと私は思う。

槇島は生母に再会した夜に継父が朝鮮半島で「薬品」（阿片）を売っていることを知って衝撃を受け、「この民族的な罪悪と知りつゝ、なぜそんなことをしなければならんのだ！」と憤る。でも、その作業を手伝うことを断れない槇島は、自分に対して、そして継父の家で働いている人々に対して「胸の閊《つか》えるような憎悪を感じた」（一二六頁）。そして、その憎悪は「この媚薬にも似た恐るべき文明」（一三〇頁）への批判となる。(9) 結局、槇島は継父の家を出てH（平壌）の町外れの下宿に住み、しばらくは近郊の農村を散歩することを日課とした。次のくだりはその農村の情景描写である。

もう初夏の水々しい光が天地に溢れてゐた。江岸《こうがん》のまばらにある楊柳や白楊樹《ぽぷら》の葉が、吹く風に鮮やかな緑の波を打たせてゐる。分けても胡藤樹《あかしや》は乳白の房々した藤によく似た花を一ぱいにつけて、それが芳烈な香りを放つてゐる。江岸に出ると、そんな樹々の蔭には、鶴髯白衣《かくせんびやくい》の父老が、やゝ屈んだ腰の上へ、後ろ手を組んで、静かに流れて行く水を凝《じ》つと眺めてゐる。「逝者如斯乎《ゆくものはかくのごときか》、昼夜不舎《ちゅうやをすてず》」——とは這《こ》の父老が説いたのではないかと疑はれる。彼はこの民族の、かうした閑雅な姿が好きであつた。（一四五頁）

ここは冒頭部との対照をなす部分であり、あわせて把握する必要がある。朝鮮の農村は「野蛮」どころか、豊饒な自然と農民とが穏やかに共存しており、『論語』がよく似合う精神性の高い世界として描かれている。『楮土に芽ぐむもの』では、ほかにも随所に朝鮮半島の風景、人々の生活ぶり、風習、文化、芸術が丹念に描かれている。時には美しいものとして、時には悲しいものとして描かれる、その文章から中西が朝鮮半島の人々、その生活や文化、芸術に愛情を持って接し、理解を深めようとしていたことが読みとれる。中西にとっては近代文明こそが野蛮であり、それゆえに中西は近代文明に蹂躙されつつあった植民地の諸現象のなかに、決して美術や芸術だけに限定することなく、朝鮮社会の原風景やそこに暮らす人々の伝統的な風習や生活様式や文化そのものに、美や価値を探し求めようとしていた。

3　民族の差異の認識

中西伊之助は『赭土に芽ぐむもの』で、朝鮮半島を蹂躙する日本人たちの振る舞いを道理や正義のないものとして描いていく。自分が愛情を込めて見つめようとしている朝鮮の土地で、自分が属する支配民族が近代文明の名の下に民族的罪悪を行っていると考える中西は、自分自身も同じ民族としてその罪から逃れることができないと考えた。中西はそんな自分を憎みつつも、自分自身が朝鮮の人びとから憎悪される民族の一員であることを強く自覚していた[10]。槇島が近郊の農村地帯で散策を楽しんでいて、一人の老農夫と出くわしたとき、自分がうっかりと畑に足を踏み入れて苗を踏みつけてしまったことに気づく場面がある。

〔……〕手に握つた砥鎌《とがま》が彼にはいやに大きく見えた。彼は自分のやつたことよりも、薄気味悪い方が先に立つた。彼は兎のやうにそこの畦と思うあたりに跳び退いた。〔……〕（しかしあの土人の老農夫は、俺がうつかりしてこんなところへ来たのだと云ふことを知つてゐるだろうか？　そしてあの丹精した苗を蹂躙《ふみにじ》つたことを、俺が心から悪かつたと思つて胸の中で俺が彼に謝罪してゐることを識《し》つてゐるだろうか？——勿論そんなことを彼が識らう筈がない。……自分の汗と膏《あぶら》で丹精してゐる農作物を、そこへ突然現はれた異民族が、平気で足下に蹂躙してゐるのを、彼はどんなに憎悪に燃た眼で見たであらう！　彼の有《も》つ潜在意識が、それにどんなに強く鋭く油を注いだことであらう！　あの激情性な民族が、よく俺に跳びかゝつて、握つてゐる大きな砥鎌でグザとやらなかつたものだ！）と彼は思つて戦慄を禁じ得なかつた。（二五〇頁）

ここで槇島が咄嗟に自分の身が危ういと感じたその恐怖心は、中西自身の感情でもあったのだろう。次に紹介するのは『赭土に芽ぐむもの』発表の直後に書かれた論説であるが、ここで中西は朝鮮人と接する時に自分は「死」を覚悟していると述べ、逆に日本人の読者たちに、自分たちがそれほどまでに憎悪を受けていること、ひるがえって日本人が朝鮮で復讐されて当然なほど非道なことをしていることへの自覚を促した。

私は従来、度々朝鮮を旅行する。その場合、私はいつも心の中に覚悟してゐることは「死」である。何時、朝鮮人が日本人である私を虐殺するか知れない。彼等は、一日本人である私を、決して許しはしない。彼等は、機会があれば、私を路上に殺してしまふかも知れない。その場合、私は屑よく朝鮮人の復讐の犠牲になる覚悟をしてゐる。彼等にとって、復讐は当然の感情であるからである。（中西伊之助「花影暗し」『内観』第二五号、一九二二年四月）

また、『赭土に芽ぐむもの』の半年後に発表された中編小説「不逞鮮人」[11]にも同様の心理描写が見られるので、すこし検討してみたい。この小説は、日本人青年・碓井栄策が、友人である朝鮮人青年の洪煕桂の紹介状を手に朝鮮西北部を本拠地にしている抗日運動家の家を訪ねにいくという筋書きである。登場人物の設定は、碓井と洪が大学の同級生（洪が東京に留学していたと読める）、主人はかつて京城で抗日活動をしていた人物、そして洪は主人の娘の婚約者である。主人の娘は三年前に独立運動に参加して、日本の官憲に刺し殺されている。また、洪は唯物論者・世界主義者として「歴史的に朝鮮の民衆を虐げた古い伝統と戦わねばならない」（四六頁）と考える社会革命家であり、朝鮮社会の伝統を重んじて生きている主人とは対照をなしている。

碓井は主人に面会を許される。そして、少し日本語のできる主人と直接日本語で語り合う。作品の中盤では、二人はお互いにたどたどしい途切れがちな対話を通して相手の感情を探り合っていく。この場面は緊張感に満ちている。主人の「日本人は、文明は非常にいいと云いますね？」という問いに、碓井は今の文明は「恐ろしいものだ」と答える。

「いいえ、私は今の文明を決して幸福だとは感じていません。たとえ他人からどんなに幸福だと宣伝されても、自分が幸福だと信じられないからです。幸福とは、つまり自分の感じですから、文明であろうが、野蛮であろうが、他人がどう云おうが、自分が幸福だと感じた時が、ほんとうの幸福です」

「はあ、あなたは、ほんとにそ思いますか」

「ええ、固くそう思います」

「そてすか、私もそ思います。私は娘が死んだ時、ほんとにそ思いました」（五一頁）

二人が共感した瞬間である。ちなみに「そ」は主人が話す日本語の発音の特徴を示した表記である。主人はこの後、いままで誰にも見せたことのない娘の形見、すなわち血染めの着物を碓井に見せる。娘の血染めの着物をはさんで二人は向き合い、主人は着物について語る。

> 「碓井さん、これか娘の致命傷てした」
> 　主人はこう云って、また凝っとその着物を両手で支えながら、栄策の眼の前に見せている。その主人の娘の最後を決定した報告が、はっきりと彼の意識に這入って、それから眼の前の着物をなお自分は眺めていなければならないのだと彼が思った時、彼はその主人から、遂に自分も最後の断罪を受けたように思った。（五六頁）

そして主人は娘の着物を片づけると、また冷静になって娘の死の場面を碓井に語る。碓井はそんな主人に「惨めな我児の死ざまを眺めてさえ顔の筋一つ動かない、東洋的な特殊の強い意志を持つ人」を見る。そして主人の「その理智の力が、やがて彼の社会と人生へ根深く反抗の鋤《すき》を差し込んで行くような結果になるのであろう」（五七頁）と碓井は考える。中西伊之助は、主人と碓井とのやり取りを書くことをとおして、自分自身が日本人として三・一独立運動をどう受け止めるべきかを熟考したのではないだろうか。

　このあとは夕食の場面が描かれる。主人は碓井をご馳走と酒でもてなし、近所の親戚も呼んで宴席となる。主人は上機嫌で碓井を「若くても、偉らい」と評価し、親戚にも「なにか熱心に語っては、自分でもしきりに感動しているらしい容子」(六二頁)を見せていた。碓井は朝鮮語が聞きとれないのである。やがて宴は終わり、碓井は主人に寝室まで案内される。ところがである。碓井は夜中に人の気配を感じて目を覚ますと、不意に自分は襲われるのだと感じ恐怖にとらわれる。さらにその人影が主人だと分かると、自分が殺されると思いこんでしまう。碓井は咄嗟に「洪に陥られたのだ」、「洪は自分達を手引きして、舅の復讐心を満足せしむべく犠牲の祭壇に供したのだ」(六七頁)と考えてしまう。実は、主人は客人の荷物を確かめにきたのであった。

4　中西伊之助の朝鮮との向き合い方

中西伊之助は『赭土に芽ぐむもの』では槇島久吉の目をとおして中西の目に映った朝鮮の姿を豊富に描写しながら、金基鎬を登場させることで虐げられる朝鮮の民衆の心情に迫ろうとした。いっぽう、「不逞鮮人」では朝鮮人との「語り合い」に向かう日本人青年の心理を描いて、自らの中に朝鮮人に対する共感と恐怖心が深く併存していることを示した。そして、ここでは立ち入れなかったが、『汝等の背後より』では、中西自身の体験・取材と朝鮮人との交流にもとづいて想像力を駆使し、絶望的な状況にある朝鮮人革命家たちの心理を描こうとした。[12] 共感を求める心情とそう簡単には分かり合えないもどかしさの両面を抱きしめながら、これでもかこれでもかと言葉を綴っているところが、中西伊之助の朝鮮との向き合い方の独自性を示す部分である。そしてそれは、他人事ではなく、中西伊之助自身の朝鮮人たちとの向き合い方や、自分自身の政治運動論と結びついたものであった。

先に述べたように中西は堺利彦の売文社でマルクス主義を学んだ経験があり、堺のことはその最期まで師と仰いでいた。しかしながら、当時の流行思想であった社会主義の理論を直訳的・輸入的に運動に持ちこむことには、中西は徹底的に反発していた。

日本のプロレタリアは、ドイツや英国のプロレタリアでない。ロシアのプロレタリアでない。世の中は、マルクスの云つた通りばかりでもなければ、クロポトキンの云つた通りでもないのだ。それを金箇玉條に心得て、なにかと云ふと、それを引つぱり出すから、ふふんと笑ひたくなつてしまふばかりだ。(「黒煙」『種蒔く人』一九二三年二月号)

中西にとっては一九一〇年代の朝鮮体験をふまえ、「不逞鮮人」を書くことで三・一独立運動の意味を考え、『汝等の背後より』により複雑な朝鮮近代史と朝鮮の共産主義運動の有様を学び取り、それを自らの思想へと内面化していった。そして、そこから思想や性向や過去のいきさつによって細かく分裂していた当時の日本の社会運動の限界を乗りこえて、あらゆる差別や抑圧と向き合いながら人びとが広範に連なっていくことを志向した。

ブルジョア的野心をプロレタリア解放の名にかくれて逞ふしようとする人間以外、私は決して積極的に妨害なんかしません。朝鮮には、いろんな思想をもつてゐる人がありますが、しかしその運動は渾然として権力者への反抗となつてゐます。私はこの人たちのやうな心で進みます。(中西伊之助「渾

然として権力者へ」『解放』一九二五年一一月）

朝鮮表象を基礎にしたこのような中西伊之助の運動観は、彼が戦時中に合法左翼の陣営で反ファシズムを掲げながら植民地の問題に取り組んだこと、戦後になると日本共産党の再建に加わりつつ、雑誌『人民戦線』を発行して立場の異なる人びととの連帯を目指したこと、晩年は農民一揆に題材を取った『筑紫野写生帳』（三一書房、一九五七年）を執筆し、日本人あるいは日本社会がかつて階級を超えた連帯をなしとげた、その歴史的な経験を紡ぎ出そうとしたこと、これらの中西の創作と行動に底流として連なっているのではないだろうか。その連なりと切れ目を丹念に確認することを今後の課題としたい。

注

（1）中西伊之助の経歴は、小林茂夫「解説」『日本プロレタリア文学集6　中西伊之助集』（新日本出版社、一九八五年）、大和田茂「中西伊之助」『日本アナキズム運動人名事典』（ぱる出版、二〇〇四年）等を参照。従来は中西の生年は一八九三年とされていたが、大和田が調査にもとづき「作家以前の中西伊之助」（『大正労働文学研究』第六号、一九八二年四月）でその誤りを正した。近年も誤りを引き継いだ叙述が散見されるので再確認しておく。

（2）中西の出身地について、従来の研究では京都府宇治村五ヶ庄とされていたが、宇治市槇島町に在住する小西恵三氏と辻昌美氏から地元では中西伊之助は槇島の生まれと伝えられているとの指摘を受けて、中西伊之助研究会の現地調査と同研究会会員の水谷修の戸籍調査により、中西が槇島村の出身で、少年期に五ヶ庄に転居したことを確認した。二〇〇八年八月には、中西伊之助顕彰会により、宇治市槇島門口の出生地付近と宇治市五ヶ庄芝ノ東の旧居跡に中西伊之助を顕彰する記念プレートが設置されている。

(3) 中西の帰国時期はこれまで不明であったが、中西伊之助研究会による没五十年記念事業の調査にあたった秦重雄会員が中西未銷『平壌と人物』(平壌日日新聞社、一九一四年)の著者・中西未銷が中西伊之助であることを発見した。同書は『日本人物情報体系　第七十二巻　朝鮮編2』(皓星社、二〇〇一年)に収められている。同書の著者「自序」は一九一四年二月七日の「予が第二十七回の誕生日」(中西伊之助の年齢と誕生日にほぼ符合する)に「平壌泉町寓居にて」書かれたが、それによれば同書は「嘗て吾輩が平壌日日新聞紙上に執筆したものを蒐集して多少の改訂を施したもの」であり、「東京の方に先輩のお蔭で兎も角も就職口は定まった」ため、「売り出せば旅費位ひは浮くだろう」と、同社主幹の松本烏城(松本武正)と相談のうえ出版したものだという。よって中西の帰国はこの日以降だということになる。また秦重雄は中西が、一九一二(大正三)年に朝鮮新聞の記者を務めていたことも発見した。これらの発見により、今後は平壌時代の中西伊之助について、ある程度の手がかりがつかめることが期待される。

(4) 売文社語学部については、田中真人『高畠素之――日本の国家社会主義者』現代評論社、一九七八年、八一頁。

(5) 近藤健二『一無政府主義者の回想』平凡社、一九六五年、一九七頁。

(6) 日本に帰国してから時事新報の記者になるまでに、中西はいくつかの大学に通い、いくつかの新聞で記者を務めたようだが、その詳細は不明である。また「労働団体其ノ他ニ関スル調査」(警視庁、九二三年一一月)の第二号表「労働団体員タル社会主義者労働要視察人調」によれば、中西伊之助は「日本交通労働組合」幹部の欄に記載があり、そこに「大正五年七月五日」に「特要乙」に指定されたと記録されている(廣畑研二氏のご教示に従って確認した)。中西は売文社語学部で生徒として社会主義を学んでいる頃に、すでに警察にマークされていたことが推定できる。なお、当該資料は、廣畑研二編『一九二〇年代社会運動関係警察資料』(不二出版、二〇〇三年)のマイクロフィルムリール第四巻に収録されている。

(7) 高柳俊男「中西伊之助と朝鮮」『三千里』第三〇号、一八八二年二月、一二三頁。高柳は「おそらくは彼の見聞した多くの朝鮮人のなかから創作したと思われる金基鎬を、もう一方に据えることができたのは、中西の眼の確かさを示している」と高く評価した。

（8）中根隆行『〈朝鮮〉表象の文化誌』新曜社、二〇〇四年、一九三―一九六頁。

（9）山田昭次『金子文子――自己・天皇制国家・朝鮮人』（影書房、一九九六年）の四六―四七頁に、この部分が紹介されている。また同書では、金子文子が一九一二年に引き取られた岩下家（忠清北道清州郡）でも阿片の取引が行われていたことが考証されている。

（10）高柳俊男「中西伊之助　民族の溝を意識しつつ連帯をめざす」（舘野晳編『韓国・朝鮮と向き合った36人の日本人』明石書店、二〇〇二年）では、中西は「朝鮮人との連帯を志向しながらも、支配する自分たち日本民族と支配される朝鮮民族の間に横たわる溝を常に念頭に置いていた」と評価されている（同書、一一六頁）。

（11）『不逞鮮人』の初出は、「改造」一九二三（大正一二）年九月号である。その後、『北鮮の一夜』と改題され、一九四八年九月に人民戦線社から発行された中短編小説集「北鮮の一夜」に収められた。また黒川創編「〈外地〉の日本文学選3　朝鮮」（新宿書房、一九九六年）にも収録されている。以下では、入手しやすい新宿書房版の頁数のみを示す。

（12）以上の三作品について表記言語と人物設定に注目した研究として、渡辺直紀「中西伊之助の朝鮮関連の小説について」（『日本学』第二二輯、二〇〇三年一二月、東国大学校日本学研究所）がある。

湯浅克衛と中島敦と
——その時代・トポス・言葉

木村一信

清岡卓行は、若くして自死した詩人原口統三について述べた『海の瞳——原口統三を求めて』において、次のように記している。

植民地に生れ、そこで育った子供たちにとって、故郷とはいったい何であったのだろうか。それは、物心がつくにつれてようやく漠然と意識されてくる、奇妙に引き裂かれた生活のよりどころであった。はじめから見えない大きな罅《ひび》がいくつもはいっている、懐かしい町々であった。

続いて、清岡は、原口の次のような断章的な文章を紹介している、

大連。——彼は植民地の子供である。祖国の山河は、絵本の中に住んでゐた。
僕の育った植民地の街では、子供達は祖国の姿を、両親の顔の中にみつける。

ここに言う「彼」、「僕」は、いずれも原口自身を指している。「朝鮮の京城」に生まれ、父の仕事の関係から、鹿児島、熊本を経、大連、「新京」、「奉天」へと移り住んだ原口であるが、これを引く清岡も大連の生まれ、育ちであり、原口の言葉は、彼にとって自らの思いといってもよいほどよく理解できるものであっただろう。

原口の「故郷」、すなわち祖国としての日本への違和感については、清岡は自らの実感を重ねて次のように解説を加える。

故郷というものについて幸福な人間とは、おそらく、そうしたことを一生のあいだほとんど意識しないですむ人間のことである。平和な時代に、日本のどこかの静かなところで、先祖代々から伝わる土地と家で生活し、周囲には日本人しか住んでおらず、従って日本語しか聞いたりしゃべったりしないとしたら、その人間は、自分が日頃親しんでいる風土や言語に対して、胸を締めつけられるような、ことさらに深い愛着を、たぶん感じなくてすむはずである。

この文章から、冒頭に引いた文章にあった「奇妙に引き裂かれた生活」、あるいは、「見えない大きな鱘」の中味、実体は、ここに語られた「日本語」、「風土や言語」というものに関連していることがわかる。「外地」に住む日本人の若い世代、ことに原口や清岡のような言葉によって自らの存在基盤を問おうと試みた人たちにとって「日本語」は、まさに「精神の母胎」であったことに間違いないであろう。いま、ここに取りあげようとする湯浅克衛、中島敦といった作家たちも、幼くして「外地」での生活を経験し、「風土や言語」へのこだわりをもち、それがモチーフの一つとなって創作活動へと足を踏み出したのである。この二人の出発期の作品をみることで、「外地」、具体的には「朝鮮」の地での生活と、それがどのような意味をもち、いかにして文学作品への結実に至ったのかといった問題などについて、以下の文章を進めることにしたい。

1

一九一〇年、香川県善通寺に生まれた湯浅克衛は、幼時、軍人であった父の朝鮮守備にともなわれ、慶尚道固城郡唐洞、平安北道兼二浦に住んだ。一時、日本に帰国するが、父が朝鮮で巡査を務めることになり、京畿道水原に移住。一九一六年、ここで、小学校に入学した。一九一九年、三・一独立運動が起こった際、朝鮮でもっとも激しかった水原でそれを目撃する。一九二三年、朝鮮総督府立京城中学校に入学し、最初の一年間は、水原から京城まで自宅から通学をしたが、二年生から寄宿舎へ入った。京城中学校での同級生に中島敦がおり、彼のとりなしで、校則違反に問われた折、処分が軽くなったことがあったという。二七年に、同中学校を卒業して東京へ出、翌年、早稲田第一高等学校に入学する。が、一年余りで中退した。創作に志し、「カンナニ」や「焔の記憶」などを執筆、前者は、一九二五年四月、『文学評論』に掲載され、後者は、『改造』の第八回懸賞創作に入選して、やはり同年四月に発表されたのである。これが湯浅の作家としてのデビューであった(1)。

湯浅が文筆家の道をめざし、その折に選びとった題材が、自らの幼児期からの生育地である朝鮮の水原であったことの必然は、右に述べた湯浅の略年譜的な内容から推しても肯かれるであろう。この水原について、湯浅は、いくつかの文章でくり返し言及している。

……京城から約十里南の水原に父親が腰を落ちつけたのは、私が六歳のときだと云ふ。それ以来、私の家は今もその街にある。李朝中期に一時遷都が計画されたその街は、今もほぼ完全な城郭の姿を残している。(2)(「故郷転々」)

また、朝鮮そのものについては、「朝鮮と私」というアンケートに答えて次のように書いている。

三ツの時に父親と共に朝鮮の南海岸に行き、それから現在の朝鮮の中部の街に落着いて居りますので、私にとつては朝鮮は第二の故郷と云ふよりもかけがへのない故郷になつてゐるわけです。それで東京に居を構へて居ても、四囲の移り変りと一緒に、今頃は朝鮮はといつも想ひ出して居るやうなわけです。(3)

さらに、戦後すぐに書かれた随想風の小説「旗」においては、父の目をとおして、湯浅自身をモデルとした主人公の朝鮮への思いを、「この土地を第二の故郷などとは考へてゐなかつた。何処に夢を置くところもなく、正真正銘の、かけがへなしの故郷と考へてゐるのだ」と先に引用した回答と同じことを語らせている。

同様に、くり返していくつかの文章において使われたエピソードを挙げてみよう。中学校を卒業し、受験のために上京する車中、乗り合わせた客から出身中学を尋ねられ、「京城中学」と答えると、「内地人かと思ひましたよ、さうですか、お郷里《くに》は朝鮮ですか」と言われたことに対して、必死になって、自分の原籍などを説明する場面がある。「お郷里は朝鮮ですか」と言われて「いやな顔をした」自分を、あとから悔やみ、責めている。どうして、「えゝ、さうです」と直截に快活に答えられなかったのだろうか、と。

こうした、水原、朝鮮への一途ともいえる思い、あるいは朝鮮への愛着とともに、一方、そこで過ごした十分な時間や記憶がないにもかかわらず、「内地」に寄せる独特の感情のあることも書きとめていることがわかる。引用が度重なるが、さらに湯浅の生の言葉をみてみよう。

朝鮮の中部で過した私達小学生に取つては「内地」と云ふ言葉がどんなに、美しく響いたことだらう。

誰も、「故郷」とか、「郷里」とか云ふ言葉を使ふものはなかつた。そんなものを超越した、もつと大きな、無限の憧憬を籠めて、私達は「内地」と云ふ言葉を使つた(4)。

ここにも、冒頭にあげた清岡の言う「奇妙に引き裂かれた生活のよりどころ」といった心情が揺曳している。実体としての「内地」の故郷での生活実践や記憶はない。彼にとっては、「外地」の朝鮮、水原こそが「かけがへなしの故郷」である。にもかかわらず、言葉としての「内地」は、「外地」に暮らす子供たちを魅了し、呪縛する。実在、実体と言葉との乖離を、幼くして知るのである。

これは、子供ながらも、「外地」、植民地といったいわば不自然な場所に居ることへの無意識の違和感、もっと言えば恐れにも似た感覚に根をおくものではないだろうか。いずれにしても、幼くして言葉に鋭敏になり、家庭内と外界との隔たりをたえず意識せざるをえないような生活を送るなかで生育する子供たちの姿がここにはあるといえるであろう。湯浅の作品「カンナニ」の世界を眺めることで、こうした事態をさらに確かめてみたい。

作品は小学六年生で十二歳の最上龍二と、十四歳の李橄欖すなわちカンナニとよばれる少女の二人を中心にストーリーが進められていく。龍二の父親は、朝鮮貴族の李根宅子爵の「請願巡査」として、その屋敷内に家族とともに住むことになった。元は、「書堂」すなわち私塾（庶民のための学校）をやっていたカンナニの父は、日本人による支配が始まってから身分をおとし、いまは李根宅のところで門番をし、やはり家族ともども、住んでいる。「父は日本人大嫌ひ、憲兵一番嫌ひ、巡査、その次に嫌ひ。朝鮮人をいぢめるから、悪いことをするから――」とカンナニは言う。

しかし、カンナニは、巡査の子である龍二には、好い印象をもつ。おそらく、二人が初めて出会った折の龍二の言葉がカンナニをひきつけたのであろう。新しく李の家に来た龍二を見つけて声をかけたカンナニに、龍二は、日本のある地方の方言まる出しで答える。これは、龍二の家庭内で使われている言葉であった。まだ名前を知らないカンナニは、龍二に「小学生」と呼びかける。「小学生は、をかしな日本語使ふのね」と。それに比して、カンナニは不自由なく普通の日本語が使えるし、時には、「よそ行きの日本語」すらしゃべることができる。日本人も巡査も嫌いというカンナニは、やがて、「それで

も お前は大好き」というくらいに二人は仲好しになる。そして、

タンシンはお前のことよ。朝鮮語おぼえなさい。わたくしが日本語話せるやうに。ね、そしたらお前と私は朝鮮語と日本語と交ぜこぢやで話できるね。学校の話やそのほか、いろんな世界中の話、たくさあーんしよう。

こうして、龍二とカンナニの仲よしぶりは、龍二の通う小学校の学童たちやカンナニの通う普通学校の生徒たち、さらに近隣の人びとにまで知られるようになった。朝鮮の人たちは二人の仲よしぶりに好感をもつが、日本の小学生たちは揶揄と差別とを表わす。

龍二とカンナニは怪しいぞ
キチベにほれるは面よごし
（キチベは朝鮮の女郎子の意味）

こうしたからかいの言葉が聞こえると、カンナニは、「龍二の前では未だ且て放つたことのない朝鮮語の悪口」を口にするのである。同輩の女の子とは「早口の朝鮮語」をかわしたりするカンナニは、一方、日本語も自由に使いこなす女の子である。おそらく、「普通学校夜間部五年生」の彼女は、学校でこの五年近くの間、日本語教育を受けていたのであろう。カンナニは、一九一一年から始められた第一

次朝鮮教育令によるところの日本語教育を受けたまさに第一世代にあたる。作中では、ほどなく、三・一独立運動が起こるので、カンナニの年齢を考えあわせると、「普通学校入学と同時に、植民地政策による国語としての日本語教育[5]」を受けていることが推測される。龍二とカンナニの話題の多くは、それぞれの通う学校のことであるが、カンナニは、差別意識をむき出しにする「歴史の受持の植村と云ふぢいさんの先生」が嫌いであったし、「神功皇后の三韓征伐の話」も不愉快であった。普通学校にはほかに朝鮮人の先生のいることも記されているが、こうしたエピソードから、当時の朝鮮の子供たちの受けていた日本による教育内容の一端がうかがえよう。

こうした言葉——この場合は、カンナニの使う日本語——によるコミュニケーションの可能性が二人をつなぐ重要なツールであったが、同時に、お互いの立場の違いや差異などをあらわにする役割も果たす。この二人の「仲善し」ぶりは、当時の朝鮮の人びとの生活、風俗、習慣などを如実に浮きぼりにすることになった。二人の行動をとおして、結婚式の行列、大雨のあとの川でのマクワ拾い、市場のにぎわいや人びとの暮らしぶりなどが、ほぼ一年を通じての季節の推移や自然の情景描写などとともに詩情をもって詳細に語られている。むろん、川の水によって流されてくるマクワ拾いに必死になる朝鮮の人びとについての叙述は、背景に、米の飯はもちろん、「満州粟や稗」さえ満足に食べられないという悲惨な状況があるのだし、市場での喧嘩も人びとがそれだけ切羽詰まった日々を送っていることの証左なのである。

また、日本の子供たちと朝鮮の子供たちの日頃の対立には、大人たちの蔑視と反感とが反映しているし、より大きくいえば、日本の力による朝鮮支配とそれへの抵抗という構図のミニチュア版でもある。

それは、日本の子供の行為があまりにも残虐であり、事件を目撃した龍二が母にもカンナニにも告げられないことからも理解される。なぜなら、「日本人の小学生のそんな無惨の行為を話すことは自分の恥辱になるやうな気がした」からである。

作品が、水原という「樹の都・水の都[6]」とよばれるほどの美しい街を舞台にし、龍二とカンナニという少年と少女の初恋物語に終始したならば、また、別個の物語となっていたであろう。ところが、これまでに述べてきたところからも予測がつくように、作品の後半部に入って事態は悲劇的な方向へと展開していく。

龍二とカンナニへの執拗な揶揄はもとより、日本人の小学校六年生や高等科の生徒たちによる朝鮮の女の子に対しての酷いいじめを学校の教師たちは不問にするし、被害者側の親たちからの抗議もない。カンナニは、龍二に向かって、「中学校に行つたらいや、総督やなんか偉い奴になつたらいや、中学校に行くと朝鮮人をいぢめる役になるから——」と訴える。こうしたいじめや差別のない所を求めて、二人はある日、水原の街から遠く離れた地点まで足を運び、龍二の母親に多大な心配を与える。

一九三五年の「カンナニ」の発表時は、後半部が検閲によって削られ、右に略記したような内容の五節までが『文学評論』（一九三五年四月）誌に掲載された。しかし、現在、私たちが読むことのできる「カンナニ」では、ちょうど、前半部に語られたことが伏線としての役目を果たし、にわかに悲劇的展開へと向かうかのようにして六節が始まる。

作品の冒頭部における正月の風景は、鮮かな色彩に溢れ、凧あげや独楽廻しなどに興じる子供たちの姿が描かれていた。また、水原を代表する名所の一つである華虹門へと行列を進める朝鮮の結婚式のさまも点綴されていた。そこで、カンナニと龍二との、「伊勢物語」の〈筒井筒の段〉のエピソードと見まがうような淡い初恋譚がくり広げられたのである。と同時に、子供ながらにも二人をとりまく環境や状況の厳しさを知り、暗然とする思いに襲われたりせざるをえない場面もあった。

やがて、春の近さを思わせる三寒四温の日が続くようになった。歴史的にいえば、作中の時間は、一九一九年の初春を迎える二月頃である。作品の六節以降一一節までを掲載禁止措置にした検閲官は、ある意味では作品読解の力量があった人間といえなくもない。作品のトーンは、この時点から確かに変化しているのである。酷さはあっても、子供の世界にとどまっていた支配・被支配の関係は、一方では牧歌的な抒情を許容していたのであるが、六節に叙述される市場での人びとの喧嘩の様は、支配され、統治される側の絶望の思いが漂っているようにすら感じられる。

カンナニは、美しい糸を買いこんで、龍二のために銭袋を作ってくれると言う。朝鮮では、好きな人に銭袋を作って贈るのだという。二人の会話は、作品中において、実に多くかわされてきたのだが、それを今度は、銭袋という形あるもので確かなものへと変えようとするのである。言葉から、それを象徴するものへと転換しようとした時に、三・一独立運動のうねりがこの水原へも及んでくる。というより、水原においてこそ、朝鮮独立運動史上もっとも忌わしい出来事が起こったのであり(7)、カンナニもその小さな犠牲者となる。

「カンナニ」では、外地に暮らす日本人たちが、こうした事態に遭遇したさい、どのような行動と心理状態になるのかということが、子供の目、立場から描かれている。これは一つの貴重な証言ともなりえていよう。巡査を務める龍二の父親も、命がけで事態に立ち向かう。カンナニと龍二とは、何日も会えない日が続く。

一〇節、一一節では、行方不明になったカンナニと、彼女を捜す龍二と父親とが真赤な血に染まった「白い朝鮮木綿の袋」を発見する場面が描かれている。カンナニが裳の下に入れていた袋であった。「狂気」のようになった龍二の心のうちに、「カンナニを殺したのは、きつと軍刀をふり廻したをぢさんたちに違ひない」との思いがわきあがってくる。この場面は、戦後になって、初出の削除部分を復元したさいに書かれていると考えるのが妥当であろう(8)。当初の原稿に、この記述があったとは想定しがたい。といっても、これでもって、一部から、戦後に加筆された作品への批判があったような湯浅文学に対する否定的な見方をとろうとするものではなく、「幼い心に焼きついた人心と情景」を中心に、「独立を希む朝鮮の人たちの心に胸うたれ」て書かれた作品であるとの評価を加えたい(9)。「無惨な姿」ではあっても、初出時の「カンナニ」に寄せた中野重治の作品評には、明確に、戦後になって私たち読者が読みえた作品の結末を見抜いた言辞が記されていたのである。すなわち、「この子供達の世界には、ある大人達の世界では問題にすることも出来ぬ歴史的課題が飾り気なしに出てゐる」し、「彼等は幾つかの点で、大人も及ばぬ子供達であり、民族の運命を肩にしてゐる」と(10)。

満六歳から十七歳までの間、水原に住み暮らし、「かけがへなしの故郷」と考えていたその地で遭遇した三・一独立運動は、子供心にも実に多くのさまざまな感慨を与えたことであろう。私小説風に綴られた「旗」(一九四六年)には、「カンナニ」に描かれたような抒情的部分を除去して、水原の思い出と当時の状況とが述べられている。作家志願を実現しようと考えた折に、まっさきに題材として選び、創出した世界がこの「カンナニ」であったことは、時代的特色としても注目に値するものである。それはこれからとりあげる中島敦にも通底する事柄であり、湯浅と中島とに共通する「植民地体験」の所産といえるからである。

2

すでに別のところで述べたことがあるが[11]、昭和初年代の後半期の日本の文学界ほど、時代や社会の動向と軌を一にしていた時期も珍しい。たとえば、青野季吉は、次のように述べていた。

この時期は、大正年代の末期、プロレタリア文学が興隆したとは異つた形で、時代的なものが強烈にいつぱんに文学者の動きや、文学の内容に影響し始めた時期であつた。一見さういふものと何らの関係ももたないやうな現象や、言葉の裡にも、それを感じないではをれないやうな時期であつた。[12]

プロレタリア文学が、いくつかの紆余曲折を経た後、壊滅したのはこの時期であったし、それを待ちかまえていたかのように文壇ジャーナリズムは新しい動きへと移り進んでいき、川端康成が「時あたかも、文学復興の萌あり、文学雑誌叢出の観あり」と、『文学界』創刊号(一九三三年一〇月)の「編集後記」に記したのは、その間の動向をよく示している。いわゆる〈文芸復興〉のかけ声が、『行動』(同年同月)、『文芸』(同年一一月)、『日本浪曼派』(一九三五年三月)、『人民文庫』(一九三六年三月)などの文芸誌創刊をあと押ししたし、また、いくつかの総合雑誌の新人発掘を掲げた原稿募集へはずみをつけたといえるであろう。一九三三（昭和八）年後半からの数年間は、転向小説、モダニズム文学、不安の文学、私小説論論争など、「活気ある混沌の状況」が文学界を見舞う。さらには、芥川賞・直木賞の創設も（一九三五年）それに花を添えたといえよう。それに冷や水をかけたのは一九三七年七月の中国・盧溝橋で起こった日中両軍の衝突であり、「戦時体制」の開始であった。それまでの時間こそ、文学界にとっては、泥沼のような戦争の時代へと突入する直前の、つかの間の安息期でもあったのだ。

　ここで、当時としてはさほど目立たない動きであったかもしれないが、朝鮮からの発信を見逃すことはできない。たとえば、張赫宙（のち野口赫宙）といった植民地期朝鮮人作家の初めての日本文壇への登場である。日韓併合（一九一〇年）からおよそ二〇年という時間が経ち、一九三〇年代を迎えると日本語を用いて日本の文学界に参画しようとする人たちがあらわれてくる。その先駆者となって日本文壇に活躍する場を獲得したのが張赫宙である。南富鎮や白川豊らの研究は、この張赫宙の文学的閲歴と作品世界を解説してすぐれる。「日本語で日本文壇を目指そうとする強い欲望」をもった朝鮮人作家たちの輩出してくる経緯を論じ(13)、彼らの「欲望」は、「朝鮮社会の現実と人間模様をリアルに描」くところにあったとする南の意見は説得力をもつ。

　いまひとつの例を挙げてみよう。この時期、『改造』は、毎年、新人作家発掘のために「創作懸賞」を募集していた。第七回は、『改造』一九三四年七月号に入選作が発表されたが、湯浅の「カンナニ」も、当初、これに応募したものであった。同誌の選評には、「特に「カンナニ」の如きは発表の困難さの為に採り得なかった。投稿家諸君は、発表の可能性についても充分に注意されたい」とあった。「カンナニ」は、入選こそしなかったが、その評価は入選と同等であったことが上の評からわかるであろう。

『中央公論』誌は、『改造』などに刺激されてのことなのか、一九三四年七月に、臨時増刊・新人号の発刊を企図し、大大的に新人の原稿を募ったのである。分野は、「創作・論文・中間物」の三つとし、社長自らが「宣言」と題して、「新人出でよ」との言葉を盛りこんだ文章を書いた。三分野にわたって投じられた原稿総数は二三一一篇にのぼった。論文の部について、「選者の言葉」には次のような記述があり、注目したいと思う。

> 論文に就いて内容、着想等実に立派でありながら、本誌の読者を相手とする考へが足りないために、又目下の検閲制度を知らない為、折角のものが発表不可能に終つたりが多くあつた。殊に、朝鮮、台湾の人びとから投稿された悲痛な叫びは、吾々の耳を傾けしむるに充分なものがあつたが、色々な点を考慮して比較的穏健なのを採用して、その一端を窺ふことにした。（強調引用者）

当時を代表する二つの総合雑誌が、その懸賞募集の入選を発表するに際して、まったく同時期に、同様の対応をなしたということ、しかもそれは、日本の植民地支配を受けていた、朝鮮、台湾といった地域からの「悲痛な叫び」であったのだが、いずれも検閲制度ゆえにそのままの発表が不可能であるということを指摘している。これは、偶然の一致というよりも、時代状況の厳しさがそれだけ切迫していたことを示している。朴慶植は、その状況について、「一九三〇年代前半期の経済恐慌、とくに植民地朝鮮における農業恐慌は、それまでも抑圧と貧困のどん底にあえいでいた朝鮮農民の生活をより破綻させ」たこと、また、一九三一年九月の柳条湖における満州事変勃発により、「朝鮮にたいしてこれまでのような産米収奪を中心とした植民地としてだけでなく戦争遂行のための兵站基地としての役割を強調するようにな」り、そのため、「軍需物資、資源確保のため軍事産業の「開発」につとめ、朝鮮の植民地的隷属化をいっそう強化し、朝鮮人民への搾取と資源の略奪に狂奔した」ことを挙げている。[14]「カンナニ」における叙述中にも、朝鮮の人びとの追いつめられた苦しい生活ぶりが活写されていたことが想起されるだろう。

中島敦が、旧制中学の国漢の教師を務める父親に連れられて家族とともに朝鮮に渡ったのは、一九三〇年九月、満十一歳の時である。京城にあった龍山公立尋常小学校第五学年に転入学した。その後、京城府公立京城中学校に入学（一九二二年）、湯浅と同クラスになったことはすでに述べた。中学四年修了で、第一高等学校に進学し、東京へと向かったのが一九二六年のことである。その後、東京帝国大学文学部国文科を卒業し、大学院に籍を置くかたわら横浜高等女学校の教員としての生活を始めた（一九三三年）。その時期に、中島は、「斗南先生」や「北方行」といった作品を書き進め、作家への志望を強く意識するのである。一九三四年一月、中島は、先に紹介した『中央公論』の臨時増刊・新人号の創作の部に「虎狩」を投稿した。が、入選せず、選外佳作一〇篇の中に入れられる。この折、入選作となったのは、島木健作「盲目」、丹羽文雄「贅肉」、平川虎臣「生き甲斐の問題」、石川鈴子「無風帯」であった。

ここで、朝鮮を舞台とする「虎狩」の作品世界を瞥見してみよう。主人公の「私」は、五年生の二学期に内地から朝鮮京城の龍山小学校に転校してきた。転校生は、つねにからかいや苛め、好奇の目の対象になるのだが、私も話す言葉の発音の違いと「ちがつた読本の読み方」から級友や先生にまで笑われてしまう。くさっている私に追いうちをかけるように、一人の少年が意地の悪いことを言った。私は、我を忘れて少年に組みついていく。これまで喧嘩をして勝ったためしのない私であったが、少年は自分よりもさらに弱虫であった。

これをきっかけに二人は親しくなって友だちとなるのだが、少年は趙大煥という名の「半島人」であった。彼は、「日本語が非常に巧み」であって、「江戸前の言葉」さえ知っていた。物語は、私とこの趙との交遊を軸として、小学校高等学年から同じ中学へと進み、ともに、「奇怪にして魅力に富める人生の多くの事実」に、「鋭い好奇の眼を光らせはじめ」る時期のことが語られる。朝鮮の貴族である趙の父親に連れられて体験した虎狩もその一つなのであるが、作品の設定において大事なことは、私と趙との関係のあり様なのである。二人とも、腕力にはまったく自信がなく、「ませた少年」であり、同じ少女に恋情を抱く。また、目の前に次から次へと立ちあらわれてくる人生のさまざまな不可思議や魅力にともに眼を輝かせる。その趙は、中学の学年が進むや、学校を中退し、その後、「ある種の運動の一味に加わつて活躍しているという噂」が聞こえてくる。ここに言う「運動」とは、「日本の朝鮮支配に反対する抵抗運動」を指すとみるのが妥当であろう。

そして、その趙が学校から姿を消すきっかけになったと思われるのが、三年生の時に行われた冬の発火演習での出来事である。日頃、上級生から生意気だと目をつけられていた趙は、皆が寝静まった頃に呼び出され、私刑を受ける。助けるすべもないまま。上級生たちが去ったあと、私は、ただ泣きつづける趙のそばに寄って慰めるしかない。その時、趙は、「私を咎めるような調子」で、「――どういふことなんだらうなあ。一体、強いとか、弱いとか、いふことは」と言う。しばらくして、私は、この趙の言葉の意味するのは「現在の彼一個の場合についての感慨ばかりではない」ことに気づく。常々、自分が朝鮮人であることにこだわっていないように振るまっていた趙が、実は「非常に気にしていた」ことに思い至る。作品は、それから数年経って、東京に暮らす私が、趙と気づかずに、一人の見覚えのある男と出会い、奇妙な言葉をかわし、私の元を立ち去った瞬間、彼だったとわかることを契機として回想が始まる形式となっている。彼とともに体験した虎狩の話は、一つの狂言廻し的な役割をつとめ、読者をひきつけるための装置であったようだ。

ここに見られるのは、子供時代を過ごした朝鮮の地、京城への屈折した愛着といった側面である。京城の百貨店や街の各地など、具体的な名が多く書きとどめられ、また、郊外での虎狩へと赴く場面からもそれがうかがえる。中島が、第一高等学校の『校友会雑誌』（一九二九年六月）に発表した「巡査の居る風景――一九二三年の一つのスケッチ」では、視点人物が朝鮮人巡査ということもあって、京城の下町界隈がより描かれているし、「虎狩」執筆と同じ頃に書かれた「プウルの傍で」においても、卒業した中学校近辺、色街などがやや感傷的に描出されている。つまり、五年余りという短い期間ではあったが、中島が多感な少年期から青年期へと至る時間を過ごした場所へ寄せる思いが、これらの作品には強くみられるし、また、そこで味わった支配・被支配関係の中での不安定感がうかがえる。「虎狩」もこの感情がベースとなっていて、視点が、私と趙とが入れかわっても不思議でないような、つまり二人で一人、一人が二人といった設定となっていることも見逃せない。言うならば、この二人のありようが、共感というより、相手の心のうちを自分のそれとして同化しようする意識に貫かれている。主人公として朝鮮人巡査を設定した「巡査の居る風景」にも、そうした作用が働いていよう。

こうした作品「虎狩」の特徴をとりあげてみると、作品のもつ題材、ストーリー、傾向に、当然のことながら差違はあるにしても、湯浅の「カンナニ」と中島の「虎狩」との間には、基底にあるモチーフや描かれた場所、時代、社会へ寄せる二人の作者の思いに共通するもののあることが感じとれるのではないだろうか。少年と少女との初恋の物語は、水原という美しい、懐しい街を舞台として甘ずっぱく描かれる。しかしやがて背景に見えていた朝鮮と朝鮮の人びとの苦闘が前面に浮かびあがり、少女がその犠牲の象徴であるかのように悲劇が訪れる。一方、少年の友情を綴った物語では、京城の街を中心にくり広げられる「魅力に富める人生」に心躍らした彼らの一人が、朝鮮人であることの悲哀と屈辱とを認識し、もう一人もそれを共有する。

これらの作品が相ついで書かれ、世に投じられた時代、社会は、まさに彼らをして書かずにはおれないほどの植民地朝鮮の厳しい状況があらわになっていたことを示している。一方では、日本語に習熟した朝鮮人作家たちも、支配する側の言語ではあれ、その有効さにおいて意味を見出し、同様に祖国の窮状のさまを文章に綴りはじめた。「カンナニ」、「虎狩」ともに、言葉へのこだわりや有用さなどが主人公である子供たちの姿をとおして語られており、またそのことで物語世界が開かれていることもはっきりと意識して書かれている。ツールとしての言葉は、単なる道具をこえて、国家と国家との支配、対立などから人間のありようにいたるまでも力を及ばす様も見逃されていない。冒頭に述べた原口統三や清岡卓行らの問題意識は、湯浅克衛や中島敦らの作品を読むさいにも、共通して発見されるそれであったことが、わかるであろう。「外地」、植民地といった制度は、人びとをして「引き裂かれた生活」や「大きな罅《ひび》」を強い、かつ傷痕を残す。そしてそれ以上にその土地、地域、国ぐにの人びとには、癒しがたい悲惨な出来事、体験、記憶を与える。私たちの責務は、これらを描き出した文学作品の意味を探り、より検証を続けるところにあるのではないか。

注

（1）湯浅克衛の年譜的な事項については、梁禮先作成の「湯浅克衛年譜」（池田浩士編『カンナニ――湯浅克衛植民地小説集』所収、インパクト出版会、一九九五年三月）を参照した。
（2）『半島の朝』所収、三教書院、一九四二年七月。
（3）『モダン日本』（朝鮮版）モダン日本社、一九三九年一一月。
（4）「故郷について」、初出不明。ここでは池田編の前掲書に拠った。
（5）南富鎮「解説――日本語への欲望と近代への方向」、『張赫宙日本語作品選』勉誠出版、二〇〇二年一〇月。
（6）『京城』「昭和十年版」、朝鮮総督府鉄道局。
（7）『朝鮮三・一独立騒擾事件（復刻）――概況・思想及運動』叢南堂書房、一九六九年三月、木原悦子『万歳事件を知っていますか』平凡社、一九八九年二月などを参照。
（8）この問題については、高崎隆治「日本人文学者のとらえた朝鮮」『文学のなかの朝鮮人像』青弓社、一九八二年四月を参照。
（9）湯浅克衛「作品解説と思ひ出」、『カンナニ』大日本雄弁会講談社、一九四六年二月。
（10）「湯浅の「カンナニ」」『都新聞』（文芸時評）一九三五年三月三一日。ここでの引用の文章は池田編の前掲書に拠った。
（11）拙文「出発期の問題――「虎狩」の位相」、『中島敦論』双文社出版、一九八六年二月。なお、本稿において、同書に述べた文章と一部、重複のあることを断っておきたい。

(12)「解説」、『現代日本小説大集』第四九巻、河出書房、一九五〇年一月。
(13) 南「解説」前掲書。
(14)『日本帝国主義の朝鮮支配』下、青木書房、一九七三年六月。

追記：本稿において、朝鮮、朝鮮人、京城という言葉を、「　」に入れずに使用している。煩瑣になることを避けたためであり、それ以外に意図はない。了解を乞う。

安倍能成における「京城」「京城帝大」

崔在喆

安倍能成（一八八三～一九六六）は「京城帝国大学」の哲学科教授（後、法文学部長）として十五年間（一九二六～一九四〇年）「朝鮮・京城」（現在、韓国・ソウル）に滞在し、様々な見聞記を残している。これらの見聞記を通じ安倍の見た「京城」と、「京城帝国大学」の知識人たちの交流の様相等について考えてみたい。

安倍の京城滞在の見聞記は『青丘雑記』（一九三二年）と『槿域抄』（一九四七年）が代表的であり、随筆集『静夜集』（一九三四年）や『草夜集』（一九三六年）、『朝暮抄』（一九三八年）、『自然・人間・書物』（一九四二年）の中にも京城関連の内容が多数含まれている。

1　安倍能成の見た「京城」——愛着の表現など

『青丘雑記』と『槿域抄』の中の朝鮮・京城

安倍の見聞記のなかで、韓国の自然と家屋や服装、風俗に関する表現から彼の韓国（人）への愛着を知ることができる。立ち後れの象徴としてもとれる、ヂゲのような平凡なものに安倍は美しさとその機能性をも見いだしている。

まず、「京城街頭所見——朝鮮で見る日本的生活」（一九三二年）では、朝鮮で日本風の生活は似合わないと見て、「朝鮮服の上に釣鐘マントを羽織つた朝鮮女性の姿は、遥かにいい調和を見せて居ることを否定出来ない(1)」と、朝鮮の服装を評価している。また、

朝鮮の衣は総体が白であるから、夏の暑さの進むに従つても、さう変化があるとは、少なくとも電車内の観察者たる私には思はれない。朝鮮人の服装を一ばん美しいと思ふのはこの頃である(2)。

と、朝鮮人の白衣を賞賛している。この「白衣に対する朝鮮人の好尚」の由来を考える安倍は元来、色付きの衣服を奨励する植民地政策に対し、その利便性と多様性という面で同調していたが、朝鮮人の「白衣民族」としての自己主張とは反するもので、あとで、白衣を好むことを認めざるをえなくなる。

かうした朝鮮の屋根が重なつた所を見ると、確かに京城にある内地人の屋並よりは美しい。朝鮮の大工は殆ど無意識的にこの屋根の反りを拵へるといふが、やつぱりそれほどまで一つの民族に滲み込んだ技巧には、どこか美しい所がある。(3)

安倍が日本とは違う韓国の家屋の瓦屋根の反りの曲線の趣きを見逃すわけがない。また、木で作った背負子《しょいこ》「ヂゲ」の形を紹介して、簡単ながら頑丈で機能性抜群のヂゲに対する感嘆を抑えない。未開の象徴としても見られかねない、素朴で平凡な道具でさえ、その美しさと多様な機能を発見する眼を安倍はもっていたのである。(4)

そして、安倍は「日本文化が中国文化の影響なしに今日の水準に達し得なかつたらうことは、万人の正直には認めざるを得ないことであり、我々はこの文化を伝へてくれた昔の朝鮮人に感謝してよい(5)」と、当時としては率直な表現を使っている。このような安倍の韓国に対する好感と愛着は、歪曲と無視を常とした普通の植民者とは区別される。

『静夜集』と『朝暮抄』、『自然・人間・書物』の中の京城

安倍の各随筆集の中の京城関連の内容をいくつか紹介して話を進めていくことにする。(6)

『静夜集』の「リラ咲く京城」という見聞記の中で、京城行進曲「行けば大陸リラ咲くパリよ、帰りや内地も一夜の旅路」という京城日報社募集の歌を紹介しながら、京城も立派にリラ（ライラック）咲く都であると言う。また、京城のマロニエを見て、与謝野鉄幹・晶子の滞仏記と、マルセイユの街路樹

マロニエの「蝋燭を立てた様な白い花」と記した島崎藤村の『エトランゼエ』に触れている[7]。

「或る日の晩餐」では、H君兄弟（浅川白教・巧）の案内で訪ねた、貫徹洞の雪濃湯（ソルランタン）の作り方と味、明月館の朝鮮料理、平壌楼の餅湯（トック）、酒幕（スリチビ）の濁酒（マッカリ）のことや、安国洞の妓生の南道雑歌等について述べている[8]。

『朝暮集』の中の「関釜連絡船」では、毎年休み中三回東京に帰省、一二年間で約四〇回往復、単身赴任者の腰掛の落着かぬ生活、在朝鮮日本人の数五〇万人、内鮮融和を思う、と言う[9]。同じく『朝暮集』の「壺辺閑話」では、骨董買いのこと、朝鮮陶磁器に詳しい浅川白教君のことに触れている。「京城より（一）」から「京城より（八）」までの書簡文は、日本の移民が大陸の風土に深く巣食うという生活様式の必要（五）、鐘路の大通りから学校まで徒歩一四分、街路樹はプラタナス、零下一二度、漬物は大事な行事（六）等について記している。

『自然・人間・書物』の中の「京城雑感」の中では、「山は北漢、流は漢江、街ぢゃ自慢の南大門」という京城小唄の一節を紹介している。そして、「春香伝」では、木下杢太郎の『支那南北記』の朝鮮紀行中に京城で「春香伝」を見たという記事があったことをふまえながら、京城の宴席で聞いた妓生の謡う南道雑歌中の「春香伝」の一節は、激越な調子の、義太夫に似てより自由な、浪花節より古典的な歌いぶりであった、と感想を述べている。また、新協劇団が日本から持ってきた「春香伝」を初めて見て、朝鮮生まれの張赫宙の日本語版戯曲に日本人の演出という、「内鮮合作の一つの標本といふ文化的に暗示的な意義を有する点で、先づ私の興味を引いた[10]」と言っている。

以上の京城関連の文章の内容を見れば、朝鮮の自然と風俗、文化への理解と愛着を表現したものが多い。親交を結んでいた浅川白教・巧兄弟の、朝鮮陶磁器など日常品に対する識見や柳宗悦の民芸品に対する称賛などに影響を受けつつ、安部は朝鮮の物と人に対して好感を寄せていたのである。

安倍と同時代の日本人の朝鮮・京城滞在記と比較してみても興味深いものがある。安倍が京城に滞在した期間は、柳宗悦が「朝鮮人を思ふ」（一九一九年）、「朝鮮の美術」（一九二二年）や「朝鮮の風物」（一九三六年）などを発表し、浅川巧が「朝鮮の膳」（一九二九年）等を発表する時期とほぼ重なっている。二人とも朝鮮に愛情をもち、その「民芸」の美の発掘および広報、保存に尽力していた。このような活動ができるというのは植民地としての安定期であることを表すものでもあろうが、この時代の日本人としては稀な存在である。安倍は特に浅川兄弟と親交を結び、京城界隈をともに歩いたりしている。

柳宗悦と浅川巧をはじめ、安倍が発見した朝鮮の自然の美しさや、庶民大衆が日常的に使用する雑器・民芸品の美は、野心が強く積極的な明治時代の植民者の視野にはほとんど入ってこなかったものである。

しかし、京城の城壁の廃虚の美について触れていることや、朝鮮の清く明るい景色の中にたよりのない寂しさがあるという安倍の発言は、後述するように田山花袋や横光利一の見方に似ている。このような考えの延長線から、おそらく「日鮮融和論」と植民地の定着化という植民地教育者への道を辿ったのではないかと思う。これは、親日派文学者張赫宙による「春香伝」の日本語版戯曲に対し、「内鮮合作の一つの標本」としてその意義を認めることと通じている。

安倍には韓国（人）に好感と愛着を表わす一方、日本と植民地朝鮮の融和を主張する両面性がある。この曖昧さと二律背反するような二つの側面の根は実際一つであろう。これらの見聞記、あるいは随筆は、「旅心」（一九二六年）という文章で述べているように、「観の世界に闖入[11]」し、一種の傍観者として自然と人間、物事を見て感じたままを淡々と記すことに主眼を置いているということを見過ごせない。また、心の平静を求め、煩瑣な「行の世界からの休養」のため一人旅に出て、世事からの脱俗と要求を少なくするために「観の世界」に没入し、筆の運ぶままに記す随筆を好む安倍の意識の源泉を見いだすことができよう。

また、「朝鮮の仕事の一部分を負担せる当事者」として、「喜びと誇り」よりは「苦しみと恥との方が多い」「当為に催促せられる生活の他面に、旅人としての観ずる世界に私の解放を求めずにはゐられない[12]」と吐露するところから見て、安倍の旅ともの書きは、当時の時代の流れと自分との一定の距離を維持する一つの方法のようにみえる。距離をおくことは文学の実効性ある方法であろうからである。だからといって、当為を行使した側に属していた責任は逃れることはできまい。

安倍は植民者側の論理の中にいながら、それでいて韓国（人）に対する心からの愛着を示し、その両面性の揺れ動く曖昧さを保持していた。安倍の思考の流れを辿ってみると、前述したように朝鮮赴任初期の「旅心」の発言が想起される。職務からの休養の意味のあったこれらの随筆・見聞記には、一人の知識人植民者安倍の内面の風景がそのまま描かれているといえる。

2 「日鮮融和」とその弁明、反省

安倍は「日鮮融和」政策に同調して、「日鮮融和」の成否が日本の将来と直結しているから、融和がいかに困難なことでも、朝鮮で日本人が朝鮮風に生活すればうまくいくと思っていた[13]。また、日本人が朝鮮に定着して住む方案を考究する必要性を述べている[14]。

そして、「空が鏡の様に晴れて大地が大体に白い故、朝鮮の景色には〔……〕その清く明るい中に、何となく滋味のない様な、たよりのない様な寂しさがある」[15]という安倍の表現を見ると、横光利一の新感覚派ならではの「旅行記」の場合や、柳宗悦の朝鮮の白衣や白磁に対する「悲哀の美」論との類似点がある。韓国人の疲れと、笑いを奪ったのは日本の植民地支配のせいだということを省みず、澄んだ空から虚無を見て、それをすぐ「諦め」と「発展することが出来ない」[16]という断言にもっていくのは、朝鮮人に諦めを強《し》いる植民地政策に便乗するものでしかない。このような傾向から植民者の意図、すなわち植民地の正当化の画策が潜在しているとみるのは当然である。

また、安倍は黄昏の光の下に薄汚れた白衣を見る時や砂が白く木の少ない山野を見る時、「一種荒涼とした、頼りないような気持ち」を感じ、緑の少ない藁家の立ち並んだ村に白衣の人々を集めた市場の光景などを見る時、「色彩の欠乏」を著しく感じる場合もある[17]。そして、京城の城壁の「廃墟の美」についで触れているところには[18]、田山花袋の「廃址の美」[19]論との類似点が見える[20]。単純に見ると、その感想と表現自体の意義を認めないわけでもないが、対等でない特殊な相互関係の中でのこのような見方は、植民者としての日本人一般の志向と似通っているといえよう。すなわち、安倍にとって寂しさと悲哀の常存とその自然さの強調、そして廃墟の美というもっともらしい表現に表れがちな、亡国の当然視という植民者の意図を払拭できるのかが問題である。

安倍は植民地支配国の「一人の日本人として」当時の植民政策の延長線に立っていて、その路線に対して正面から否定することはできなかったし、むしろそれを支えてきた公職者であるのは間違いない。しかし、彼の場合、「内地人はその住む到る処に桜を植ゑようとすると同じく、そこに芸妓を置かうとする」(21)というふうに日本人の嗜好を指摘したり、個々の政策に対して批判する知識人の面貌を見せる時もあった。

戦後、安倍の「日鮮協同の基礎――朝鮮人諸君へ」(一九四七年)等に表れた弁明と反省を検討すれば、彼の思考の変化を確認することができる。朝鮮滞在中に述べた「日鮮融和の基礎」を自ら引っくり返して弁明し、日本が始めた「戦争の結果は大東亜共栄圏を作らずして大東亜共貧圏を作った」と言っている。また、「総督府の高圧的強制的同化政策に耐へられぬ気持もあり、逃避の念を抱いて朝鮮を去った」(22)と告白している。すでに、安倍は戦中の文章「知識人の反省」(一九四一年)で、「知識人は自分を社会の動きの圏外に置いて、出来るだけそれから逃避しようとはするが、実際はそれに引きずられて行くといふことになり、積極的に働いてゆくことが出来なくなる。これは又社会国家の支配者の知識人に対する扱ひかたにもよるのだが、これは知識人の陥り易い弊害だ」と反省を込めて自評し、「知識人の任務は能動的な認識の力を発揮するのにある」と締めくくっている。(23)

このような安倍の知識人観は、前節で述べた植民者の論理と「観の世界」での愛着の表現という両面性の混在と相まって、軍国主義時代の重圧に苦悩する知識人の典型的な姿を表しているといえる。

3　安倍と「京城帝国大学」、京城の知識人

京城帝国大学は韓国の民立大学の設立運動が促進剤になって、日本の植民地の教育政策を施行し、親日派の知識人を養成する目的で設立された。安倍能成は京城帝大設立初期から赴任して十五年間勤めた。[24]同時代の京城帝大には当代の各分野の専門家が集まっていた。例えば、言語学者の小倉進平は新羅の郷歌研究の先駆であった。それに、日本語学分野の時枝誠記と文学分野の高木市之助（上代文学）高橋亨（朝鮮語文学）麻生磯次（近世文学）、民俗学分野に秋葉隆、歴史分野に今西龍らがいた。中国哲学分野の藤塚鄰の場合は朝鮮時代の書道の大家金正喜の研究で博士学位を取っている。植民地教育に携わっているなかで、時枝は日本語の「国語」化のために、今西は歴史の記述において、植民地政策に積極的に加担していた。高橋と今西は朝鮮の古書を集めていたし、その他の人々も各々朝鮮の骨董品や民芸品の蒐集に熱心だったらしい。藤塚の場合は金正喜の「歳寒圖」など国宝級の文化財を収集し所蔵していたが、後に韓国へ返還した良識ある知識人であった。

ここで、京城帝大の知識人交流の様相を調べることにする。[25]まず、高木市之助は京城帝大の雰囲気を次のように伝えている。

法文学部長にしても一高で半生を送った速水滉さんから安倍能成さんにバトンが渡って、服部さんの構想〔アカデミズムの移植〕は実を結ばずにしまった。こうして総督政府に対して大学という一つ

の治外法権的な領域が自然に出来てしまった。この点は朝鮮人の社会にもある程度人気があったし、また大学としても、朝鮮側の自由人たちを招いてはいろんな肚を割った打ち明け話を聞いた。(26)

高木は、安倍が法文学部長になってから大学の自由がある程度確保されたことと朝鮮知識人との交流や朝鮮人学生の日本文学聴講生が稀にあったこと、植民地朝鮮で民族というものを強く意識するようになったこと等を述べている。

一方、時枝誠記は朝鮮人に対する日本語の国語化の実践に関し熱い思いを寄せていた。時枝は、「国語（日本語）を通しての深い感情生活の味得」と「国語に対する親愛の情」をもつという、朝鮮における日本語教育政策の方向を強調し、「言語生活の真の幸福」云々しながら、結局のところ「半島人」への「国語（日本語）の母語化」という「国語観(27)」を主張する植民者としての強い意気込みを表しているのである。

高木市之助は主任教授になって第六高等学校の教授麻生磯次を呼び、陣容を整えた。傍ら、朝鮮側の新聞ぐらいは読めるために、朝鮮語に堪能だった高橋に朝鮮語の教授を乞うた。言語を習得し、相互理解を考えていたものの、安倍をはじめとして朝鮮語の学習は長続きはしなかった。安倍は長らく京城にいながら朝鮮語はあまりできなかったようである(28)。たぶん朝鮮人との交流も少なく、単身赴任者として休みの度に東京の実家に戻るという「腰の落着かぬ生活」をしていたからでもあろう。

安倍をはじめとした各分野の京城帝大の教授たちは東洋文化の研究に対する学問的な自負心があり、京城に赴任する前におよそ二年間西欧に遊学し見聞を広めた経験を有していた。安倍は官庁や大衆の気分に合わせることなく、中正の道と真理探求、国際文化への貢献を主張し、京城帝大を朝鮮の地域大学にとどまらず国際進出のセンターにしたいという抱負を持っていた（『京城日報』寄稿文）。[29]安倍の信望と人気は哲学史の名講義にもよるが、時に朝鮮の学生たちの優秀性を強調し、朝鮮人の白衣の美しさを評価するところにもよるといわれている。そのためか、法学科一期生の兪鎭午（作家）は哲学科への転科を試みたことがある。安倍が呼び寄せた妹婿宮本和吉も新潟高校の哲学概論担当の教授で気さくな質の人であった。[30]

『京城帝国大学一覧』（一九四二年）によると、法文学部の卒業生の数は韓国人三八〇余名（約四〇％）であり、一九四五年の独立ごろまでの韓国人卒業生は全部で約八〇〇余名であった。これらの卒業生は主に教育者や官吏、医者になり、各分野において指導的な立場で活動するようになった。京城帝大は元来植民地教育を施行し、親日派知識人の養成を目標にして開設されたが、近代教育を受けた学生たちは民族意識に鼓吹され排日意識の高い左派サークルと「経済研究会」を結成、反帝国主義同盟など思想運動を展開したり、「朝鮮語文学会」を作って活動したりした。

当時の京城帝大の学生たちは、例えば趙潤制の場合は同期生のなかで朝鮮文学を専攻した唯一の朝鮮学生だったし、『無情』（一九一七年）の作家の李光洙は『東亜日報』の編集局長として在職中（三十五歳）に選科制度で英文学科に入学し、英文学者で詩人だった佐藤清教授の講義を何回か受講したことがある。「文科B」に首席入学した崔載瑞は予科在学中、シェークスピアに関する論文を提出するほど抜群だったが、日本人学生たちとばかり親しくしていたそうである。金台俊は漢文に達者だったし、李孝石は予科に入学するやいなや「春」という作品が『毎日申報』新春文芸に佳作として選ばれ、作家への道を歩むことになった。国語学者の李熙昇は第二回卒業生であり、李崇寧は校誌『清涼』に載せた「許蘭雪軒研究」で好評を受けた。朝鮮人学生たちのサークルの文友会は日本人から睨まれたりしたが、雑誌『文友』を創刊し、李孝石、高裕燮、趙容萬等が活躍した。(31)

近世文学専門の麻生磯次教授は、朝鮮総督府属兼編修書記として国語（日本語）の教科書執筆を担当していたころ、「朝鮮の子供が喜びそうな教材を多く入れようと考え、朝鮮在来の童話や民譚」と「朝鮮の実際の生活を背景にした教材」を採用することにしたといい(32)、法文学部教授たちの住まいが近かったので毎日のように往来があったという日常を伝えている。

坂の下の岡崎町に安倍能成さんが引っ越してこられた。家族は東京に置き、単独であったが、相沢という大きな家の二階の八畳二間を占拠していた。わずか一町ほどの距離なので、夕飯後よく着流しで話に来られた。何しろ博覧強記の先生で、話題は滾々と尽きることがなかった。私はおかげでだいぶ視野を広げることができた。

一方の坂下には尾高朝雄さんの住まいがあった。安倍さんや清宮四郎さんやその他四、五人集まって、時々ヘーゲル研究会が催された。会が済むと私のところへ電話がかかって来て、それから酒盛りになった。〔……〕先生と学生の間柄も親密で、いっしょに遠足をしたり、野球をしたりした。寒い所なので酒を飲む機会も多く、正月などは次々に先生の宅を回って、酔いつぶれてしまう学生もあった。(33)

麻生は安倍と親しく、安倍の後を受けて学習院長に選ばれることになる。安倍は古今東西の該博な知識により話題が豊富で、哲学研究会を催したり、酒盛りも楽しんだらしい。高木の回顧にも学生との交流と民族意識に関する経験の一例として、佐藤清教授指導の秀才崔載瑞の逸話を紹介している。崔は学生時代に親日派と見られて朝鮮人の学生から殴られたことがあるほどだったが、正月の休みにビール瓶をぶらさげて、夜更けに高木のところに訪ねて来て、「先生たちはどんなにいばったって僕たち朝鮮人の魂を奪うことはできないよ!」と凄文句を並べて、またフラフラと出て行った、という内容で、高木は十四年間意識しつづけた、朝鮮人との民族意識の交流みたいなものを生地で体験した、と述べている。[35]崔載瑞は後に親日の日本語雑誌『国民文学』の編集に携わることになるが、[36]これは彼の学生時代の民族意識に対する内面の告白の証言として意味ある文章だといえる。

このように、相反する民族意識の交流という課題をかかえ、当時の京城帝大の教授と学生など知識人層が形成されながら、後日一世を風靡する学者・作家グループが輩出される過程をみることができる。京城帝国大学の朝鮮人学生たちは親日と反日の境界で日本帝国主義の植民地知識人として自ら苦悩しつつ各自の道を歩むことになるのである。植民地の都市京城を同時代に生きた知識人たちの系譜を辿っていくと、反日・親日のイデオロギーだけでは解明できない生の人間同士の交流と理解、日本と韓国の当代の知識交流と知識人の人的交流の実体をつかむことができると思われる。

京城帝大は、公教育中心主義の志向をもち、以後の韓国の大学教育と思考に立身出世のための教育という認識を拡散し、卒業生の多くが官僚や教職についた。植民地建設に寄与する人物の養成という設立趣旨に符合した親日派を多数輩出したのも事実である反面、反日思想で武装されて卒業する場合も少なくなかった。

安倍はプラトンやソクラテス等の西洋の哲学思想の学問的な基盤を固める一方、植民地経営のための教育哲学を考えざるをえない立場にあったといえる。

結び

文筆家たちの朝鮮に関する見聞記は彼らの生きた時代に影響されており、各々の時代の、ある局面に発した個々の多様な声はその思考様式を反映している。朝鮮見聞記は日本人の国内旅行の紀行文との違いが明らかである。国内の紀行文は志賀重昂が『日本風景論』（一八九四年）でいうところの「江山洵美是吾郷」という思想と繫がっているのであろう。しかし、近代日本人の朝鮮見聞記にはそれがあまり表現されていない。見知らぬ土地を訪れる旅人としては、新しさへの好奇心や風物の違いに対する興味がヨーロッパや国内旅行におけるほど現れていないようにみえる。マイナス・イメージをともなう後進性や不便さを強調している場合が多い。

国家・集団の利己心から個人が真に自由でありうるのかは大きな問題である。一時代の歴史が我々に意味あるものになるためには、不幸な過去の記録が現在と未来のための反省の資料として有効に使えるようにすべきであるし、また望ましい将来の韓日関係に寄与する道を模索する必要がある。

安倍能成の見聞記における「朝鮮」、あるいは「京城」に対する好感と愛着の表現は、同時代の柳宗悦や浅川巧が韓国の自然と美術、民芸品、人情などに愛好を示したのと関心の方向が通じるものがある。

これはいわゆる大正デモクラシー時代を生きた知識人たち、例えば「白樺派」の作家たちの理想主義やヒューマニズムといった思想の表現として共通した一面でもあるといえる。安倍の京城滞在見聞記を辿ってみると、逆に韓国という存在が近代日本知識人の思考形成に及ぼした影響も少なくなかったことが自ずと明白になってくる。

そして、同時代に京城帝国大学の知識人たちは「京城」という植民地の都市空間の中で新知識を共有しながらお互いに交流していた。このような見聞記をとおして韓日相互交流と近代の自己・他者について考えることは東アジアの現代を生きる我々にとって依然として意義あることと思う。

注

(1) 安倍能成『青丘雑記』岩波書店、一九三二年、三三二頁。
(2) 安倍能成「京城の夏」(一九三八年)『槿域抄』齋藤書店、一九四七年、七四頁。
(3) 「京城雑記」(一九二八年)『青丘雑記』九六頁。
(4) 拙論「近代日本人の韓国見聞記研究――安倍能成の『青丘雑記』を中心に」『外国文学研究』第二六号、韓国外大外国文学研究所、二〇〇四年二月。
(5) 「朝鮮文化門外観」『槿域抄』二七五頁。
(6) 拙論「安倍能成における〈京城〉」『世界文学比較研究』第一七号、世界文学比較学会、二〇〇六年一二月。
(7) 安倍能成「リラ咲く京城」(一九三二年)『静夜集』岩波書店、一九三四年、一一二―一一八頁。
(8) 「或る日の晩餐」(一九三二年)『静夜集』一一九―一二九頁。
(9) 安倍能成「関釜連絡船」『朝暮集』岩波書店、一九三八年、四四五―四五一頁。

(10) 安倍能成「春香伝」(一九三八年)『自然・人間・書物』岩波書店、一九四二年、三五三頁。
(11) 「旅心」『青丘雑記』四頁。
(12) 「京城雑記」『青丘雑記』八二頁。
(13) 「京城とアテーネ」『青丘雑記』七四―七六頁。
(14) 「朝鮮所見二三」『青丘雑記』四二頁。
(15) 同書、三五頁。
(16) 横光利一「旅行記」(『文芸時代』一九二四年一一月)『定本横光利一全集』第一三巻、河出書房新社、一九八二年、七三頁。
(17) 「京城雑記」前掲書、九一頁。
(18) 「朝鮮所見二三」前掲書、三七頁。「京城の市街に就て」『青丘雑記』四七―四八頁。「京城風物記」『青丘雑記』一四一頁。
(19) 田山花袋、『満鮮の行楽』大阪屋号書店、一九二四、三五〇―三五一頁。
(20) 拙論「日本近代文学者の韓国観の変化過程」『日本学報』第五三輯、韓国日本学会、二〇〇二年一二月、五四八―五五三頁。
(21) 「電車の中の考察」『青丘雑記』三五〇頁。
(22) 安倍能成「日鮮協同の基礎――朝鮮人諸君へ」『一日本人として』白日書院、一九四八年、一八三―一八四頁。
(23) 安倍能成「知識人の反省」『安倍能成選集』第四巻、小山書店、一九四九年、一八一―一八五頁。
(24) 京城帝国大学『京城帝国大学予科一覧、大正十四年』京城帝国大学、一九二五年。
(25) 拙論「安倍能成と〈京城〉の知識人――越境する自己・他者」シンポジウム要旨集『〈文化〉の対話と想像力――越境する文学・文化研究に向けて』文教大学文学部、二〇〇七年一一月一七日―一八日。
(26) 高木市之助「国文学五十年」『高木市之助全集』第九巻、講談社、一九七七年、一一〇頁。

(27) 時枝誠記「朝鮮に於ける国語――実践及び研究の諸相」『国民文学』第三巻第一号、一九四三年一月、一一一―一一三頁(安田敏朗『植民地のなかの「国語学」――時枝誠記と京城帝国大学をめぐって』三元社、二〇〇三年、一三五頁より)。
(28) 高木市之助、「国文学五十年」前掲書、一一六頁。
(29) 李忠雨『京城帝国大学』ソウル：多楽園、一九八〇年、一〇六―一〇七頁、再引用。
(30) 同書、一七二頁。
(31) 同書、一一二―一四二頁。李熙昇『タルカッパリ　ソンビの一生――一石李熙昇回顧録』ソウル：創作と批評社、一九九六年、七六―八九頁。
(32) 麻生磯次『私の履歴書』日本経済新聞社、一九九二年、三七頁。初出は『日本経済新聞』一九六八年四月七日―二八日。
(33) 前掲書、四六―四七頁。
(34) 高木市之助「国文学五十年」前掲書、一一一―一一二頁。
(35) 同書、一一二頁。
(36) 金允植『崔載瑞の「国民文学」と佐藤清教授』ソウル：亦楽、二〇〇九年。

Ⅲ　海を越えた人びと・言説

金史良「玄海灘密航」論
——語りたくない過去がある

許　昊

1

誰もが気にしていることではあるが、金史良（一九一四～一九五〇）の三十六年間の生涯には不明な個所が多すぎる。家系のことも、幼少年期や小学校時代の思い出も、友人を含めた人間関係も、そして朝鮮戦争に従軍して行方不明になった経緯についてもほとんど記録が残っていない。家族に関連した情報をいくつかの資料から拾ってみると、父については「故郷を想う」の中の、「母と違って絶壁のように保守的で頑固なために、幾度母に責め諌められながらもついにあの姉を小学校にさえ出さなかった。女に新教育は許せないというのである」（『金史良全集Ⅳ』六二頁）という個所が最も広く知られており、生前は鋳物工場を経営していたが、一九三〇年頃亡くなったものと思われる。また母は「アメリカ教育を受けた才女」で、一時期平壌でデパートを経営していて、満州には支店も幾つかあったという。

(1) (2) (3) (4)

しかし、新しい教育を受けた妻を娶りながらも、娘は絶対学校に通わせなかったという父は、アメリカ式の教育を受け篤実なキリスト教信者だった母に対して不満が多かったらしい。金史良がエッセイや手紙の中で母への愛情を露骨に示しながらも、父と関連してはかたくなに黙秘しているのは、幼い時の記憶の中の、頑固な父への反感が根強く残っていたからかもしれない。

兄弟のことは、年譜には「兄は時明、姉は特実、妹は五德。四人兄弟の次男」となっているが、「故郷を想う」には「方々へ嫁いだ心美しい姉達や妹達」となっており、「昨年はコスモスの咲き出す頃、すぐ上の姉特実が前年亡くなった」(『金史良全集Ⅳ』六二頁)と書いたのを見ると、四人兄弟ではなく、特実とは別の長女がいて、妹も一人ではなく複数だったようである。(5)

李恢成は、「金史良が魅力的なのは、彼が緊張した青春を最後まで持続したからだ」(『金史良全集Ⅳ』月報)と評したが、その短いながら波乱に満ちた生涯は、不明な点が多いせいで緊張感が持続するのかも知れない。川村湊が「二十世紀の文学者でその没年月日が知られていないことがありうるだろうか」と言ったのも、やはり同じ感想からであろう。(6)

金史良の生涯で、その足跡をわりと明確に辿れるのは、中学校(平壌高等普通学校)を辞めた頃からであるが、その後日本に渡って佐賀高校へ進学するまでの一年余の期間が特に興味深い。本稿では金史良が故郷の中学を辞めてから、日本に渡航して佐賀高校へ入るまでの時期に的を絞り、わずかな資料に頼りながらいくつかのことを推察してみるつもりである。

2

安宇植が作成した『金史良全集Ⅳ』の年譜によれば、一九二八年中学へ入学、一九三一年「海州、平壌、新義州」の三つの中学が同盟休校をしたとき、「首謀者のひとりと目され論旨退学処分をうけ」(7)たことになっている。そして、その年の十二月に「とある小駅まで人目を避けながら」母だけに見おくられ、「五年間も通っていた中学校のボタンは一つも付けず」、「渡航証明書ももたずに日本へ渡るため釜山に向かった」という。

金史良が一九二八年に中学へ入学し、一九三一年に辞めたならば、在学期間は五年ではなく、足かけ四年になる。退学処分を受けたあたりの記録は明確であるから、入学時期を一九二七年に修正しなければならず、これに関してはすでに白川豊の指摘もある。(8)

さらに、日本への渡航と関連しては、兄・時明が助けに駆けつけて来たことがよく知られている。

釜山では、玄海灘を密航してでも日本へ渡ろうと考えたほど思いつめていた。のちに、急を知り同志社大学の制服、制帽、そして学生証まで取りそろえて駆けつけた、そのころ京都帝国大学法学部在学中の兄・時明の助けを借りて日本へ渡った。(9)

兄が急を知ったのは、多分平壌の母から緊急電報が届いたからであろう。同志社大学の制服と制帽は古着屋などで容易に購入したとしても、学生証は如何にして手に入れたのか。その後、入国記録もない朝鮮人留学生の身分でありながら、どうやって佐賀高校へ進学することができたのだろうか。日本へ渡ってから佐賀高校へ入るまでの間の一年余の期間は年譜上では空白になっている。

金史良は自分のことをあまり語らない作家であった。家系や家族について具体的なことは何ひとつ語らなかった。特に族譜や祖先を大事にする朝鮮の作家が、自分の家柄について口を噤《つぐ》んだのは異例である。早くから日本語教育を受け、創作意欲も旺盛でありながら、自然主義の告白小説や白樺派の私小説には関心がなかったのだろうか。普通の作家志望者なら、室生犀星の『幼年時代』（一九一九年）のような思い出話をつづってみたいという衝動に駆られないはずはない。金史良自らが処女作として認めている「土城廊」の場合、佐賀高校二年の時に書いたが、まだ日本語に自信がもてず、「机の奥にひっこめていたのを、東京の大学へ出て来て同人誌『堤防』へのせて好評を得た」（『光の中に』「あとがき」、『金史良全集Ⅳ』六七頁）と言っているが、素材も文体も写実的で自然主義風な印象が強く、本質的に私小説家ではなかったようである。もしかしたら、当時の金史良としては、日本の読者を相手に日本語で作品を書くには、朝鮮での幼少期の体験は好ましくないと思ったのか、さもないと中学から追い出され、警察の目を盗んで日本に渡った身であるから、過去を語ること自体に抵抗を感じ、しかも家族にも累を及ぼしかねないと遠慮したのだろうか。

『金史良全集Ⅳ』には「玄海灘密航」というエッセイが収録されている。原稿用紙七枚程度の短い文章ではあるが、読む側に多くのことを考えさせる、金史良にしては珍しく暗い過去を告白した作品である。内容は、玄海灘周辺には昔から漂流が多かったという話を皮切りに、文明の今日にも漂流の形を借りた密航が行われるといい、密航者たちの惨めな姿や運命を語ったのち、十八の時、「或る事情で堂々と連絡船には乗り込めないので」、「釜山から一度密航を試みようとした」(『金史良全集Ⅳ』五九頁)という、過去の暗い記憶を語ったものである。[10]

しかも「玄海灘密航」とほぼ同じ内容のハングル文章が「密航」というタイトルで、十カ月前に発表されている。「密航」は全体的にまとまりがなく、気楽な文章で書かれ、文学作品に仕立てるための技巧や苦心の跡はみられない。反面、「玄海灘密航」はかなり磨きをかけた短編小説のような印象を与える。特に冒頭から徹底して暗い雰囲気で作品を塗りこめたのち、終わりのところでは海浜で貝殻を拾う美しい婦女たちの姿や学生時代の唱歌の一節をもって劇的な雰囲気の反転を図っているのが、まるで芥川龍之介の「蜜柑」(一九一九年)における最後のどんでん返しを思わせる。

「密航」と「玄海灘密航」とは九割ほど、同じ内容から成っているが、ひとつだけ大きな違いは、後者に朝鮮人の密航に関する話が具体的に語られている点である。

玄海灘を挟んでの密航と云えば、旅行券のない朝鮮の百姓達が絶望的になって、お伽話のように景気のいいところと信じている内地へ渡ろうと、危かしい木船や蒸気船にも構わず乗り込むことを云うのだから、度胸云々どころではなく、全く命がけ以上の或は虚脱と云ったところであろう。何れにしても、この密航に関して私にははかない思い出が一つある。この間も朝鮮人の密航船が玄海灘で難破して、一行二三十名が藻屑となったという報道を読んで、転《うた》た感深いものがあった。(『金史良全集Ⅳ』五九頁)

ここで金史良は大昔の漂流の話から密航をもちだしているが、韓日の間で人口移動が社会問題にまで発展したのはやはり一九一〇年の韓日併合がきっかけだったようである。特に日本の植民地支配下で農地を失った農民たちがめざしたのは「お伽話のように景気のいいところと信じている内地」であった。昔も今も密航者がよく見つかる場所は、当然、朝鮮半島と至近の距離にある九州北部の海岸で、一九三八年一月から約二年間の密航関連記事の見出しをいくつか拾ってみると次のとおりである。

「四百廿余名の密航鮮人／内地へ続々と侵入」（『福岡日日新聞』一九三八年一月三〇日）
「福岡沿岸に密航鮮人頻々／ブローカーと連絡／本年に入つて五百名」（『福岡日日新聞』一九三八年三月三日）
「密航鮮人団上陸／トラック運転手の気転で大半は逮捕される（遠賀郡水巻村）」（『福岡日日新聞』一九三八年五月二日）
「密航鮮人卅一名一網打尽に（宗像郡神湊町）」（『福岡日日新聞』一九三八年一二月一七日）
「密航半島人二名／倉橋島村で検挙す／発動機船で二十五名潜入／一味検挙に着手」（『呉日日新聞』一九三九年二月一二日）
「密航者卅八名八幡で捕はる（八幡市）」（『福岡日日新聞』一九三九年五月一八日）
「密航はしたけれど／途方に暮れる気の毒な鮮人／今度は逆戻り失敗（兵庫）」（『神戸又新日報』一九三九年六月二〇日夕刊）
「全面的検挙は困難／県の密航鮮人狩り／今後は取締りを厳重に」（『中国新聞』一九三九年一一月三〇

日）
「手荷物の箱詰め人間／密航？の半島人、小倉で発見さる」（『大阪毎日新聞』一九四〇年一月一四日）

「密航」は一九三九年一〇月、「玄海灘密航」は一九四〇年八月に発表され、この地方の新聞には毎日のように朝鮮人密航団が捕まったという記事が載る、と書いたごとく、当然金史良は上記の記事の中のいくつかは実際に読んで辛い思いをしたのであろう。

3

漂流とは本人の意志とは無関係に辿り着くものであるが、密航は命をかけるほどの明確な目的意識があっての行動である。金史良本人は「私も釜山から一度密航を試みようとしたことがある」と言っているが、それが兄・時明が偽の学生証と制服を揃えて駆けつけてきたのとつながる話なのか、または別のエピソードなのか、今の段階では確認できない。『金史良全集』収録のエッセイや手紙などでは、当局の監視の目を意識したのか、当たり障りのない話ばかり並べているが、それらに比べたら「玄海灘密航」には切実な思いや感慨がかなり率直に語られている。

安宇植作成の年譜と「玄海灘密航」の話を総合すると、一九三一年秋、平壌高等普通学校五年に在学中だった金史良は学内騒擾の責任を問われ諭旨退学になり、一二月のある日、兄のいる日本に渡るため、母に見送られて釜山に向かったが、渡航証明書もなく、密航でもしようかと迷っているうち、兄が同志社大学の制服と学生証を持って駆けつけてきたので、無事日本へ渡り、一年間兄と一緒に京都に滞在しながら勉強し、一九三三年春、晴れて佐賀高校へ進学することができた、ということである。

論旨退学は転校や進学にさほどの障碍にはならず、当時旧制高校への進学は、中学校の終了年限五年のうち四年を修了すれば可能だった。佐賀高校は金史良兄弟が通った平壌高等普通学校とは特別な関係にあったらしく、留学生のうち、そこの出身が特に多かったし、すでに兄は佐賀高校を卒業して京都大学法学部に通っていたが、弟の進学のためいろいろと尽力したに違いない。

ところが、白川豊の調べによれば、金史良が京都で高校進学の準備をしていたはずの一九三二年に、朝鮮の新聞や雑誌には、金史良の本名・金時昌で多くの童謡が発表されている。特に六月から七月にかけては、金時昌という本名とともに平壌という出身地も添えて、韓国の『毎日申報』に発表しているのである。(11)

警察の目を忍んで平壌を脱出し、偽証明証を持って日本へ渡った人が、母国の新聞紙上に本名で文芸作品を何回も投稿したというのは、どういうわけなのか。それも『毎日申報』に七月と八月の二カ月間一二回投稿しているが、そのうち七回は平壌もしくはソウルという居場所が明記されている。ところが年譜の上では、彼はその頃日本にいたことになっている。この辺の事情をいろいろと推理しながら白川は、金史良が日本に渡ったのは一九三一年ではなく、一九三二年だったのではないかと結論づけている。

しかし金史良が故郷を離れたのは、かなり緊迫した状況の中で、何かに追われるごとく、人目を忍んでの逃走であった。学校から退学処分を受けて将来への夢も潰えようとしているのに、新聞紙上に童謡を発表しながら家で月日を送るような余裕綽綽の心境ではなかったはずである。やはり一九三一年渡航説が妥当な気がする。しかし「中学を出れば真直ぐに北京の大学へ行きそれからアメリカへ渡ろうとしていた[12]」にもかかわらず、当初の計画になかった日本へ密航をしてでも渡ろうとした理由は何だったのか。

安宇植は、「母への手紙」で、「南方の汽車に乗る」という表現を使ったことに注目しながら、金史良の日本行きを一種の挫折として説明している。

満州には母の経営するデパートの支店も数軒あり、加えて北京への留学は、その後のアメリカへの道、いわば自由な将来を保証する道として、かけがえのないものであり、それだけに、北方の汽車に乗ることのほうが心理的にはるかに抵抗感が少ないばかりか、距離感としても近いものにさえ感じられたのである[13]。

さらに安宇植は、「ひたむきに北京留学を思いつづけ、アメリカへ渡ることを希望した少年の日の金史良にとっては、日本は『失望』を与える存在としてよりむしろ、激しい憎しみの対象でしかなかったはずである」と付け加えている。

平壌から中国は地続きの近距離にあり、中学では中国語も教わったし、母の経営するデパートの支店が何軒も満州にあったならば、中国こそ金史良にもってつけの留学先になれたはずである。ところが、その頃の中国は年々衰退の道を辿っていたし、わずか三カ月前には満州事変も起こり、先進の学問を学ぶには中国よりは日本のほうが適していると判断したからにちがいない。

開花期にアメリカへ留学した韓国の知識人は七十人程度であった。初代大統領・李承晩もその一人であるが、当時欧米への留学は主に政府の使節団の一人として、もしくは宣教師たちの助けを借りる形で海を渡るしかなかった。韓日併合の後もその状況に変わりはなく、中学時代の金史良がアメリカへの留学を希望したというのが、どれほど本気だったのか、また実現可能な夢だったのか、疑わしいところもある。

これはまったくの仮説ではあるが、金史良は安宇植作成の年譜どおり、やはり一九三一年一二月に日本へ渡り、翌年には日本にいながら、朝鮮の新聞に頻繁に童謡を投稿したのではないだろうか。中学を辞めて警察の目を忍んで、不法な手段で日本へ渡った金史良にしては、自分がまだ朝鮮にいるように見せかけるために、平壌という出身地まで明記した歌を発表したのである。しかも、佐賀高校への入学に際し、学内騒擾の首謀者ではなく穏健な文学青年としての自分を印象づけるためにも。

安宇植は『評伝　金史良』の中で金史良を徹底した反日文学者として仕立てようとしているが、その実、留学期間中の金史良の文筆活動はかなり穏やかなもので、政治的性向の薄い純文学に専念していた。東京帝国大学を卒業し帰国してからも自分の意志でしばしば日本を訪れているのを見ると、少なくとも「玄海灘密航」を書いた頃までは日本に対して親近感すらもっていたのではないかと思われる。

「光の中に」が一九四〇年上半期の芥川賞候補作に選ばれ、金史良は作家として日本で最も充実した時期を迎えたが、翌年の一二月、太平洋戦争開始とともに「思想犯予防拘禁法」により五十日間鎌倉署に身柄を拘留される不祥事があった。金史良が初めて日本へ渡ってからちょうど十年が経った時点である。これは彼が日本で心の居場所を失う決定的な事件になり、一九四四年六月中旬より八月にかけて中国を旅行した際、そして一九四五年、国民総力朝鮮連盟兵士後援部より在支朝鮮出身学徒兵慰問団員として中国に派遣されたとき、おそらくそこで知り合った人たちの感化により、階級意識に目覚め、左翼的な行動に走るようになったとみられる。

一九四六年、ソウルから平壌に戻った金史良は労働法令により、労働現場の特殊化学工場へ派遣される。その翌年には労働現場の模様をルポした「動員作家の手帳」を『文化戦線』第四輯に寄稿したが、その冒頭は次のようになっている。

一九四七年の今日、わが北朝鮮には、ただひたすら創造の喜びと建国をめざす雄々しい闘争があるのみである。われわれはすでに、平和の使徒・赤い軍隊の力によって解放を手に入れ、内には英明なる金将軍の領導のもとに、北朝鮮全土を、悪辣な日本人どもによって荒らされつくした過去の植民地から、そしてまた鉄鎖に固く縛りつけられていた封建支配の社会から救い出し、偉大な民主主義の土台のうえに力いっぱい押し上げたのである。(『金史良全集Ⅲ』一四九頁)

全集収録にあたって作品「解題」を書いた金石範は、「これはルポルタージュをかねたエッセー風の文章だが、それだけにここには生のままの金史良の考えと姿勢を見ることができる」(『金史良全集Ⅲ』六〇七頁)と言っているが、熱に浮かれた言葉遣いや、しかも社会主義の決まり文句の「闘争」とか「解放」を用いながら「金将軍」を讃えるところには、北朝鮮特有の教育(洗脳)と監視の痕跡がそのまま感じられるような気がする。この四年前、「海軍行」を書いて日本軍国主義を美化したときと似たような状況である。ただし「動員作家の手帳」を書いた当時の金史良の年齢が二十代半ばの若さだったのを考えると、米帝国主義との戦いに、積年の鬱憤のはけ口を見出したのかも知れない。

4

在日韓国人作家として一九九七年に『家族シネマ』で第一一六回芥川賞を受賞した柳美里は、金史良の場合とは逆に、執拗なほど自分史や家族のことを作品の素材として用いた作家である。しかし両親が韓国から日本に渡って定住するまでの経緯については何も語らなかった。いや、語らなかったのではなく、知らなかったのである。

母は戸籍上は日本で生まれたことになっている。その間の事情を問いただしても、口をつぐんで頑として答えてくれない。在日の一世には出生や姓名など、私のような二世が想像を絶するような、それこそ墓場まで持っていかざるをえない秘密をかかえているひとが多い。私は柳という姓も、もしかしたら父のほんとうの姓でないのではとうたがっている。(14)

母方の家系に関して調べたものは『朝日新聞』夕刊に約二年間に渡って連載しながら詳しく紹介しているが、(15)父方については何の手がかりも得ていないのである。日本に不法入国してそのまま永住するようになった人々には、その不法入国や滞在に関する経緯は、たとえ相手が家族であっても明かすことのできない秘密、つまり「墓場までもっていかざるをえない秘密」になっているらしい。

金史良にもこのような、人に知られたくない秘密があった。もともと自意識が強く嘘をつけない性分の彼は留学期間中、不法入国者としての居心地の悪さを一時も忘れたことがないはずである。学校から放校処分を受け、南行列車に身を乗せた時分のことを書いた「母への手紙」が『文芸首都』に載ったのは一九四〇年四月のことで、「玄海灘密航」より四カ月早い。その手紙の最後は、「これからはもっとほんとうのことを書かねばならないぞと自分に何度も云いました」(『金史良全集Ⅳ』一〇五頁)という文章で結ばれている。しかしその決意とは裏腹に、金史良は最後まで「ほんとうのこと」を書くことができなかった。

木村一信は著書『不安に生きる文学誌』(双文社出版、二〇〇八年)の中で、不安や動揺のただ中で苦闘しながら、それを創作へと昇華させた近現代作家たちの姿をとらえているが、金史良こそその典型である。彼には語りたくても語れない秘密があり、しかも故国で官僚の道を邁進している兄がその秘密の共有者になっていたのである。

日本へ渡ってから七年が経ち、その間、佐賀高校を経て東京帝国大学を卒業することで当初の目的を達成した金史良は、就職のためいちおう帰国するが、まもなく『朝鮮日報』学芸部記者の資格でふたたび東京にもどり、同新聞社から刊行される総合雑誌『朝光』にハングルで「密航」を発表した。自分のことをあまり語らない金史良にしては破格の告白である。この語りたくない過去と、「ほんとうのことを書かねばならない」という作家として自覚との葛藤の挟間で生まれたのが「密航」と「玄海灘密航」なのである。

仲介屋に斡旋料を払っての密航ではなかったにせよ、偽の学生服と偽の身分証明書による不法入国、そして過去の経歴を隠しての高校進学、これは留学期間中、金史良の頭から離れることのない引け目として残っていたはずである。「密航」の執筆時期は留学を終えて日本を発つ直前だったらしく、「もちろん今度は身分証明書を持っている」という一句で結ばれている。この一句には、偽の身分証明書を持って日本に渡ったことへの晴れない思いがそのまま滲み出ている。留学時代の金史良は暇さえあればそそくさと帰郷したが、「故郷を想う」にはその心境がよく現われている。

内地へ来て以来かれこれ十年近くなるけれど、殆んど毎年二三度は帰っている。高校から大学へと続く学生生活の時分は、休暇の始まる最初の日の中に大抵愴惶として帰って行った。われながらおかしいと思う程、試験を終えると飛んで宿に帰り、急いで荷物を整えてはあたふたと駅へ向った。それも間に合う一番早い時間の汽車で帰ろうとするのである。

故郷はそれ程までにいいものだろうかと、時々不思議になることがある。(『金史良全集Ⅳ』六二頁)

さらに「ひとえに母や姉や妹、それから親族の人々に会いたいという気持からだけではない。やはり私は自分を育んでくれた朝鮮が一等好きであり」、「東京でいつもせせこましい窮屈な思いで暮していた私は、故郷に帰れば人が変わったように困る程冗談を云う」と、何か開放感みたいな心境を並べている。

一九四五年二月、金史良は国民総力朝鮮連盟兵士後援部より在支朝鮮出身学徒兵慰問団員として中国へ派遣され、慰問団の任務を果たした後、五月三一日、日本軍の封鎖線を越え、華北朝鮮独立同盟・朝鮮義勇軍の連絡地点に到着、朝鮮戦争勃発と同時に従軍作家として朝鮮人民軍とともに釜山付近まで南下、一〇月から一一月の間、アメリカ軍の仁川上陸作戦による朝鮮人民軍の撤退の際、江原道原州付近で落伍、死亡したものとみられる。

金史良の最初の渡日は不法入国であり、最後に日本と縁を切ったのは、脱出だった。しかし、留学期間中は文学的に充実した時期を送り、「光の中に」が芥川賞候補作に選ばれた時は、「母への手紙」で見るごとく、作家として絶頂に達していた。彼の日本語での執筆活動は韓日両国の文学において新しい幕開けになったし、それは時代を超えてはるか未来にも高い評価を得つづけるに違いない。

もし金史良が兄のように、順当な形で日本での留学を始めたならば、そして「いつもせせこましい窮屈な思いで暮していた」のではなく、もっと寛いだ気持で留学生活を楽しむことができたならば、彼は別の立場で終戦を迎え、別の形で祖国の統一に尽力する作家になりえたのではないかと思われる。

注

（1）『金史良全集』全四巻、河出書房新社、一九七三―七四年。以下、金史良の引用は河出書房新社版全集による。
（2）韓国語版『ブリタニカ』の「金史良」項目による。
（3）『金史良全集Ⅳ』の年譜における保高みさ子の言葉を再引用。
（4）安宇植『評伝　金史良』草風館、一九八三年一一月、四八頁。
（5）「特実」は「徳実」の間違いか。「特」という字は人名にはほとんど使わず、妹の名が「五徳」であるのを見ると、兄弟同士は名前に同じ文字を用いる慣わしから推して、「徳実」が正しいはずである。
（6）川村湊「解説」、金史良『光の中に』講談社文芸文庫、一九九九年四月、二九三頁。

（7）退学について、安宇植は金達寿のいう「論旨退学」を否定し、「放校というきびしい処分をうけた」と主張しながらも、年譜では「論旨退学」にしておいた（『評伝　金史良』五一頁参照）。

（8）白川豊「佐賀高校時代の金史良」金在竜・郭炯徳『金史良　作品と研究1』図書出版亦楽、二〇〇八年十月、三三〇頁。

（9）安『評伝　金史良』二六二頁。

（10）数え年で十八歳、安宇植作成の年譜では満十七歳になっている。

（11）白川『金史良　作品と研究1』三三〇―三三一頁。

（12）『金史良全集Ⅳ』「母への手紙」一〇五頁。

（13）安『評伝　金史良』四八頁。

（14）柳美里『水辺のゆりかご』角川文庫、一九頁。

（15）『8月の果て』として二〇〇四年八月、新潮社より単行本で刊行。

田中英光と〈朝鮮〉言説
――『京城日報』『国民文学』『緑旗』の「テクスト」をめぐって

三谷憲正

1　はじめに

田中英光と〈朝鮮〉――。その関わりへの評価は否定の言辞で埋まっていると言っても過言ではない。鶴見俊輔氏は「朝鮮人の登場する小説」（一九六七年）のなかで田中英光の『酔いどれ船』（一九四九年）を取りあげ、「この小説を通して、主人公は朝鮮人を愛することを実現していない」といい、「朝鮮人と一体になり、朝鮮人のために生きる人道主義的日本人の像は、この小説に登場しない」という評価を下している。また大村益夫氏は「第二次世界大戦下における朝鮮の文化状況」（一九七〇年）の中で「田中英光は朝鮮文学界の帝国主義的再編成に力を貸した犯罪者である」とまで言いきっている。

このような見解はかつての植民地だった側からは厳しさを増していく。

金允植《キムユンシギ》氏は『傷痕と克服――韓国の文学者と日本』（一九七五年）の中で、次のように述べている。

そもそも田中英光とはどんな人間か。年譜によれば、一九一三年にうまれ、早稲田大学政治経済学部を卒業して政治運動、ゴム会社特派員（販売員）としてソウルに赴任（一九三五〜三八）、結婚、華北出征、二度目の韓国生活（一九四〇〜四二）、そのご東京へ移転、一九四九年、太宰治の墓前で自殺した。その間、太宰治の推薦で文壇に登場、一九四〇年『オリンポスの果実』（『文学界』九月号）で名声を博し、ソウルにいたもう一人の日本人詩人則武三雄（小説では則竹として登場）とともに、日帝思想善導に献身的に努力した悪質な文学者であった。[4]（傍線は引用者、以下同じ）

ちなみにここで言う「年譜」とはおそらくは『田中英光全集』第一一巻（芳賀書店、一九六五年一一月）所収の林清司編「田中英光年譜」を指し、また「小説では則竹として登場」という際の「小説」とは、『酔いどれ船』を意味しているかと思われる。

さらには宮田節子氏は『朝鮮民衆と「皇民化」政策』（一九八五年）の中で次のごとくである。

一九四九年、三六歳で自らの生涯を閉じた小説家田中英光は、一九三五年から四二年までの足かけ八年、朝鮮の地で生活していた（この間一九三八年から三九年まで軍隊に入営、中国に行っていたが）。その間は彼は「京城に住む数少ない日本人作家として、「朝鮮文壇」の再編に指導的な役割を負わさ」れ、「朝鮮文人協会」等で活躍していた。戦後になってから彼はその時の体験をもとに、当時の「朝鮮文壇」の様子を『酔いどれ船』という小説の中で描いている。田中英光の眼を通してとらえられた朝鮮文化人の姿は、正視に堪えぬほど無残である。[5]

右の文中「「朝鮮文壇」の再編に指導的な役割り」を振り当てられた云々という引用は、『田中英光全集』第二巻にある針生一郎氏の解説「行動者の記録」からであるが、宮田氏のこの引用には注が付いていて「なお当時の田中英光と朝鮮文化人の交流については、次の事実をあげておきたい。一九三九年に辛島驍、津田剛らが中心となって結成された「朝鮮文人協会」（会長は李光洙《イグワンス》）は、一九四二年九月に機構を改編し、組織を拡大した。その際、田中英光は常任幹事の一人となっている」と指摘している。(6)ここに挙げられている「辛島驍」「津田剛」とは、『酔いどれ船』の中で、朝鮮総督府と結託し「朝鮮のジャアナリズムを片手で操る存在となり、片手は、もッと多分に政治的に動いている」京城帝大の「唐島博士」のモデルであり、また「津田剛」とは「南総督の知遇をうけ、総督府後援のもとに、青人草聯盟〔引用者注―緑旗聯盟が自ずと連想される〕という思想善導団体を主催するようになつた。その聯盟からは、二、三の雑誌が出ているし、彼は朝鮮のジャアナリズムに隠然たる勢力を張つていたので、帰還以来、享吉は自然と彼に近づくようになつた」(7)（一五頁）「都田二郎」のモデルと言われている。

このような批判の姿勢は近年になっても変わらずに続いている。たとえば、秋錫敏《チュスクミン》氏の「『酔いどれ船』論――田中英光と坂本享吉を中心に」（一九九一年）などである。

戦中（朝鮮時代）の田中は、日本帝国主義の権力への協力と妥協の上に、特に朝鮮文壇の日本化（日本語化）のために積極的な活動を果したのである。しかし『酔いどれ船』ではその日本帝国主義の否定（非難）ばかりではなく、日本軍の残酷さ、在鮮日本人の非人間的な行動等を辛辣に告発しながら、自己（坂本享吉）だけをその世界からぬけ出させてしまうのである。(8)

確かに、田中英光の座談会やエッセイなどでの一連の発言を概観すると「日本化（日本語化）のために積極的な活動」を主張しているといってよかろう。

この点に関しては、川村湊氏『〈酔いどれ船〉の青春――もう一つの戦中・戦後』（二〇〇〇年）もこれまでの論者と同様に、批判すべき点は批判すべきものとして次のように述べている。

彼は自らの意志によって朝鮮文壇にコミットしたのであり、自ら進んで「国民文学」の声に和したはずなのである。／田中英光が植民地朝鮮でのいわゆる国民文学運動においてはたした役割りは明白だ。彼は「諺文《オンモン》」の読めない内地人作家として、〝国語（日本語）一本槍〟であることをむしろ優位の条件として、朝鮮人文学者たちに、〝国語〟で作品を書くことを奨励し、暗に、強要したのである。(9)（傍点原文のママ）

ここで言われている『国民文学』とは一九四一年一一月、崔載瑞《チェジェソ》（創氏名、石田耕造）の編集で刊行された、皇民化に積極的に加担した親日的雑誌である、という見方が通説となっている。この他、否定的な言説は枚挙に暇《いとま》がない。(10)

2　『京城日報』所載のテクスト

以上見てきたところからもわかるように、田中の〈朝鮮〉への関わりついて肯定的にとらえる見解は探しだすのが難しいほどである。

しかし、実は〈田中英光というテクスト〉には意外な落とし穴があるようなのだ。長年、田中英光の人生と文学を考究してきた西村賢太氏は「研究動向　田中英光」(一九九五年)で、「思えば過去の英光再評価の機運は、常に〝政治と文学〟、またそうした問題を提起させる時代背景の中で湧きあがってきた。それかあらぬか英光論と云えば、殆どその問題がらみのものである。現在においてもその伝統は受け継がれ、その問題のみの追求に重きをおき、およそギプスじみた固定観念の下に新味に乏しい旧態依然たる英光論が現われる」(傍点、原文のママ)としたうえで、次のごとく警鐘を鳴らしている。

〝論〟もいいが、従来の年譜の見直し、書誌の補足、訂正などの作業がまず急務となりそうである。それは最近の英光年譜、作品初出に今なお目立つケアレス・ミス、元の年譜、書誌からの引用による結果の、いわば後の作成者にしてみれば避けようがなかった喜悲劇を繰り返しているのを見るたびに強く実感させられる。(11)

西村氏のいう「固定観念の下に新味に乏しい旧態依然たる英光論」と「避けようがなかった喜悲劇」、これは一体どういうことなのか。

さらに田中励儀《れいぎ》氏は「著作目録を作るために――泉鏡花・田中英光の場合(12)」(二〇〇三年)の中で、これまで多くの論者たちが俎上に載せていた「碧空見えぬ」が『緑旗』の昭和一八年一月号であるという指摘を含め、従来「未詳・未見」とされていた作品四本、さらにはリストアップされていない作品として「十作品」を挙げ、次のように述べている。

　この十作品を含め、現在のところ、総数およそ三・四十件の逸文が見つかっている。これらは、矢島道弘氏、島田昭男氏、西村賢太氏をはじめ、多くの方々のご教示によって、少しずつ明らかになってきたものだが、未見の文章もまだまだ多い。戦時下朝鮮での出版物や敗戦後日本のカストリ雑誌の調査・研究はこれからの課題であろう。

これまで田中英光批判の多くは彼が「戦時下朝鮮」で書いたとされるものによってなされてきたはずではなかったのか。にもかかわらず、その「調査・研究はこれからの課題」であるとも述べられている。では一体、今まで田中英光の一連の作品や発言はどのようなテクストを元に組立てられてきたのかといえば、それは一九六〇年代の半ばに刊行された『田中英光全集』[13]に依拠してのことであった。同『全集』二巻「解題」では「碧空見えぬ」の出典に関して次のように記されている。

　雑誌「緑旗」（発表年月不明）に発表された。兪鎮午の「朝鮮文学通信」（新潮・昭和十八年二月）の中にこの小説を「緑旗」に発表したとある。

この作品「碧空見えぬ」は、「朝鮮の中堅作家李星薫」「創氏して森徹」が「日本への愛情と徴兵制の喜びを語」りつつ、大事な客である大東亜文学者会議一行を侮辱する酔漢に制裁を加える場面をもっている。この事件は『酔いどれ船』に取りこまれ、重要な転回を示すエピソードであるはずだった。が、しかし、今までこのような点が不問にされたまま、ただ田中英光批判がなされてきたということになる。テクストの問題は田中英光文学を肯定的に評価しようがあるいは否定的に批判するにしても、足元のおぼつかない不安定な立ち位置を意識せざるをえないのではなかろうか。

右のような問題は他にもある。ここでは『京城日報』を中心として見ていきたい。ちなみに『京城日報』とは、金達寿《キムタルス》氏の『わがアリランの歌』（一九七七年）の中で、「総督がかわるごとに京城日報の社長もかわるということは、すなわちその京城日報は総督府の機関紙ということではないのか。「何だ、きみはまだそんなことも知らなかったのか。機関紙どころか、完全な御用新聞だよ」「御用新聞！」するとおれは、その総督府の「御用」を勤めているものなのか」[14]というエピソードがあるように、朝鮮総督府の「御用新聞」と言われてきたものである。この中で、たとえば、帰国途上客死し、シンガポールの郊外パセパンシャンの丘で火葬に付された二葉亭四迷をめぐっての一文「パセパンシヤンの茶毘の煙」を例にとってみよう。『全集』二巻では次のようにその初出が掲出されている。

新聞「京城日報」（昭和十九年一月二十五日〜二十九日）に五回にわたって文化欄に連載された。

一方『全集』一一巻「田中英光年譜」では「昭和十七年」の項に「一月〈パセパンシヤンの茶毘の煙〉を『京城日報』（一月二十五日〜二十九日）に寄稿」となっている。

しかし、実際に『京城日報』の一九四二（昭和一七）年一月分にあたってみると、事態は次のごとくである。

二七日（夕）一万二千三百二号・田中英光「パセパンシヤンの荼毘の煙」（一）（文化欄）
二八日（夕）一万二千三百三号・田中英光「パセパンシヤンの荼毘の煙」（二）（文化欄）
二九日（夕）一万二千三百四号・田中英光「パセパンシヤンの荼毘の煙」（三）（文化欄）
三〇日（夕）一万二千三百五号・田中英光「パセパンシヤンの荼毘の煙」（四）（文化欄）
三一日（夕）一万二千三百六号・田中英光「パセパンシヤンの荼毘の煙」（五）（文化欄）

ちなみに三一日（夕）の（五）では末尾に「〔註〕引用文は全て内田魯庵氏『おもひ出す人々』から借り、文章はいくらか読み易く改めた処もあります」という注意書きも残されている。

このような錯誤は、「〝葉隠〟について」にもある。『全集』二巻では次のように解題されている。

新聞「京城日報」（昭和十七年四月一日～三日）に三回にわたって文化欄に連載された。

同じく『全集』一一巻「田中英光年譜」を見ると「昭和十七年」に「三月〈葉隠について〉を『京城日報』（三月三十一日～四月二日）に寄稿」とある。そこでやはり実際の一九四二年三月～四月分の『京城日報』を開いてみると次のように掲載されている。

三月三十一日（夕）　一万二千三百六十五号・田中英光「〝葉隠〟について」①
四月一日（夕）　一万二千三百六十六号・田中英光「〝葉隠〟について」②
四月二日（夕）　一万二千三百六十七号・田中英光「〝葉隠〟について」③
四月三（夕）　一万二千三百六十八号・田中英光「〝葉隠〟について」④

このエッセイの開始は「三月三十一日」からということでは『全集』一一巻の「年譜」が正しいが、終わりに関しては『全集』二巻の「〔四月〕三日」が正解となる。しかしこの連載は四回にわたっており、四回目に掲載された「四月三日」分は全集未収録となっているのが現状である。「〝葉隠〟について」は『葉隠』が「現代において流行すべき立派な性格を備へたものである」とし、「真の文学的個人主義とはいかなるものかを教はつた気がした」書であるといい（①三十一日掲載分）、「四月二日」掲載分では自分と『葉隠』との関わりを述べている。その続きの四回目の冒頭部分を掲出すると次のようになる。

それから戦争が来た。僕は小林秀雄さんの『文学』一巻を背嚢に入れて戦場に赴いた。背嚢のないときは、雑嚢のなかに入れ、雑嚢のないときは、鉄兜のなかに入れ、つひに汗で、本がぼろぼろに溶けるまで持つて歩いたものであつた。

〔……〕

恰度、鎌倉時代から徳川時代に続いて、連綿と国家を保持し、復興せしめたのが、一群の仏教徒であつた如く、西欧思潮の洗礼を受けた我々当代の青年達が、新しい驚異と憧憬の眼を以て、我々の祖

先の学問を見直すことも不可能ではあるまいし、この時代においては当然な事と思はれる（ママ）
事実確認だが、田中が「戦場に赴いた」のは昭和一三年七月以降のことである。また、ここで触れられている小林秀雄の『文学』とは、昭和一三年一二月、創元社より創元選書として出版され「文学者の思想と実生活」や「作家の顔」などが収録された評論集である。したがって、『文学』を読んだのは、昭和一三年一二月、陸軍野戦病院に収容された以後となろう。また、田中がこのエッセイで引用している岩波文庫の『葉隠』は和辻哲郎・古川哲史校訂で、昭和一五年四月に刊行されている。

この一文で注目されるのは、「西欧思潮の洗礼を受けた我々当代の青年達が、新しい驚異と憧憬の眼を以て、我々の祖先の学問を見直す」という箇所である。ここなどは横光利一の『旅愁』（第一篇、昭和一五年六月）の一節を彷彿とさせ、注目しておいてよい一文であろう。

『京城日報』については今まで国会図書館所蔵のマイクロフィルムが一般的な閲覧の手段であった。が、一九四〇（昭和一五）年一一月以降は欠号がおびただしく、田中英光にとって重要な年である一九四二（昭和一七）年などはまったく収録されていない。近年韓国図書センター（ソウル）から徐々に復刻が始められたが、それも二〇〇三年一一月からであった。二〇〇七年八月に第五次の刊行がなされ、ようやく資料的な態勢が整ったと言える。これによって従来指摘されていた作品を再確認してみると『全集』一一巻「年譜」の「昭和一六年」の項に「十二月八日〈ヴァレリイと愛国心〉を『京城日報』に寄稿」とあるこのエッセイはどうしても確認を取ることはできなかった。この日はいわゆる「大東亜戦争」勃発の日に当たっている。

3 『国民文学』と『緑旗』

では、田中英光が当時の朝鮮にいた時期、他のメディアにはどのような文章を発表していたのだろうか。まず、『国民文学』から見ていきたい。

『国民文学』はすでに触れたように、植民地下の朝鮮において、総督府の支配に呼応する形で刊行されていた雑誌、というフレームが一般的な捉え方である。そのためだけではないだろうが、これまで『国民文学』を閲読する機会は多くはなかった。が、近年、大村益夫氏らによって全貌が明らかとなる復刻がなされた。それは「日本植民地文化運動資料」の一環として刊行された『人文社編『国民文学』(緑陰書房、一九九七〔平成九〕年一一月)である。この復刻には大村益夫監修で『解題『国民文学』別冊——解題・総目次・索引』がついていて、執筆人名がどの巻のどの号に掲載されているかを示してくれている。ただ、同じ号に二箇所ある場合には若干の注意を要する。その点は措くとして、田中英光が『国民文学』に掲載した作品は以下のとおりである。

創作「月は東に」(一九四一〔昭和一六〕年一一、創刊号)〔一三六頁〕『全集』三巻所収ではあるが、初出に関しては記載なし。『全集』一一巻「年譜」にも特に注記なし。なお同号には、末尾に「今後如何に書くべきか? 特に貴下の興味を感ずる主題は? 葉書問答」というアンケート欄に「小説家　田中英光」が答えている。

田中英光「わが創作信条」（一九四二〔昭和一七〕年四月）〔四七頁〜〕『全集』未収録。

田中英光「黒蟻と白雲の想ひ出」（同右）〔一三三頁〜〕この作品はすでに『全集』二巻に収録されているものであるが、確認としてここに掲出する。

座談会「軍人と作家　徴兵の感激を語る」（一九四二〔昭和一七〕年七月）〔三二頁〜〕『全集』未収録。

田中英光「太平記について（古典研究）」（一九四二〔昭和一七〕年八月）〔一四頁〜〕『全集』未収録。

座談会「国民文学の一年を語る」（一九四二〔昭和一七〕年一一月）〔八六頁〜〕この座談会は『全集』一〇巻に所収。ただし、「解題」には「〈座談会〉国民文学の一年を語る　雑誌『国民文学』（昭和十七年十月号）に発表」とある。『全集』ではなぜ一カ月ずれたのかは不明。

田中英光「朝鮮を去る日に」（一九四二〔昭和一七〕年一二月）〔九四頁〜〕『全集』には未収録（ただし川村湊『〈酔いどれ船〉の青春』で指摘あり）。

田中英光「忘れえぬ人々」（一九四三〔昭和一八〕年一〇月）〔九四頁〜〕『全集』未収録。

なお、一九四三（昭和一八）年四月号には、福田清人の「日本文学報告会の道皇《（ママ）》朝鮮研究委員会」（五六頁〜）という一文が掲載されている。その中で福田は「日本文学報国会」の中に「皇道朝鮮研究会」を作り、「その委員会は文報内での朝鮮に詳しい――あるひは何かの縁故を持ち、あるひは関係を持つてゐる人で構成されてゐる。委員長が加藤武雄氏、委員は湯浅克衛、張赫宙、田中英光、〔……〕」という報告をしている。

以上『国民文学』に関して、田中英光作品を概観してきたが、実はもうひとつ田中にとって重要な発表媒体があった。それが『緑旗』である。この雑誌も悪評が高い。そのためか、国会図書館に第七巻（昭和一七年分）が五冊、第八巻（昭和一八年分）が一冊、また第九巻（昭和一九年分）が一冊、という有様であった。その後、辛珠柏《シンチュベック》氏によって『戦時体制下　朝鮮総督府外郭団体資料集』[15]が高麗書林より復刻された。しかし、田中英光にとっては大事な時期である昭和一七年（第七巻）がまったく欠如している。幸い南雲智氏の『『緑旗』総目録・著者名別索引』[16]（一九九六年）という労作がある。これは、『緑旗』に掲載された文献名・サブタイトル・著者肩書・著者名・巻号頁・発行年月日・特集名を一覧にしてあり大変利便性の高いものである。所蔵誌に関しては東京経済大学所蔵分（「東経大」）と韓国国立中央図書館所蔵分（「ソウル」）とを並記した形で示している。

以上の文献を使って田中英光作品の題名と掲載年月を記せば次のごとくである（なお高麗書林より復刻された『戦時体制下　朝鮮総督府外郭団体資料集』を「外団資」とし、国会図書館東京館を「東京」と略記する。その上で、□で囲んだものが本稿で現物確認したものである）。なお頁数は『緑旗』のものである。

田中英光「朝鮮の子供たち」（一九四一〔昭和一六〕年五月号、一六八頁〜）外団資・東経大・ソウル。
『全集』二巻に「鮮童三題」の「その三」として収録。「解題」には「発表誌不明」。

座談会「帰還勇士と文人」（一九四二〔昭和一七〕年一月号、一一二頁〜）東経大・ソウル。座談会であるから『全集』未収録であっても不思議はないが、しかしこの座談会は『酔いどれ船』の冒頭にある盧天心との邂逅の場面の素材になっていると思われる重要な座談会である。

田中英光「ある兵隊の手紙」（一九四二〔昭和一七〕年二月号、一六四頁〜）ソウル。『全集』三巻に所収。同「解題」では「小説集『雲白く草青し』に収録された」とあり、初出『緑旗』については言及なし。

田中英光「ある国民のある日に詠へる」（一九四二［昭和一七］年三月号、一四六頁〜）ソウル。『全集』一一巻に「拾遺作品」の「詩」として収録されている。同巻の「解題」では『緑旗』ではなく、なぜか「雑誌『国民文学』（昭和十七年四月号）に発表」とある。

座談会「新しい半島文壇の構想」（一九四二［昭和一七］年四月号、六六頁〜）東京・東経人・ソウル。『全集』未収録。

田中英光「半島作家への手紙」（一九四二［昭和一七］年五月号、九四頁〜）東経大・ソウル。『全集』一一巻に所収。「解題」では「雑誌『国民文学』（年月不明）に発表」となっている。『緑旗』と『国民文学』が混同されているようである。

座談会「半島文化の進路をかたる」（一九四二［昭和一七］年八月号、三六頁〜）ソウル。『全集』未収録。

田中英光「平田篤胤」（一九四二［昭和一七］年一一月号、五七頁〜）東京・ソウル。『全集』未収録。

田中英光「碧空見えぬ」（一九四三［昭和一八］年一月号、一四四頁〜）外団資・東経人。先に本稿でも指摘した「碧空見えぬ」である。この作品の末尾の創氏名「森徹」の酔漢撃退のエピソードが『酔いどれ船』の第二章で、朝鮮ホテルに一行が入る場面での素材になっているのは、両者を読み比べてみると瞭然だろう。重要な一節のはずだったが今まで初出誌さえもが曖昧なまま論じられてきたことがわかる。

4　おわりに

以上、長々とテクストにこだわってきたのは、田中英光研究に関する一つの不満の表れにほかならない。実は本稿は当初『酔いどれ船』を対象として論ずることを目論見としていた。が、作品として俎上に載せ、立論するためには、それ以前に解決しておかなければならないハードルを意識せざるをえなかった。一つは作家田中英光の立場をもって、作品に向かおうとする作家論であった。川村湊氏は『〈酔いどれ船〉の青春』の中で、金史良《キムサリャン》「天馬」（『文藝春秋』一九四〇〔昭和一五〕年六月）に登場する「田中」なる人物を作家田中英光と捉え、「この『天馬』で描かれている「田中」が、いわば外側から客観的に見られた田中英光像ということで、『酔いどれ船』を見るうえでも、面白い視点を提供している(17)」としていた。が、しかし、『満洲崩壊――「大東亜文学」と作家たち』（一九九七年）になると「改めて考えてみると「田中」という人物の設定からすると、むしろ田村泰次郎がモデルであると考えたほうがぴったりすることに気がついた(18)」として、「田中」なる登場人物を論じている。以前の考えとの相違を明確にしていくという氏の姿勢は大変尊重すべきではあるし、またかつての自分の考えを墨守すべきではないことは私（三谷）も充分承知しながら、しかし「天馬」の「田中」のモデルが誰かによって、左右される作品評価の曖昧性はいなめない。

『酔いどれ船』を論ずるにあたって、本稿が目指した地点は素材と表現の段差から読み解こうとするものであった。それは、戦時下の朝鮮で書かれたものと戦後発表された『酔いどれ船』との落差を田中英光の政治的な立場ではなく〈表現〉の変化として見つめ直すことであった。先行研究として、『酔いどれ船』を文学作品として論じたものは、管見の範囲ではあるが、角澄高氏の「田中英光『酔いどれ船』考察〈1〉」（二〇〇四年）だけであったようである。氏はこの論の中で「作品の時代背景や作家の伝記的事実、及び小説内に「自己正当化」的記述があることはそれとして踏まえつつも、我々は『酔いどれ船』の小説としての構造、構成のされ方にまず注目すべきであろう」とし、「小説として『酔いどれ船』をその表現に即して読むことを目指」[19]（傍点は原文のママ）したという。田中英光の代表作の一つである『酔いどれ船』においてさえ作品論が未だに成立しがたい現状があるのではないか。

それにしても本当に『酔いどれ船』は愚作なのであろうか。実は私（三谷）は『酔いどれ船』を高く評価するものである。おそらくここには横光利一が「純粋小説論」で称えたテーゼのみは名高い「純文学にして通俗小説」の具現化としての何ものかがあるように思えるからである。

本稿ではその前提としていわば〝インフラ整備〟をしたにすぎない。しかしそのような〝インフラ〟もまったく無用ではなかろう。『国民文学』の復刻という有益な業績を公刊した人村益夫氏は『解題『国民文学』別冊』の中で次のように述べている。

〔……〕この時期の文学の研究は緒についたばかりである。第一、韓国内においてすらも、各種公共図書館や大学図書館をめぐっても『国民文学』をそろって見れるところがない。韓国で影印本が出たとはいえ、非常に不完全なものである。上記の論著の著者も『国民文学』の全内容を見ている人はいないはずである。

『国民文学』を見る視点はいろいろあるであろう。その中に植民地支配の精神的加虐性を見てとることもできるし、一国の権力が他の国の精神文明を奪おうとした非人間的な試みが、倫理性もなく、結局は壮大な徒労に終わる過程を見ることも可能であろう。『国民文学』を親日文学誌と規定することは安易である。時局とともに親日色が濃厚になっていったのは事実であるが、とはいえ、決して親日一色ではなく、各人各様のさまざまな苦悩の中に、それ以前の時期の文学行為を引きずって最も困難な時代を生き、やがて解放を迎える火種を残したという面もあったのだった[20]。

『国民文学』に限ってみても、「全容を見ている人はいない」なかで田中英光の文学は否定的な評価を下されてきたということなのであろうか。田中英光に関しては、まだ明らかにされていないことが多い。昭和四〇年代の『全集』だけを基になされてきた評価は再考を要するのではなかろうか。

〈関わる〉ということはある〈磁場〉に身を置くことであり、〈磁場〉には必ず政治性が存在する。ある〈磁場〉を帯びた政治状況の中で、人は時として「弱者／被害者」ではなく、「強者／加害者」として存在してしまうことがある。何がそうさせるのか？　それは一見奇妙なようだが、「正義」を行っていると信じ込んでいる時である。人はともすれば「正義」を確信した時にこそ、道を踏みはずす。時代と場所が同じならば実は私たちおのおのが、『酔いどれ船』の「大学教授の唐島博士」や「青人草聯盟の都田二郎」のミニチュアであったかもしれないのだ。

注

（1）『酔いどれ船』は、大東亜文学者会議に参加した一行を主人公坂本亨吉を含む朝鮮文人協会の会員が釜山の波止場で出迎えるまでを描いた第一章のみが『綜合文化』（一九四八〔昭和二三〕年一一月）に発表され、その後盧天心から渡された白い封筒をめぐる活劇をはさみ、一行を朝鮮ホテルへ案内するまでを語った第二章と、「明月館」での歓迎会を中心とし、亨吉が陸軍刑務所に入れられるまでの第三章が書き下ろされ、一九四九（昭和二四）年一二月作者の死後、小山書店から刊行された。

（2）鶴見俊輔「朝鮮人の登場する小説」、桑原武夫編『文学理論の研究』岩波書店、一九六七（昭和四二）年一二月、一九八頁。

（3）大村益夫「第二次世界大戦下における朝鮮の文化状況」、早稲田大学社会科学研究所『社会科学討究』第一五巻第三号、一九七〇（昭和四五）年三月、四二二頁。

（4）金允植『傷痕と克服——韓国の文学者と日本』大村益夫訳、朝日新聞社、一九七五（昭和五〇）年七月、一一九頁。

（5）宮田節子『朝鮮民衆と「皇民化」政策』朝鮮近代史研究双書、未來社、一九八五（昭和六〇）年七月、「Ⅳ「内鮮一体」の構造　五同化と差別の相克」の節、一七九頁。

（6）宮田氏のこの指摘は、昭和一七年一一月号の『国民文学』にある、辛島驍「朝鮮文人協会の改組に就きて」で述べられている機構改編とその人事の記事からも確認できる。その中で田中英光には〇が付けられていて、「右表〇印は新幹事」と注されている。

（7）『酔いどれ船』からの引用は他の箇所も含め、小山書店刊行の初版本からとし、本文中には頁番号のみ記す。

（8）秋錫敏氏の「『酔いどれ船』論——田中英光と坂本亨吉を中心に」『湘南文学』第二五号、東海大学日本文学会、一九九一（平成三）年三月、一〇八頁。なお同氏は『東アジア日本語教育・日本文化研究』第二輯（東アジア日本語教育・日本文化研究会、二〇〇〇〔平成一二〕年三月）所載の「「天馬」と『酔いどれ船』の比較考察

――坂本享吉と田中英光を中心に」のなかでも「『酔いどれ船』は田中の消失された良心をもって戦後に書いた、戦中の自己弁護であったのだ。／田中英光によって描かれた坂本享吉であるが、現実の田中は坂本享吉にはなれなかったのであり、またなることもできなかったのである」と述べている。

(9) 川村湊『〈酔いどれ船〉の青春――もう一つの戦中・戦後』インパクト出版会、二〇〇〇（平成一二）年八月、五四―五五頁。初出「〈酔いどれ船〉の青春」『群像』一九八六（昭和六一）年八月。

(10) 例えば、朴春日《パクチュンイル》氏は『増補　近代日本文学における朝鮮像』（未來社、一九八五〔昭和六〇〕年八月）のなかで、田中英光『愛と青春と生活』を取りあげ、「植民地支配民族の一員の自堕落な生活を描いたもので、朝鮮民族の苦痛の上に成り立った快楽追求以外のなにものでもありません」（三〇〇頁）と言い、また南富鎮《ナムブジン》氏の『近代文学の〈朝鮮〉体験』（勉誠出版、二〇〇一〔平成一三〕年一一月）は、『酔いどれ船』について「戦前と戦後においてのこのような矛盾のなかにこそ、田中英光の朝鮮体験の持つある種の責任があるように思われる」としつつも「戦後における彼自身の弁解と言い訳に過ぎない」（二三九頁）としている。さらに南雲智氏も『田中英光評伝――無頼と無垢と』（論創社、二〇〇六〔平成一八〕年一一月）のなかで「言葉を紡ぎ出す営みを続けていたにもかかわらず、表現者として、民族の言葉に対する重みということも、支配者の言語によって創作しなければならない朝鮮民族の苦悩、屈辱といったことにも理解が及ばなかったのである」（一三七頁）と述べている。

(11) 西村賢太「研究動向　田中英光」『昭和文学研究』第三〇集、一九九五（平成七）年二月、一一五頁。

(12) 田中励儀「著作目録を作るために――泉鏡花・田中英光の場合」『日本近代文学』日本近代文学会、二〇〇三（平成一五）年一〇月、一三五頁。

(13)『田中英光全集』全十一巻は、奥野健男・島田昭男・武田泰淳・檀一雄・花田清輝監修のもと、芳賀書店より一九六四（昭和三九）年一二月（第一回配本第五巻）から一九六五（昭和四〇）年一二月（第一〇巻・第一一巻）にかけて刊行されている。

(14) 金達寿『わがアリランの歌』中央公論社、一九七七（昭和五二）年六月、中公新書、「京城日報記者」の項、二三七頁。
(15) 辛珠柏編『戦時体制下 朝鮮総督府外郭団体資料集』高麗書林、一九九七(平成九)年六月。
(16) 南雲智編『『緑旗』総目録・著者名別索引』汲古書院、一九九六(平成八)年六月。
(17) 川村湊『〈酔いどれ船〉の青春』七二頁。
(18) 川村湊『満洲崩壊――「大東亜文学」と作家たち』文藝春秋、一九九七(平成九)八月、Ⅳ章「花豚正伝」一四四頁(「花豚」は金文輯の雅号)。
(19) 角澄高「田中英光『酔いどれ船』考察〈1〉――「面白い純文学」としての『奇妙な恋の物語』」『立教大学日本文学』第九二号、二〇〇四(平成一六)年七月。このなかで氏は「テクストは、①〈私小説的読解〉を喚起させる小説表現、②朝鮮人に自己同化する「享吉」の主体構成、③「盧天心」と「享吉」の恋愛の背後で〈地〉として機能する不可視の「謎」をめぐる物語、という三つの機能を有することにより、植民地支配下の朝鮮における人々の苦悩・葛藤、及び関係性を前景化している」(八二頁)と述べている。なお、続編として『酔いどれ船』を取り巻く時代的な背景やモデルとなった人々の閲歴を検証した「昭和十七年・植民地〈朝鮮文学〉の様相――田中英光『酔いどれ船』考察〈2〉」(『立教大学大学院日本文学論叢』第五号、二〇〇五[平成一七]年一一月)がある。
(20) 人文社編/大村益夫監修『解題『国民文学』別冊――解題・総目次・索引』緑陰書房、一九九八(平成一〇)年四月、一八頁。

後藤明生の〈朝鮮〉

西成彦

『石をもて追わるる如く』（一九四九年）――石川啄木からの借用なのだが、「一少女の北鮮脱出の手記」という副題を付された一冊の手記は、たとえばこう題されていた。(1)これにかぎらず、戦後、比較的早い時期にはこのように被害者性を強調した手記類が相次いで刊行された。みずから筆をとることで記憶と回想の主人たろうとする野心的な試みである。引揚者については、他にも、一九五一年から二年にかけて日本の外務省が行ったアンケート、『朝鮮終戦の記録』（一九六四年）の著者、森田芳夫氏による聴き取りなど、各方面で粘り強い調査が進められたし、地域単位のコミュニティや学校同窓会などの集まりでも、引揚者たちの記憶は言語化され、たがいの記憶を照らし合わせる形で、記憶の共有化がはかられていったことだろう。一九七〇年前後に相次いで、引揚げ経験に基づく文学創造に着手することになる作家たちは、そうした膨大な証言の山を意識しつつ、ひとりひとりが独自のスタイルを築き上げていかなければならなかった。

植民地朝鮮の平安北道、新義州生まれの作家、古山高麗雄（一九二〇～二〇〇二）は、十八歳で植民地を去り、出征先の南方で敗戦を迎えることになったが、生まれ故郷へのこだわりは後の『小さな市街図』（一九七一年）に実を結ぶことになる。「この作品を書くにあたって、関東、関西、中部、北陸、東北の各地に赴き、新義州から引揚げて来られた方々に話を伺いました[2]」と単行本の「あとがき」にある。新義州に思い入れを持つ中年男がかつての植民地日本人居留地区の地図作成を計画し、新義州出身者親睦会の名簿を頼りに協力依頼を送りつけるという大枠だが、おそらく調査旅行の成果なのだろう、依頼書を受け取った女性の一人の返信そのものではなく（それは素っ気ないものだ）、依頼書に触発された当該女性の私的な回想をどっしりと中心にすえて全体が構成されている。古山は、夫を戦争で亡くし、未亡人として引揚げてきたその女性に次のような思いを語らせている。

団結しやがって、と言われるほど引揚者は団結しているでしょうか。引揚者というのは、すぐ引揚の話や朝鮮満洲の話をするので、はた目からはそう見えるかも知れない。はた目にはそれが目ざわりなこともあるんでしょうね。新義州にいたとき、内地人は〔……〕同じことを言っていた。朝鮮人というやつは、すぐ団結する……けれども朝鮮人には、内地人のやつはすぐ団結する、と見えたのだと思う。あれだって、両方ともどこか心細がっていて、知らず識らず身を寄せ合っていたということだ[3]。

植民地帝国日本の「内地」から「外地」への進出が断続的な民族移動であったとすれば、これに対する竹篦《しっぺ》がえしとしての引揚げは、それこそ「民族大移動[4]」の様相を呈した。ただ、えてしてディアスポラがそういうものであるように、その当事者の経験に対する非当事者の無関心が、ディアスポラ当事者を孤立させる要因になった。引揚者が固まりやすいのは、植民地時代の結束の固さの延長でもあれば、帰国後の孤立を耐え忍ぶなかでの相互慰撫の意味合いも強かっただろう。マイノリティを孤立させているのはマジョリティである自分たちであるにもかかわらず、マジョリティはとかくマイノリティの団結を煙たがる。そうこうするうちに、引揚者は高齢化が進み、その記憶は社会のなかでいっそう周縁化されていくことになるのだった。朝鮮時代の日常と引揚げ後の日常は、断絶していそうで、案外、身を寄せ合おうとするところで繋がっていたかもしれない。

三八度線以北の朝鮮で敗戦のときを迎えた内地籍の日本人については、「軍人二七万一千、居留民五〇万」という数字が残っている[5]。古山は、そんな五〇万居留民ひとりひとりの引揚げ体験そのものにもまして、その後の生に光をあてる。ここで取り上げようと思う後藤明生の場合も同じである。

後藤明生（一九三二～九九）は、植民地朝鮮の咸鏡南道永興の生まれである。敗戦後、家族で雑貨商を営んでいた生家を追われて、専売局の煙草倉庫を使った日本人収容所に集結させられ、秋にいったん列車に乗せられて南下するものの、三八度線を越えるまでには至らず、安辺近隣の山村（花山里）の温《オン》突《ドル》部屋に身を寄せて越冬。そこで失った父と祖母を土葬することになるが、残った家族は翌年五月に徒歩で三八度線越えを果たし、福岡県朝倉郡に引揚げてきている[6]。

その後、作家としてデビューした後藤がみずからの朝鮮時代をふりかえり、引揚げ体験を作品化することになるのは、「無名中尉の息子」（一九六七年）あるいは「一通の長い母親からの手紙」（一九七〇年）のあたりからである。

同じころ、文壇ではサハリン生まれの在日二世、李恢成（一九三五～　）が、東京でひとり立ちして家庭を営む主人公が兄弟姉妹の住む北海道と連絡をとりながら、サハリン島西海岸の港町真岡（現在のホルムスク）で過ごした少年時代をふりかえる「またふたたびの道」（一九六九年）で衝撃的な文壇登場を果たした。さらに、敗戦直前に生まれ故郷の植民地大連に戻り、敗戦そして敗戦後の大連を経験した清岡卓行（一九二二〜二〇〇六）の「アカシアの大連」（一九七〇年）も同時代の旧植民地文学として忘れてはならないだろう。

他方、李恢成の華々しいデビューが引き金をひくことになったのだろう、一九七一年の雑誌『文藝』五月号は、戦前の朝鮮人日本語作家金史良を特集して李恢成にエッセイを書かせ、さらに安岡章太郎・金達寿・金時鐘による鼎談「文学と民族」を掲載している[7]。後藤はこの特集に触発されてエッセイ「わたしの内なる朝鮮問題」を書き、日本人引揚者としての自身の立場を見定めることになる。鼎談のなかで日本人作家を代表して、二人の朝鮮人作家・詩人に対峙している安岡章太郎への違和感を、後藤は次のように表明している。

安岡章太郎氏は、われわれは朝鮮に住みながら朝鮮人を知らず、また朝鮮語も知らず、何か重大なあるものを失ったのだ、と語っているが、おそらくここで安岡氏とわたしとの相違は、鞭打っていた日本人がやがて鞭打たれることになった敗戦による逆転を、考えに入れるか入れないかではあるまいか、と考えられる[8]。

「敗戦による逆転」へのこだわりは、後藤明生と朝鮮の関係を考えるときにきわめて重要である。彼はその一点からしか朝鮮を描こうとはしなかった、とすら言えるほどだ。以下、後藤明生の「内なる朝鮮」をめぐる悪戦苦闘ぶりを見ていこうと思うが、後藤は、一九七〇年当時の小さな「旧植民地ブーム」「朝鮮ブーム」に背中を押されながら、敗戦経験というみずからの原点を見据え、植民地崩壊の生き証人としての立場を自分の流儀で引き受けるようになっていくのである。

1　記憶の客体から主体へ／「一通の長い母親からの手紙」

妻の妊娠・出産にあけくれる家庭生活のなか、引揚げ途上の山村で血を吐いて亡くなった父親の思い出にはけ口を与えた「無名中尉の息子」は、とつぜん、朝鮮時代の父の記憶が甦るという比較的単純な形をとっているが、「一通の長い母親からの手紙」になると、植民地での記憶を掘り下げるに際して気後れを隠せない自分自身が強調されるようになる。

記憶力の極度に減退した状態を健忘症というわけであるが、男はその一種だろうか？　このことばはどことなく滑稽だ。健やかに忘れ去る症状。それとも男の場合はアルコール性の痴呆症だろうか？(9)

「八年前」に母親から長文の手紙を受け取ったのを長いあいだ措きっぱなしだった主人公が、おもむろに大学ノートを開いて、それを書き写しはじめる。そのうち主人公は、母の手紙が巷《ちまた》に出まわるような「手記」でも「回想」でもなく、生々しい「記憶」そのもの、それも「現在の男が完全に失いかけている〈記憶〉そのもの」[10]だと感じるようになる。

そこで主人公の「男」が気に病むのは、彼自身の記憶よりは、母親の記憶のなかに自分が呑み込まれてしまっているという得体の知れない感覚である。出世作「関係」(一九六二年)以来、自己と他者が相互に干渉しあい、その関係性のなかでしかひとが自分ではありえないさまを描くスタイルを着実に身につけつつあった後藤は、母親から受け取った手紙のなかに自分を見出して、「あたかも蛇に呑み込まれたあひるの卵のように、すっぽりと〈母親の中に記憶されてしまった男〉[11]」としての居心地の悪さをおぼえるのである。

母親が手紙のなかで「お前」として言及する息子は、手紙を書き写すうちに失われかけていた記憶の再活性化に徐々に立ち会うことになる。北朝鮮の山村の小学校で「鐘たたき」に任ぜられた時代を脳裡に甦らせた主人公は、日本人にとってかつてもいまも唱歌「蛍の光」以外ではありえない歌が、解放直後の朝鮮では朝鮮語の愛国歌として歌われていた事実[12]に思い至る。「まだ朝鮮文字を読める小学生は一人もいなかった」ため、その愛国歌は「ザラ紙に青いインクで印刷され」ており、「漢字と仮名でふつうに書かれ」(「東海の水は白頭山より流れ出て……」)た脇に「トンゲムル　ペットウサネ　マルコタルトゥロー」と「片仮名で朝鮮語の読み方が附されていた」のだという[13]。

「男」には、敗戦前の小学校時代、朝鮮人の「鐘たたき」をからかって遊んだ前科があった。ところが、因果応報、敗戦後はその「男」が朝鮮人小学校の「鐘たたき」に任ぜられる。それどころか、「パンマンモック、トンマンサンヌ、イリボンヌドラー!」=「飯を喰って、糞をたれるばかりの日本人野郎共[14]」と朝鮮語で野次られる運命にあったのである(じつは、この歌もまた「東京は日本のキャピタルで」

で始まる内地発祥の流行歌、パイノパイ節の替え歌だった)。

長い母親からの手紙をきっかけに、「母親の中に記憶されてしまった男」は、母親の記憶の余白を埋め、これに「〈註〉をほどこす」[15]形式で対抗的に健忘症との戯れ方をおぼえてゆく。

後藤が引揚げ体験を描くのは、引揚げ体験そのものの再現のためではない。むしろ、他者によって記憶されてしまった人間がみずからの記憶に没入していく、その反射的なプロセスに対する関心が何よりも強く執筆の動機にあった。もし母親からの手紙がなければ健忘症に甘んじるだけだったはずの記憶がいつのまにか騒ぎはじめている、そういった不測の事態を前にした人間のあわてようにこそ、後藤の関心は向かっている。決然と引揚げ経験を語る主体としてふるまう書き手との差異を強調するかのような後藤明生の気後れ、作家的と呼ぶよりほかないその身ぶりは、その後の後藤の「朝鮮もの」のなかでさまざまに変奏されてゆく。

2　方法としての「挟み撃ち」

後藤明生の代表作のひとつである書き下ろし中篇『挟み撃ち』(一九七三年)は、「一通の長い母親からの手紙」と多くのエピソードを共有しているものの、はるかに入り組んだ構造を持っている。

主人公の「私」は、十九歳で上京したときに身を包んでいた旧陸軍歩兵のカーキ色の外套をめぐる健忘症との戦いを開始する。「わたし」はもはや他者によって記憶されていることに苦しむわけではない。主人公は、ゴーゴリの『外套』を引き合いに出しつつ、外套をめぐる主人公の悪戦苦闘を「記憶の迷路めぐり」もしくは「記憶地獄の遍路[16]」と名づけさえするのだが、その「わたし」が記憶をあやつれない健忘症をかかえこみながら、あくまでも「迷路めぐり」の主体としての自分を引き受けようとするところから、この小説は始まる。

「早起きは三文の得」――夜行性の習性を持つ主人公だが、ある日、世間の人並みに早起きをして首都圏をさまようなかから、出来事に「挟み撃ち」をかける積極的な行動主体としての役割を引き受ける。そして、上京当時の自分自身の過去に測鉛を下ろす主人公の歩行実験が、いつしか敗戦時の朝鮮での経験への肉薄を促すかっこうになるのである。

「挟み撃ち」という意味ありげなタイトルは、過去のある時点で主人公に到来した出来事と現在のあいだにひとりの人間が「挟み撃ち」になった状態を指すものであるとも説明することができよう。「昭和七年にわたしが生まれてから生きながらえて来たこの四十年の間というもの、とつぜんであることが最早当然のことのようになっている[17]」現実にうちのめされながら、それでも心身の健康の証であるかのような健忘症に身をあずけ、主人公は過去との「とつぜん」の遭遇を夢見て一日を費やすのである。

中公文庫版の解説の中で、大橋健三郎は、「わたしが知らないうちにとつぜん何かが終わったのであり、そして今度は早くも、わたしが知らないうちにとつぜん何かが始まっていた[18]」という主人公の感慨を踏まえつつ、次のように言い切っている。エッセイ「わたしの内なる朝鮮問題」(一九七一年)の後藤を強く意識した解釈だろう。

挟み撃ちをいいだせば「とつぜん」起こった過去の出来事そのものが、かつてから刻々に「わたし」

を挟み撃ちにしてきたと言っていい。その最も決定的な直接的な原因は、言うまでもなく、当時元山中学一年生だった少年の「わたし」にとって、まったく「とつぜん」の出来事であった日本敗戦にほかならない(19)。

どんなに「とつぜん」のことのように思い出されようとも「必然」であったに違いない敗戦、そして「蛍の光」や「パイノパイ節」の日本語から朝鮮語への計ったような切り替わりを、それでも「とつぜん」としてしか把握できない人間がいる。主人公がまだまだ幼かったせいもあるだろう。しかし、案外、それが人間というものなのだ。そのような人間が過去ともう一度向き合おうというときには、やっぱり「とつぜん」という僥倖に頼るしかない。そんな「記憶地獄」との戯れが『挟み撃ち』という小説の全篇を形作っている。

『挟み撃ち』がおもに語るのは、上京時にまとっていたカーキ色の外套の行方をめぐる謎解きと捜索についてだが、「とつぜん」のように行方不明となった過去の断片との戦いという意味では、これもまた敗戦経験・引揚げ経験に肉薄しようとしていた作家自身の格闘の産物である。もちろん、後藤はことさら敗戦経験・引揚げ経験を語るためにこうした「方法」を編み出したわけではないだろう。「記憶地獄」は引揚者に固有のものではない。しかし、後藤が敗戦前後の生と戯れるなかで「記憶」という「地獄」を目の当たりにしたことだけは確かなようである。そして、再訪かなわぬ北朝鮮への「遍路」の代わりを、『挟み撃ち』では主人公の住まう首都圏での失われた外套（の記憶）をめぐる「迷宮めぐり」が果たすことになったのである。

3　方法としての「夢かたり」

雑誌『海』への連載という形で書き継がれた『夢かたり』（一九七五〜七六年）の第一回は、夏目漱石の『夢十夜』を強く意識した導入部から、いきなり主人公（＝「わたし」）の夢へと移行する。北朝鮮時代の小学校の同級生との夢のなかでの再会。そして、かつて母親の手紙に「〈註〉をほどこす」ところから「一通の長い母親からの手紙」を書き始めたのに倣うかのように、自分の夢に「註」をほどこす流れのなかで第一回は締めくくられている。

いったい、膨大な過去の経験を記憶として集積するアーカイヴの番人としての「わたし」と、そうしたアーカイヴの深みから泡のように湧き上がってくる断片の組み合わせからなる夢に「註」をほどこす主体としての「わたし」との関係はどうなっているのだろうか？　「わたし」にできることといえば、記憶の泡立ちを活性化しながら、泡のひとつひとつに解釈を加え、自身の過去をめぐる知識の総体量を増やしていくことくらいしかない。『夢かたり』で後藤が試みているのは、永興時代の旧友や隣人との内地日本での再会を組織し、他者の記憶を動員しながら、みずからの封印された記憶に対して意識の表層への浮上を促すこと、そして、いま東京郊外の団地に暮らしてゆくなかで、突発的に浮上してくる過去に目を光らせていること、その程度である。『挟み撃ち』でカーキ色の外套をめぐって主人公が試みた企てを、直接、朝鮮時代の記憶の見究めに向けてあてはめたのだと言ってもよい。

そんな『夢かたり』のなかで印象的なのは、日本人と朝鮮人が一定の棲み分けをはかりながら、しかしお互いを意識しあっていた永興という小都市のありのままの姿を断片的にでも甦らせようという作者の意図である。

朝鮮人の老婆が経営する玩具屋で「オマケキャラメル」の籤《くじ》引きに禁断の喜びを感じていた少年にとって英雄にさえ見えた朝鮮人小学生の思い出。芥川龍之介の『鼻』に出てくる禅智内供さながらの大きな鼻を持つ謎のアボヂの思い出。「ナオナラ」の名で呼ばれていた同じく謎の朝鮮人女性の思い出。商店を営んでいた自宅に雇われていた朝鮮人から朝鮮の遊びを教わった思い出。市内の留置所に数珠つなぎにされて連行されてきた朝鮮人政治犯九人の思い出。戦後に引揚げた内地人同士であれば、再会の機会がなくはないが、今となっては記憶の底に住まうだけの朝鮮人の姿が芋づる式に甦ってくる。べつに中西伊之助の『不逞鮮人』(一九二二年)や『赭土に芽ぐむもの』(一九二二年)、湯浅克衛の『カンナニ』(一九三五年)や『棗』(一九三七年)、同年代で言えば、小林勝の『蹄の割れたもの』(一九六九年)に見られるような、日本人と朝鮮人の濃厚な交流やすれ違いが描かれるわけではない。しょせんは十歳前後の少年の記憶に沈澱していった小都市の日常風景にすぎない。しかし、敗戦によって記憶の底に追いやられてしまった朝鮮人の存在は、過去と戯れようとするときには強い存在感を持って浮上してくるのである。

連載中の山場のひとつは、「煙」と題された第五回目である。夜を徹して三八度線突破をはかった夜明けごろ、人家の煙を目のあたりにして、胸を撫で下ろしたという日の記憶へとたどりつくのに、連載は不寝番をしながら深夜放送に耳を傾け、朝鮮語放送の女性アナウンサの単語をひとつひとつ書き取る場面から始まっている。そして、朝鮮人の子どもたちの遊びに憧れた内地人少年の昔がふりかえられ、朝鮮人たちの訛りの強い日本語が断片的に甦る。「カミサマニ、タテマツル、チョコマンノ、ノーソクハアリマセンカ?」[20]――「チョコマン」は朝鮮語の「小さい」で、「ノーソク」は「蠟燭」の朝鮮訛りだ。主人公はかつてバイリンガルとまでは行かないまでも、朝鮮語がもっとわかったはずだった。ところが、いまでは朝鮮語の歌がときに口をついて出るくらいで、なまくらな耳はまったくいうことをきかない。ラジオの前にへばりついていた主人公は、不寝番の最中に思わず二つの朝鮮語放送のあいだで凍りつく。北と南の朝鮮語放送に区別がつかないのである。「果たしてこれは南か北か。北か南か」――二種類の朝鮮語放送のはざまで、主人公は、とつぜん、三八度線越えを脳裡に甦らせる。「朝鮮語の達者な中学生」であった当時の主人公が、朝鮮人集落を求めて偵察を命じられる。「果たしてこれは南か北か。北か南か」[21]――その主人公の眼前にあらわれたのが、「大きなポプラの木」であり、「低い藁屋根」であり、「煙」だったのである。

単行本化された『夢かたり』の「後記」のなかで、後藤は次のように書いている。

もちろん、現在から見て過去が夢だというのではない。また反対に、過去から見て現在が夢というのでもない。この小説でわたしが考えてみたのは、過去から現在へ向う時間と、現在から過去へ向う時間の複合だった。その両者が二色刷りになった、時間そのものである。

「夢かたり」というのは、そういう二色刷りの時間を書くのに、わたしが考えてみた一つの方法だった。[22]

「方法」としての「挟み撃ち」が、ここでは「夢かたり」という「方法」へ変形と進化をとげている。二つの時間の複合こそが「夢」であり、「夢かたり」はその複合を作品化するための「方法」だったというわけだ。『夢かたり』が通常の「手記」や「回想」と異なるとすれば、現在と過去のあいだを往還する双方向的な時間に表現を与えるためには、過去をふりかえる現在を固定することも、過去の時間の流れを客観的・固定的に語ることも断念しなければならないという信念が、作品に一貫しているからだ。

4 「行き帰り」あるいは二つの中心

『夢かたり』の続編として、一九七六年から七七年にかけて、同じく『海』に発表された二編からなる『行き帰り』は、草加市の団地から習志野のアパートに越してきた作家の何の変哲もない家族と猫のいる日常の記述から始まる。

パート一の話題の中心は、福岡県朝倉郡恵蘇宿で青年時代を送った父親のことである。主人公自身も引揚げ前から現在まで、同じ恵蘇宿に本籍を置きつづけている（少年時代から本籍名を耳に焼きつけてきた主人公には、その本籍地は「ヨソンシュク」という音とともにしか甦らない）が、故郷といえば、永興以外には考えられない。植民地二世の実感とはそういったものなのだろう。朝鮮半島に本籍を有しながらもサハリンで生まれ育った李恢成が郷里の町での記憶に縛られているのもおそらくは同じことだ。彼らの父親の世代にとって、本籍地は文字通りの故郷であっただろう。しかし、二世である彼らにとっては戸籍上の本籍地と、記憶上の故郷が二重化されている。そして、大学受験のために上京して以降、首都圏を転々としながら、どこへ旅に出ようと主人公が帰り着くのは、現住地なのだが、彼らは記憶上の故郷に、時として、それこそあらぬ瞬間瞬間に、空想裡の帰郷を果たすのである。

自分が本当に帰る場所は永興なのだと、わたしはいまだにどこかでそう考えているらしいのである。〔……〕しかし、どこかへ出かけたわたしは、必ず習志野へ帰って来た。わたしが帰って来る場所は、永興でもなければ、父や祖父や曽祖父が生まれたヨソンシュクでもない、いまわたしが家族のものと共に暮らしている、この習志野でしかないのである。(23)

後藤が植民地生まれの二世としての自分を逃れようのない宿命を背負わされたものとしてはっきりと思い描くようになるのは、この『行き帰り』においてである。つづいてパート二は、植民地朝鮮の記憶を共有する二人の引揚者との対話・対面を描くことからできあがっている。主人公が週刊誌に書いた永興に思い出に関するエッセイを読んだ小学校時代の旧友の妹から手紙が舞いこむ。

高卒で市内の銀行に勤めたのですが、あの通りの変人ですので、うまくゆかず、四、五年で退職。それ以来無職で母と暮らしております。人間失格とでもいいますか、はとんど口をきかず、勝手気ままに何やらわけのわからない学問?をして、一日じゅう正坐をして時を過ごしています。(31)

かと思えば、同じく週刊誌の記事を読んだらしい広島の男から、いきなり電話がかかってくる。面識もない相手を前にして、永興時代の思い出を脈絡もなく話しかけてくる男のノスタルジーには、主人公と共通するものが少なくない。

「ほいじゃが、ほんとうに人間の故郷に対する気持いうもんは、どういうんですか、特に永興みたいに行かれん故郷を持った気持いうもんは、どういえばええんですかのう」[25]

かたやひきこもりの旧友、かたや饒舌に永興時代の思い出を垂れ流しにして語りかけてくる見も知らぬ男、その二人を二個の中心に据えて、後藤は「楕円」を描くように[26]、『行き帰り』のパート二をまとめている。生まれ故郷の植民地で敗戦のときを迎え、苛酷な引揚げと戦後を生きてきた人間の二類型を対置することで、後藤は引揚者の語りをモノローグたらしめず、対話、それも時としては言葉を介さないすれ違いの物語として成立させたのだった。

後藤明生は、いくつもの「楕円」を描くために、たゆみなく中心の二重化を企てる。植民地生まれの二世が生きなければならない二中心性。引揚者が陥りがちな饒舌さと寡黙さの二中心性。「無名中尉の息子」や「一通の長い母親からの手紙」以降、後藤が引揚者小説のあり方をめぐる試行錯誤のなかで書き上げた作品群は、結果的に、それぞれが独自の「方法」の練り上げを要するものであった。素材を提供しているのは、後藤自身の永興体験であり、同じ体験を共有（というより分有）する家族や友人・隣人との再会や対話にほかならないのだが、後藤はそれをあるときは記憶論、バイリンガリズム論、またあるときはディアスポラ論、ナラティヴ論として加工したうえで作品に仕上げたのである。

5　脱植民地化時代の宗主国文学

清岡卓行の『アカシアの大連』には、大連育ちの引揚者である主人公が、アルジェリア独立戦争に関するラジオ報道に、旧植民地への郷愁を呼び覚まされる印象的な場面がある。(27)植民地の独立が何を意味するのか、身をもってそれを追体験できるのは、植民地で敗戦を経験した彼らに特有の感性だろう。しかし、そうした郷愁に輪郭が与えられるのは、引揚げ後の「嘘のような日常(28)」においてなのである。そして、一般の日本人にとって遠い世界の出来事でしかないことが、彼らにはおそろしく身近な出来事として感じられる。

清岡や後藤の戦後小説が、「回想」の形式を採用しつつ、何が何でも同時代小説として書かれねばならなかったのは、まさに戦後の時間のなかに、割りこんでくる植民地時代の時間、引揚げ期の時間の、「とつぜん」の到来に表現を与えようとしたからであろう。清岡にとっての大連、後藤にとっての永興は、戦後日本のなかに飛び地を設けている。日本は一九四五年八月に植民地を失ったが、旧植民地は飛び地となって引揚げ日本人の心のなかに「故郷」として到来することになったのである。後藤たちのような日本人にとって、植民地の内地人や現地人は、つねに心の隣人でありつづけ、しかもどこまでも他人の顔をして、彼らの記憶のなかで蠢《うごめ》いている。

この種の文学は、日本と同じく敗戦国として東プロイセンをはじめとするかつての「生活圏《レーベンスラウム》」を失った戦後ドイツ人の文学や、脱植民地化の二〇世紀を生きることになった旧植民地出身の西洋人の文学にも相似形を見出すことができるだろう。その意味で、後藤明生の朝鮮は、ギュンター・グラスのダンツィヒであり、カミュのアルジェリアであったというわけである。後藤は、金達寿や金時鐘、あるいは李恢成や金鶴泳らの同時代の作風に、みずからのスタイルを対置しながら、植民地生まれの内地人作家ならではの「朝鮮もの」の可能性を独自に追求したのだった。

注

(1) 赤尾彰子『石をもて追わるる如く——一少女の北鮮脱出の手記』書肆ユリイカ、一九四九年。「石をもて追はるるごとくふるさとを出でしかなしみ消ゆる時なし」——しかし、渋民村を去って北海道に渡った石川啄木といえども、植民地育ちが将来経験することになる棄郷・失郷にまで思いを馳せることはなかっただろう。
(2) 古山高麗雄『小さな市街図』河出書房新社、一九七二年、二三七頁。
(3) 同書、八二頁。
(4) 森田芳夫『朝鮮終戦の記録』巌南堂書店、一九六四年、二一九頁。
(5) 前掲『朝鮮終戦の記録』所収の穂積真六郎による「序」、四頁。
(6) 『関係他四編』(旺文社文庫、一九七五年)に収められた「自筆年譜」に加え、いくつかの自伝的色彩の強い小説作品の記述を参考にした。
(7) 『文藝』一九七一年五月号。
(8) 『文学界』一九七一年七月号、一九頁。
(9) 前掲『関係他四編』一四頁。
(10) 同書、一三頁。

(11) 同書、一八頁。

(12) 大韓民国の国歌は、一八九六年に作詞され、スコットランド民謡「オールド・ラング・サイン」のメロディに乗せて歌われるようになった愛国歌がもとである。日本統治時代には、朝鮮ナショナリズムを鼓舞するおそれがあったと同時に、「蛍の光」とメロディを同じくしていたために表向き歌うことは禁じられていたようだ。朝鮮半島の解放後は、広く歌われるようになっていたことが後藤の作品からも分かるが、三八度線以南では、これを国歌として選定するうえで「蛍の光」とメロディを共有することは回避され、初代大統領李承晩は、一九四八年の大統領令をもって、安益泰作曲の管弦楽曲「韓国幻想曲」のメロディを用いることとした。

(13) 前掲『関係他四編』四一頁。

(14) 同書、四七頁。

(15) 同書、三〇頁。

(16) 『挟み撃ち』集英社文庫、一九七七年、三五頁。

(17) 同書、一五八頁。

(18) 同書、一五六―七頁。

(19) 同書、二五〇頁。

(20) 『夢かたり』中公文庫、一九七八年、一一六頁。

(21) 同書、一二八頁。

(22) 同書、三七三頁。

(23) 『行き帰り』中公文庫、一九八〇年、二三一頁。

(24) 同書、一一九頁。

(25) 同書、一九八頁。

(26) 同書、二三一頁。なお後藤明生が小説の方法として「楕円」の形象を重視するようになった背景には、武田泰淳の『司馬遷』との出会いがあったという。これについては『円と楕円の世界』（河出書房新社、一九七二年）などを参照のこと。

(27)「彼はふと、アルジェリアで生まれ、そこで育ったにちがいない多くのフランス人の子弟のことを連想し、ふしぎな親しみを覚えたのであった」（『清岡卓行大連小説全集　上』日本文芸社、一九九二年、七〇頁）。

(28)一九七七年、父親の三十三回忌を軸にして書かれた連作はこのように題されている（季刊『文体』に連載、一九七七〜七八年）。

Ⅳ　〈韓流〉の現在《いま》

〈在日〉文学の行方

神谷忠孝

1　「在日朝鮮人文学」から「在日文学」へ

『韓流百年の日本語文学』という企画に私が「〈在日〉文学の行方」という題で執筆することになった理由を簡単に述べておきたい。発端は李恢成《イフェソン》との出会いである。一九七六年から北海道大学に勤務するようになって札幌に居住した時、札幌の高校に学んだ芥川賞作家李恢成の作品を読む読書会に誘われた。その会に李恢成がしばしば出席していたのだ。その後私は映画「伽耶子のために」（一九八五年）の自主上映にも参画した。金大中に死刑判決がでたとき、札幌で「金大中を死なせるな」という講演会が開催され李恢成が講演したときも入場券売りに参加し、会場が満員になったことを記憶している。読書会はその後、一九八七年に創刊された『民濤』を読む会に発展した。

私は四半世紀にわたって「植民地、占領地における日本文学の研究」というテーマを追究してきた。東南アジア、満洲、台湾、韓国、樺太（サハリン）などの実地調査に何度か参加し、現地での研究会で発表したこともある。特に植民地時代の朝鮮に関心をもち、「内鮮一体」の実像を『今日の朝鮮問題講座』全六巻（京城府・緑旗聯盟発行、一九三九年）を解読して論文を書いた[1]。また、二〇〇七年九月、済州島「四・三事件」の現場を訪ねたとき、済州大学校での講演で、「済州四・三研究所」前所長から、金石範《キムソクボム》の済州島取材作で事件のことを知ったと話されたのを聞き、在日朝鮮人だからこそ書けた文学の歴史的意義を確認した。

『〈在日〉文学全集』全十六巻（磯貝治良・黒古一夫編、勉誠出版、二〇〇六年六月）が刊行されて、従来の「在日朝鮮人文学」から「在日文学」という名称が定着しつつある。ここにいたるまでの歴史的経過を知るために今日までの言説を整理する。もっとも新しい資料として、日本社会文学会の機関誌『社会文学』第二六号（二〇〇七年六月）が〈特集「在日」文学――過去・現在・未来〉を組んでいる。その中で磯貝治良「変容と継承――〈在日〉文学の六十年」は、現在にいたる「在日」文学者の名前と代表作品について網羅している。そして、まとめとして、「在日朝鮮人文学あるいは〈在日〉文学を「ディアスポラ文学」と規定する見方もあるが、〈在日〉は代を重ねて「根生い」の存在となりつつあり、文学もそのことと無縁ではない。〈在日〉文学の新しい様相を「解体概念」（脱構築）としてとらえる見方もあるが、それは「変容概念」としてとらえるべきだ、というのが私の意見である。第二文学世代は前世代以上にアイデンティティの発見にむけてはげしくたたかっている。〈在日〉文学は変容と継承との抗争のなかで終焉はしない、というのが楽観的な私の観測である。」と述べている[2]。

金壎我《キムフナ》は『在日朝鮮人女性文学論』（二〇〇四年）の序章で、従来の関連文献をふまえて、現在の「在日」に関する概念を整理している。「在日朝鮮人文学」の始まりを戦後からとみなすという彼女の意見は妥当である。張赫宙《チョンヒョクチュ》や金史良《キムサリャン》を入れるものもあるが、自分の意思で日本に来た人とやむをえない祖国喪失者との区別は重要である。戦後から現在までの約六十年間を世代区分している。一九六〇年代半ばまでを「第一世代」として金達寿《キムダルス》、詩人の許南麒《ホナムギ》、李殷直《イウンチク》などを挙げ、「彼らは戦中から日本に在住し、日本語で作品を描くという、日本語と朝鮮語の両方を駆使した世代」としている。「第二世代」は一九六〇年代以降に活躍した文学者で、少年期に渡日した金時鐘《キムシジョン》や金泰生《キムテセン》、父母の来日数カ月後に生まれた金石範、日本で生まれた高史明《コサミョン》、金鶴泳《キムハギョン》、李恢成（樺太）などを挙げている。「彼らの活発な文学活動や作品の評価から、日本文壇の中で「在日朝鮮人文学」という言葉が通用するようになり、注目を集めた世代」と説明し、第一世代との違いとして、「彼らにとって日本語はもはや選択ではなく、唯一の表現手段としての言葉となり、祖国は帰還を《保留》した場から《帰ることのできない祖父の地》となっていった。民族的アイデンティティーの危機に直面しながらも、苦悩と抵抗によってそれを回復していく様子を描いたテーマ」が共通していると述べる。

「第三世代」については、「一九八〇年代の李良枝《イヤンジ》、李起昇《イキスン》の出現から始まり、柳美里《ユウミリ》や玄月、金城一紀などの今日に至るまでの作家を指す」としている。そして、川村湊の『戦後文学を問う』（一九九五年）から、この世代における「在日」性は「自分たちが日本社会において異質な存在でありながら、また韓国、北朝鮮の民族社会においても異質な存在であることを自覚する」という部分を引用している。これに付け加えて金壎我は、「民族的アイデンティティーより個別のアイデンティティーを求めたり、「在日」である自分と祖国との関係よりも、日本と在日社会との関係に関心を示したりする」のが第三世代であると述べる。また、磯貝治良が「第一世代の文学略図」（『季刊青丘』一九九四年春号）で、

第三世代の作品を「在日朝鮮人文学」から「在日文学」と呼ぶべきであると述べたことを紹介している。(3)

2　第二世代

金石範『「在日」の思想』(一九八一年)所収の「在日朝鮮人文学」は日本の敗戦後、在日朝鮮人の存在とともに日本語の文学行為が社会的性格を持つようになった事実を説明したあと、第二、三世代に共通する姿勢を次のように書いている。

在日朝鮮人作家は意識的にせよ無意識的にせよ、このおのれのなかに刻まれた植民地性、いわば負の刻印からの解放と自由を志向しているといえる。これは日本語に拠るということばの問題だけではない。朝鮮全体が(とくに在日朝鮮人が)因ってきたところの道程、それが意識に刻みつけた問題と切り離せないのであり、これは朝鮮人にとっての「日本問題」と表裏をなすものだ。しかし一口に「日本問題」とはいっても、全朝鮮の民族的な立場からすれば量り知れないものがある。在日朝鮮人に限定していえば、それはいわば自己喪失と自己回復の過程だといえるだろう。はじめから「喪失」していて自己喪失の体験のない二、三世たちの場合は、追体験としての自己からの自己発見と確認作業を含めた回復の過程である。抑圧と差別が構造的に自分に立ち向って来、そして自分の内面に民族的コンプレックスや社会的疎外感を持ちながらもまた抑圧や差別に立ち向って行く、そのようなあるいは破滅に繋がるかも知れないたたかいの過程である。(4)

このことを、ことばの問題に焦点をおいて金時鐘は「クレメンタインの歌」[5]（一九七九年）で次のように書いている。

私は私の日本語でもって、実に多くのことを損ねた。父を見誤ったばかりか、父に繋がる〝朝鮮〟の一切をないがしろにした。〝日本語〟はそのような形でしか、私に居着くことがなかったからだった。同じくらいに父の朝鮮語も、あまりにも多くのことを閉ざしたままの言葉であったから、私を開かせないことで私を損ねた。ひとりっ子の安全を願ってのことであったと、後日母はしきりととりなしていたが、けだし皇民化教育だけが私を盲目にしたのではなかったという事実は、動かない。それだけに権力に取り仕切られる〝教育〟のもろさとすごさを思い知らされもし、逆に植民地朝鮮の圧制の苛烈さも、寡黙だった父の、喉につかえていた言葉として知ることができる。

それが私のうずきであり、祈りである。人並みの知力と才覚をもってして、日帝時下の長い月日を、ただ無為に釣り糸を垂らして過ごさねばならなかった父と、そのような父にひたすら尽くし通した母の生涯とが、私の知力のすべてである日本語と朝鮮語を突き動かして止まないのである。

「うずき」ということばで、自己回復を祈る姿勢には朝鮮の「恨《ハン》」につながる思想があると解釈できる。金時鐘のような、少年時代に皇民化教育を受けた世代は、怒りが日本に向かわず自身の屈折というかたちをとるが、歳月が流れるにつれ「口惜しい」という感情に変化していく。座談会「90年代の世界と「在日」を考える」（一九九〇年）の中で彼は、「狭い意味での民族主義ではなくて、日本といういかに富める国であろうとも、自分の国でないよその国で、なおのこと自分の国を植民地として虐げた国で、生活を余儀なくされている口惜しさだけは伝えなければならない責務を持っている」と語っている。(6) 一世が理不尽に日本に帰属することを強制された場合、二世の感情に日本という国家への告発意識が内在するのは当然である。李恢成、金鶴泳にもそれがある。李恢成は「「在日」という革袋」（一九八八年）で、「在日」という言葉は「生活言語ではなく、思想言語だというところにある。〔……〕「在日」は「祖国」にたいする対立概念として派生してきており、「在日」という立場を絶対化する危険性をはらんだ政治的な思想言語であることを指摘しなくてはいけない」(7)と書いている。「祖国」概念があるかどうかが問題になるが、金石範は他の第二世代と見解を異にする。座談会「在日朝鮮人文学をめぐって」（一九八一年）の中で次のように発言している。

在日朝鮮人文学の場合に、二世――私はいま一世のつもりでおりますから、まあ日本で生れたにしても――二世の李恢成や金鶴泳その他ですね、やはり被差別的なそういう立場から文学をはじめているわけですね。それで差別される中で、そこでコンプレックスもあるわけですし、その中で民族的な自覚をとり戻すというそういう意識構造というのは二世、若い作家たちの場合における出発がそうなんですよ。〔……〕そういう告発とか、そういう考えですと、それはかえって、なんていうんでしょうか、日本人も解放されないし、告発する側の朝鮮人も解放されないわけでしてね。〔……〕そのような発想のパターンが、戦後ずうっと在日朝鮮人のもの書きの中に続いてきている傾向がある。(8)

このあとで金石範は第二世代の特徴として、「李恢成や金鶴泳の場合なんかは、やはり自分たちは二世であるけれども、その緒がついてるんですよ、おやじたちの。朝鮮語わからないにしても、おやじたちの生活をじかに、もう朝鮮のにおいがぷんぷんするそういう家庭の生活とか、朝鮮人の生活や意識に親たちをとおして通ずる面があるわけです」と述べている。「緒がついてる」とは「へその緒」のことで血筋がつながっていることの比喩である。このことと関連して、李建志《RIKENJI》は『朝鮮近代文学とナショナリズム』（二〇〇七年）の「「母語」と「祖母語」の狭間にあるもの」で、李恢成、沖縄人の金城哲夫とアイヌ人の鳩沢佐美夫について論じたあと、「三人の作家が自らのアイデンティティを考える際、母語ではなく「祖母語」としての言語の「貯蓄」が大きく影響していることは注目すべきだろう」と述べている[9]。母語は話せなくても、一世や祖父母が話していた母語を断片的にでも記憶にとどめている世代は、日本に批判的な作品を書くという李建志の問題提起は示唆的である。

李恢成の「砧をうつ女[10]」（一九七一年）で娘を亡くした女（語り手の祖母）が身勢打鈴（シンセタリョン）のスタイルで、「アイゴォ、鬼神に見込まれたんだよ、何で盗っ人（トドンノム）の国へ行く気になったんだか。国を奪われた上に娘まで攫われ……いっそのこと、火田民（ファジョンミン）になった方が増しじゃったに！　アイゴォ、私のパルチャや、述伊や」と叫ぶところは「祖母語」が噴出している。祖母を通して植民政策を批判しているのだ。李恢成より一歳下の梁石日《ヤンソギル》は『夜を賭けて』（一九九四年）で直木賞候補となってから、一貫して日本を告発する作品を発表している。

3　第三世代

李良枝の「由熙」（『群像』一九八八年一一月）は、祖国である韓国に留学するが言語障碍によって挫折する在日朝鮮人女性を描いて芥川賞を受賞した。日本のジャーナリズムは好意的に評価したが、在日朝鮮人や韓国人からは必ずしも評価されていない。たとえば、次の場面。

――学校でも、町でも、みんなが話している韓国語が、私には催涙弾と同じように聞こえてならない。からくて、苦くて、昂ぶっていて、聞いているだけで息苦しい。どの下宿に行っても、みな私が嫌いな韓国語を使っていた。いいの。部屋の中に勝手に入って黙ってコーヒーを持って行ったり、机からペンを持って行ったり、服を勝手に着て行ったり、そんなことはどうでもいい。その行為がいやなのではないの。返してもらえばいいことだし、あげてしまえば済むことだから、どうでもいいことなの。でも、その声がいやになる。仕草という声、視線という声、表情という声、からだという声、……たまらなくなって、まるで催涙弾の匂いを嗅いだみたいに苦しくなる。(11)

このような文章は誤解されやすい。主人公の容姿は作者と正反対のように設定されているのだが、私小説のように読まれてしまう。たたみかけるような感覚表現に読む者はしらけるのである。そんなことは行く前からわかっていたではないかとか、そこまで韓国人を悪しざまにいわなくてもいいではないかという感想がでてくる。そういう小説技法の稚拙さはあるものの、この作品が投げかけたのは、祖国を幻滅の国として書いたことである。拠りどころとしていた祖国への喪失感が後味として残存する。第二世代と決定的に異なるところである。

　こういう感覚は、李起昇の「ゼロはん」[12]（『群像』新人賞、一九八五年）で、朝鮮人青年・朴英浩が桂子に、「世の中には、祖国なんてものがなかったらどれだけ幸せかもしれない、と考えている人間もいるんだよ。俺にとっちゃ韓国なんてのは、子供を置き去りにして逃げていったお袋みたいなものなんだ。」「日本にいる俺たちは幽霊みたいなものだ。日本人じゃない。かといって韓国人でもない。実体がないんだ。口先じゃいい事言うさ。祖国がある。民族としての誇りを持て、冗談じゃない」と言うことと重なる。自分と祖国よりも、「在日社会」と自分の関係を書いた女性作家・金蒼生《キムチャンセン》の「赤い実」（『民濤』第三号、一九八八年）には、「在日」の父親が日本社会からの抑圧のはけ口として家庭で暴力をふるう姿が書かれている。私小説的なので普遍性はないがやるせない思いは伝わってくる。

　一九八七年から一九九〇年にわたって一〇号まで刊行された季刊在日文芸誌『民濤』には若い世代の意見が多く載っている。創刊号の座談会「二・三世が語る「在日文学はこれでいいのか」」では「李良枝」が話題になった。

金蒼生（東大阪市で古書店経営）：日本の文芸誌に発表された作品で、日本の文学者が書評や座談会で、なんであんなに優しいのかなって考えてしまう。李良枝さんの、ずうっと読んでるんですよね。中上健次さんが、彼女の文学は絢爛豪華だともちあげるわけ。ええっと思うわけね。彼女が出てきたとき、すごーく喜んでね、でも日本の文壇やマスコミの評価と友人たちの評価がかなりくい違うわけね。在日朝鮮人という肩書きをとってしもうたら、果たしてどれだけ迎えられるんだろうかと。

鄭閏熙《チュンユニ》（「同人ナグネ」会員）：ぼくも李良枝さんを、いわゆる民族性ってものはあまり感じないんですね。たしかに在日朝鮮人として、この日本の状況の中に投げだされて、そこで苦悩とか葛藤とかは、同じ同胞だからよくわかるし、そういう部分では非常に納得できるものがありますよね。でも民族の課題とか在日朝鮮人文学の方向性に結びつけて、作品に光をあてたとき、テーマや作品自体の力はちょっと弱いんじゃないかという気がします。〔……〕金石範氏とか李恢成氏とかの世代には、文学理念として明確に祖国があると思うわけです。だけど、ぼくら後発二世としてはね、在日志向が生まれる状況があって、その生き方にも多様なものがある。そういう意味では、李良枝さんもひとつの作品世界をもっているとみていいんじゃないんでしょうか。

裵鐘真《ベエジョンジン》（司会・編集委員）：「朝鮮人になる」あるいは「朝鮮人としていきる」というのが、従来の在日朝鮮人文学の一つの大きなテーマでありましたよね。それが、李良枝さんだとか松本富生さんだとかが出てきてですね、書き手も作品世界にも「混血」や帰化者が出てきた。在日朝鮮人文学が「純粋」朝鮮人だけのものでなくなってきたことが現実としてある。在日朝鮮人の構成の多様化、多元化と在日朝鮮人文学とは何かの議論は必然的にからまってきますね。(13)

この座談会では、李良枝の登場で第二世代とは違う傾向が顕著になったことが確認されている。もうひとつ話題になったのは、在日朝鮮新人作品選『狂った友』（朝鮮青年社、一九八六年）である。朝鮮人学校出身者が朝鮮語で書いた作品選である。これについては鄭閏熙が、在日朝鮮人「日本語」作家と、在日朝鮮人「朝鮮語」作家という整理をおこなっている。

李良枝の登場によって「祖国」への懐疑を表現する作家が輩出しだした。深沢夏衣の「夜の子供」(14)（一九九二年）では、在日朝鮮人で帰化した女性が〈ぱらむ〉という在日の雑誌社に採用されるが、韓国の政治を批判すべきだと主張する男たちの会話を聞いて違和感を覚える。深沢は、「突きつめれば、それは韓国という国の事件であった。日本に存在する自分とは直接にはかかわらないという疎隔感が明子の中にあった。明子は、〈祖国〉〈民族〉〈在日〉という連環の中から遠く隔てられた思いで一連の事件を眺め、感じるばかりであった。明子にとって朴政権の専横は、自由と民主主義という正義の立場から批判されなければならないという感覚で受けとめられていたが、〈祖国〉や〈民族〉との一体感という回路からは考えにくく、リアリティも感じられないのであった」と明子に語らせている。また、帰化者がうらぎりだという批判に対して、「朝鮮人でも日本人でもない者、それが帰化者だと仮に言って、ではそのどっちつかずの者は人間ではないのか？　この二十世紀も終わりに近い世界で、「ナニ人」と決めなければヒトは生きていくことができないのかと考える」という悩みを明子をとおしてなげかけている。

金真須美の「燃える草原」(15)（一九九七年）は、帰化者と結婚した在日女性と父の対立を、「帰化者だといって見合いに反対した父に、国籍はどうであれ、彼は韓民族なんでしょう？と食い下がったのは私だった。自分達の辿った歴史に繰り言を持ちながら、レッテルだけで人を排除する父が、私には許せなかった。〔……〕一人娘の初めてともいえる、激しい反抗は父をおどろかせ、結局、父の生前は帰化しないということで結婚を許された」というように書いている。

4 「在日」の行方についての諸意見

『民濤』一〇号の座談会「90年代の世界と「在日」を考える」[16]で金石範は、「私は、将来も在日朝鮮人の存在はなくならないという見方ですよ。日本政府が百年の大計による帰化政策で在日朝鮮人が日本人になるとか、韓国政府の連中も同じような反民族的なことを言っているけど」という意見を述べる。文学については、「よほどでないと在日朝鮮人は日本人にはならないということ。しかも歴史を学べば学ぶほどそうなる。そこで宙ぶらりん的な在日朝鮮人が作るだろう文学はどういうものになるのだろうか。これは夢みたいな想像ですよ。これは抽象的なものになるだろう。日本人が書くような文学でありえない。非常に現代文学で世界文学的な様相を帯びてくるのではないか」とし、「在日朝鮮人の中から世界的な文学が起こりうる可能性はある」という希望的予測をたてた。おそらくフランツ・カフカのような文学を想定しているのだろう。

これと似たような発言を李恢成もしている。インタビュー「時代のなかの「在日」文学」[17]で、「在日」文学はどのようなものになっていくのかという質問に、「「在日」文学というのは、世界文学となるスケールを内在させていくと思うのです。そこには両義性とか、二重性とか、そのようなものはこれからますます心理の世界においても深まり、これから日本人の血が混じっている、ハーフ・クオーターが広がるにつれて、生活のスタイルやアイディアが旺盛になり、地域性はあるが世界文学化していく、込み入ったものになっていくと思うのです」と答えている。
尹健次は「変容概念としての在日性[18]」で、柳美里と金城一紀が『〈在日〉文学全集』への収録を断った理由は、他称「在日」を当人が違和感をもったから拒否したのだろうと推測しながら、「在日」であることをかたくなに否定する若者が増えている現象と関連させている。そして、第三世代が前世代から変容しつつある現状をふまえて、これからの見通しを次のように述べる。

現在の時点で「在日性」の核心は、民族とか国家、祖国や故郷、伝統や文化であるというよりは、むしろ「出自」ないし「来歴」の自覚あるいはこだわりではないか、と考えるのがいいのかも知れない。出自・来歴を認めるということは、その出自にまつわる歴史や社会のあり方、成り立ち、からくりに疑問をもつということに直結する。当然、それは、多数者、強者中心の歴史や社会のあり方、成り立ち、からくりに反発し、反抗し、その是正のために必死に闘っていくことにつながっていく。少数者、弱者の立場にたつことは「普遍性」にいたる回路であり、それは在日の歴史性、存在性そのものである。その自覚はまた、被差別部落とか、在日外国人、障害者、女、とかいった少数者、弱者の立場につうじるものである。

この見解は「在日」文学の今日的意義を明解に説いたものであり、これからも意義をもちつづけることを示唆している。日本の若い作家たちの作品が社会性を失いつつある現状に対して、「在日」文学は文学のあるべきすがたを照射していると考える。

最近の「在日」文学は第三世代が主流になっているが、第二世代も健在である。李恢成[10]の「八月の碑」（一九九六年）は樺太残留を余儀なくされた朝鮮人の今日の生き方を書いている。「四季」（二〇〇四年）は七十一歳で特別養護施設に暮らす男が在日朝鮮人として生きてきた半生を語るというスタイルの作品である。私小説と読まれることを回避するために経歴は虚構を施しているが、中年から創作を始め、妻にはげまされながら創作を持続してきたことが作者の体験とも重なる。なかでも一九五九年から開始された「帰国運動」について詳細に書いているところが貴重である。「在日」だから書ける樺太の朝鮮人、帰国運動の問題を歴史的に記述しているのである。日本を告発する初期作品とは違った視点を取り入れているところに新しさがある。梁石日は『週刊金曜日』に「めぐりくる春」（二〇〇九年六月二六日まで六十回）を連載している。日本帝国下にあって、少女が慰安所で娼婦にさせられるすがたを書いている。直接に体験したことではなくても、体験者が生きているうちに歴史的事実を記述しておこうとする作者の作家的使命感が伝わってくる。第二世代には、書きたいことが存分にあり、植民地体験を身体が覚えている世代の存在意義が確認できる。

しめくくりに、「在日」文学の未来を予想した意見を紹介しておく。二〇〇二年八月一七日、韓国大田市の忠南大学校で、韓国日本文化学会と日本の「文学・思想懇談会」合同の「韓国・日本文学研究者交流会」が開催された。その中の発表者のひとり鄭大成《チョンデソン》（『民濤』第一号の座談会に出席したときは早稲田大学の学生。現在は韓国・東元大学校教養科勤務）は「日本語で〈コリアン・ディアスポラ〉を書くということ——金達寿ルネサンスは夢か」という題で発表した。自身が「在日」という立場から、「在日」の民族主義は植民地主義に対抗する正当防衛として日本で認められてきたが、帰化者が急増している現状を報告し、次のように述べた。

民族主義は正当防衛の道具だとしても、防衛すべき主体そのものが不当であると認識されつつある。いままで「在日朝鮮人文学」とか「在日韓国人文学」とか「在日同胞（僑胞）文学」とか「在日文学」などと言ってきたが、もはや「在日文学」となっているのではないかと、思うことがある。そしてさらに乱暴な言い方をすれば、この「在日文学」は、〈在日特別永住者ならびに帰化者などその親族による日本文学〉という意味合いが強まっていき、ゆくゆくは〈在日定住外国人日本語文学〉という意味合いをも包含してゆくであろうことを覚悟しておかなくてはなるまい。かつての民族主義の尺度からすれば、こうした成り行きは嘆くべき事態以外の何者でもなかった。が、見方を変えれば、むしろ歓迎すべきことだとも言える。なぜならそれは「日本人文学」の自然解体と新たな「日本文学」への広がりを意味するからだ。（当日配布の資料より）

帰化して日本名に改名した文学者、あるいは帰化しても朝鮮名で日本語文学を書く作家は増えており、鄭大成の予言は現実となりつつある。いずれにしても、「在日」でなければ書けないテーマを追求してもらいたいというのが、「在日」文学に関心をもつ日本人の要望である。

注

（1）「戦時下の朝鮮文学界と日本――「内鮮一体」を中心に」『北海道文教大学論集』第八号、二〇〇八年三月。
（2）磯貝治良「変容と継承――〈在日〉文学の六十年」「社会文学」第二六号、二〇〇七年六月、四六頁。
（3）金壎我『在日朝鮮人女性文学論』作品社、二〇〇四年八月、一一―一三頁。
（4）金石範『「在日」の思想』筑摩書房、一九八一年一二月、一二〇頁。
（5）金時鐘「クレメンタインの歌」、谷川俊太郎編「ことば・詩・子ども」世界思想社、一九七九年四月。
（6）座談会「90年代の世界と「在日」を考える」『民濤』第一〇号、一九九〇年、三〇六頁。
（7）李恢成「「在日」という革袋」『民濤』第二号、一九八八年二月、七頁。
（8）座談会「在日朝鮮人文学をめぐって」『朝鮮人』第一九号、一九八一年。引用は『「在日」の思想』前掲書、二〇〇頁。
（9）李建志『朝鮮近代文学とナショナリズム』作品社、二〇〇七年九月、九九頁。RIKENJIというローマ字表記は本人の希望。
（10）李恢成「砧をうつ女」『季刊芸術』一九七一年六月。
（11）李良枝『由煕』講談社、一九八九年二月、九八頁。
（12）李起昇「ゼロはん」『群像』一九八五年六月号。
（13）座談会「二・三世が語る「在日文学はこれでいいのか」」『民濤』第一号、五六―八五頁。
（14）深沢夏衣『夜の子ども』「新日本文学」一九九二年春号。
（15）金真須美『燃える草原』「新潮」一九九七年一二月号。
（16）座談会「90年代の世界と「在日」を考える」前掲書。
（17）李恢成インタビュー（聞き手・河合修）「時代のなかの「在日」文学」『社会文学』第二六号、二〇〇七年六月。

(18) 尹建次「変容概念としての在日性」『社会文学』第二六号、二〇〇七年六月。
(19) 「八月の碑」「四季」とも李恢成『四季』新潮社、二〇〇五年九月所収。

玄月文学における韓国・韓国人

黄 奉模

1

玄月は一九六五年大阪で生まれた在日韓国人二世で、二〇〇〇年「蔭の棲みか」が芥川賞を受賞して、本格的に日本文壇に登壇した作家である。玄月の主な作品としては、「舞台役者の孤独」「悪い噂」「蔭の棲みか」「おしゃべりな犬」「異物」などがある。玄月は現在日本文壇の中で、最も活発に活動している在日韓国人作家の一人であるといえよう。

「舞台役者の孤独」は一九九八年四月、同人誌『白鴉』二号に発表されたあと、その年十二月下半期同人雑誌優秀作として、『文学界』に掲載され、注目を浴びた作品である。「舞台役者の孤独」は玄月の実質的なデビュー作として、彼はこの作品の中で主人公である更生した不良青年、望が一人間へ成長していく過程を描いている。

「悪い噂」は、一九九九年五月号『文学界』に発表された作品である。玄月は「悪い噂」の中で、骨という人物を登場させて、町の人びとの「噂」という暴力と骨の物理的な暴力とを比較する。「悪い噂」の中で、「噂」は集団内部にわだかまった否定的な感情を噴出するための対象探しとして作用する。そしてその対象になったのが骨であった。「噂」は町の人びとによって、作られて、伝えられて、拡大される。町の人びとはただ「噂」に引きつけられて、その「噂」が事実であるかどうかは確認しない。事実を調べるどころか彼らは「噂」自体を楽しんでいる。ここで「噂」の真実は埋もれて、すでに「噂」はそれが事実であるかどうかの問題をはずれてしまう。もちろんここで「噂」が事実であるかどうかは重要でない。ただ、町の人びとがその「噂」を事実として理解していることが大切なのである。事実として理解された「噂」は、町の人びとという共同体社会が楽しむ戯れになる。

「蔭の棲みか」は、一九九九年一一月号『文学界』に発表された作品で、玄月はこの作品で芥川賞を受賞した。「蔭の棲みか」によって、玄月は既成文壇に認められ、このときはじめて玄月という作家が誕生したといえよう。「蔭の棲みか」の中で、主人公の「ソバン」は七十五歳で、自分の力では何もできない老人として設定されている。ソバンという人物は無気力で、自分のアイデンティティが分からない老人から、集落の持ち主である永山に逆らうことによって自分のアイデンティティを取り戻す。彼はこのような脱走の過程を通じて新たに生まれ変わる。今まで何もできなかったソバンは自らの力で永山の所有物という地位から逃れ、またそれは最後に警察に対する過激な行動として完成される。こういう脱走の過程を通じて、ソバンと永山とは対等な関係になるのである。そして、ソバンは永山と一緒に警察に対抗することによって、在日韓国人という自分のアイデンティティを取り戻すことになる。

「おしゃべりな犬」は、二〇〇二年九月号『文学界』に発表された作品である。「おしゃべりな犬」の主人公はノブオであるが、彼は「蔭の棲みか」の中に出てくる永山のひとり息子である。このように、「蔭の棲みか」の永山の話は「おしゃべりな犬」のノブオに続く。彼は「蔭の棲みか」の中で、集落出身の野球チームの「マドキル」の控え選手として出てきたことがある。この作品の中で、ノブオは名前すら出てこない存在として取り扱われるが、「おしゃべりな犬」の中で、彼は主人公として登場する。玄月はこの作品で、ノブオの行動を通じて罪と罰との関係を問う。

「異物」は、二〇〇五年二月号『群像』に発表された作品である。玄月はこの作品の中で、在日韓国人一世の類型に当てはまらない池山と新しい在日一世のスンシンとを登場させる。玄月はこの作品の中で、様々な人物群像の生き方を描き出しながら、正義と罪滅ぼしの問題を追求する。

玄月は在日韓国人であるが、在日韓国人の特殊な状況を描くというより、人間の普遍的な面を描き出している作家であるといわれる。だから、磯貝治良は、玄月の文学の位相を「脱構築と構築のダブル・スタンディング[1]」と位置づけている。ここでは、玄月の主な作品を中心にして、彼の文学における韓国と韓国人のことについて見てみたい。

2

玄月は多くの在日文学者のように、自分の作品の中で韓国のことを描いているが、なかでも、主に済州道のことについて描いている。一言に言って、玄月の韓国は済州道である。済州道は韓国の南端にいる島で、韓国で最も大きな島である。

玄月の両親はその島から日本に来た在日一世であった。玄月は『文学界』での金石範との対談の中で、自分の両親のことについて述べている(2)。玄月は両親が済州道から来た一世であるとしながら、父の村は城山面の新川里というところであり、解放後に一回済州道に帰ったが、「四・三事件(3)」の直後に日本に戻ったようだと述べている。いうまでもなく、父の影響で、玄月も済州道について興味を持ったのであろう。在日韓国人の玄月にとって、済州道は両親の故郷であり、自分の故郷でもあるといえよう。

済州道に対する、このような玄月の認識は彼の文学においてよく表われている。「おしゃべりな犬」の中での、ノブオが経験したソウルの模様を描いた場面を除けば、彼が描写した韓国の大半は済州道のことであった。玄月は自分の作品の中で、風景、歴史、民俗、慣習など、済州道の様々なことを描いている。そして、これらは在日韓国人の生活に深く根づいている。要するに、玄月文学にある韓国は済州道であり、韓国人は済州道の人びとである。

では、玄月が自分の作品の中で、済州道をどのように描いているか見てみよう。玄月は「舞台役者の孤独」の中で、済州道出身の「百済のキム」という人を通じて、その風景を次のように描いている。

海の美しさや磯の多様さ、大きな鮑に身の締まった鯛、舌に吸いつく蛸の足、しかしそれらを口にするにはソウル並の金がいる。それでもだれもが馬に乗れるし本土から来た新婚旅行のカップルを乗せて曳くだけでもけっこうな商売になるし、人びとは穏やかだし女はよく働く、いや、だからといってなにもない島にかわりなく、海岸だろうが畑だろうが島のどこにいても足の裏をするどく傷つける火山岩のない土地に行きたいとだれもが願っているしおれもそうだったなどと、くりかえしくりかえし語った(4)。

望はこれとほとんど同じ内容の話をかつて母に聞かされていた。要するに、済州道は美しい島であるが、貧しいところであるとされる。貧しい人びとは「百済のキム」のように海を渡って日本にやってくる。望の母の親戚とされるキムは当初、日本の親戚訪問という理由をつけてやってくる多くの韓国人と同様であった。彼らは在日韓国人経営の町工場に仕事を見つけ、ビザが切れたあとも当然のように居着いた。「百済のキム」とは彼が百済のあたりに最初住んでいたことからつけられた渾名《あだな》であり、望の不良仲間の先輩がそう呼びはじめたのだった。「百済のキム」は日本と韓国とを行ったり来たりしながら、覚醒剤と大麻を持ちこみ、少年相手に売った。また、キムは済州道から日本に出稼ぎ人を連れてくる。

このように、玄月の作品の中には、「百済のキム」のような済州道からの出稼ぎ人がよく出てくる。「悪い噂」の中でも、「蔭の棲みか」の中でも、「おしゃべりな犬」の中でも、また「異物」の中でも、済州道からの出稼ぎ人が日本にやってくる。彼らは、当時の済州道の貧しい現実を物語っているといえよう。

また、玄月は「悪い噂」の中でも、済州道のことを描いている。

「悪い噂」の中に出てくる涼一の父も、子供のころ済州道から渡ってきた人であった。彼は暗い船底で多くの人が吐いているのにひとり平気だったことから、自分は船乗りに向いているのだと言っていた。さらに、涼一が買い物に行った朝鮮市場も、彼が、「ここは朝鮮人の町じゃない。済州道人の町だといった父のことばを思い出し、市場のアーケードの先は済州道の市場につながっていると夢想」するくらい、済州道のものと同じであった。

「悪い噂」の中では、在日のどの家でも行われる祭祀《チェサ》の模様が次のように描かれている。

元日の朝、ぼくの部屋に鮮やかな色の屏風を拡げ、その前にテーブルを置き、純白の薄布で覆う。先祖へ祭壇となり、尾頭付きの鯛や丸ごとの鶏や牛肉の串焼きや豆もやしやゼンマイやさまざまな果物や餅を供える。祭壇の両端にろうそくを灯し、香炉に線香を立て、盃に砂糖水や清酒を注いで、供物の上を行ったり来たりさせる。家長である叔父さんが儀式を仕切り、ぼくといっしょになんども跪いて二回半の礼をくり返す。(5)

いうまでもなく、このような祭祀の儀式は韓国の正月の慣習である。韓国では正月になると、先祖を祭る祭祀を行う。この儀式を行うことによって、家族の健康と幸福を願うのである。ところで、韓国では各地方によって、祭祀を行う方式が少しずつ異なる。ここで描かれた祭祀の方式は済州道の慣習に従ったものにほかならない。そして、祭祀を終えてから、彼らは家族総出で生駒の韓国寺に出かけるのである。

玄月は「異物」の中で、生野山にある韓国寺の様子を描く。在日一世の女らは、若いころに渡ってきた日本で生き抜くために、同郷人とのつながりを大切にした。金銭については頼母子講などの互助システムに依存し、精神面では寺などの宗教施設を頼ったのである。そのため、生駒には六十をくだらない数の韓国寺が出来ることになった。もちろん、この寺の僧侶も済州道から来た。このように、玄月文学においては済州道の生活がそのまま在日のものになる。済州道の生活と在日のそれが変わらないのである。

「異物」の中では、生野山の韓国寺の巫女（ムーダン）が行う「おがみ」の儀式の中で、霊がムーダンに降りてくる場面が次のように描かれている。

ムーダンは、お経をあげ、鉦を叩き、霊に語りかけ、踊り跳ね、家族全員の生年月日と名前を読み上げ、小豆をまき散らしては占い、長い絹の紐の先に結びつけられた小刀を二本投げては占い、酒か砂糖水を口に含んで並み居る者たちの顔に吹きかけ、降りてきた霊にからだを貸して跪いている妻や子孫に語りかける、痛かった、苦しかった、あのときおまえたちはこうしてくれなかった、ああしてくれなかった、しかしいつでもおまえたちのことを思っている、しかし死にきれない、毎日、毎晩、泣きつづけている、苦しい、苦しい、どうしたらいいんだ(6)……

ムーダンは「おがみ」を通じて、霊を呼んで（請神）、慰めて（饗宴）、送る（送神）過程を司る。「おがみ」は、済州道の土着巫俗礼儀である「クッ」とほとんど同じものである。「おがみ」こと「クッ」は、韓国でムーダンが人間の吉凶禍福を神に祈願する目的で、祭物を捧げて歌舞と儀式とを行う祭儀である。ムーダンは人間と神との仲介者として人間の祈願を神に報告し、神の決定を人間に知らせる役割を果たす。このような儀式はムーダンが踊りや歌を通じて没我の境地に陥って初めてできるのである。韓国では各地域によって、様々な「クッ」の種類がある。ここでは、済州道の「クッ」の形式であろう。

土着巫俗礼儀である「クッ」は人びとの生き方の重要な要素として、歴史的に共同体を形成し維持する役割を果たしてきた。このような民間信仰は日本には見られない。しかし、済州道の土着巫俗礼儀が日本で行われているのである。在日韓国人が済州道から持ちこんだものであろう。そうやって、在日韓国人の女らは家族の健康と幸福とを願ってきたのである。

玄月の作品の中で、町の人びとの生活における済州道の影響はますます広がっていく。「蔭の棲みか」で、数年に一度済州道から来た巫女は、「異物」では、寺を作って日本に居住することになる。それも相当な数になっている。そして、町には済州道訛りの韓国語と日本語の混じった会話があふれているのである。

また、「蔭の棲みか」の集落で、「ソバンの父らは広場の隅に共同便所を作るとき、すぐわきに柵で囲っただけの豚舎を設えた。豚は人糞を食って大きくなる。むろん糞まみれになるが、雨が洗い流すまで放っておく」とされる。このような豚の養い方は、ソバンの父らの故郷ではふつうのやり方であった。さらに、「異物」に出てくる、町に十数年前から住みつきだした韓国や中国の朝鮮族自治州からの新しい一世たちも、古くからの一世と同様に、精神面での支えがいることから、生野山にある韓国の寺に通う。彼らも済州道の土着巫俗礼儀である「クッ」の影響を受けることになるのである。

このように、玄月文学の原点は済州道であり、玄月は彼の全作品にわたって済州道のことを描いている。玄月からすれば、済州道は作品の題材というより、作品の根幹である。そして、彼にとって、済州道のことは母のような存在でもあった。彼の文学において済州道はなつかしい母の懐とつながる。

3

玄月の作品の中に、出てくる韓国は済州道であり、在日韓国人は済州道から来た人たちであった。「蔭の棲みか」の舞台は、ソバンの父のように済州道から来た七人が作った村である。ソバンの父の世代の人びとは日本の荒れ地を耕して、井戸のある集落を作った。そして、この作品の中で、済州道は集落のほとんどの者の故郷でもあった。

先に述べたように、「舞台役者の孤独」の望の母も、「悪い噂」の涼一の父も、子供のころ済州道から渡ってきた。また、「異物」に出てくる池山の父親も、戦前済州道から大阪に渡ってきた。典型的な子だくさん在日韓国人家庭である高山家も、両親が済州道出身であった。玄月の作品の中でもよく表れているように、じつは古くから日本で暮らしている在日韓国人の多くは済州道から来ていた。ところで、韓国の中でも人口の少ない済州道から、どうしてこんなに多くの人が日本に来ることになったのであろうか。玄月はその理由を「異物」の中で、次のように書いている。やや長い文章であるが、引いてみる。

百年ほど前、日本が韓国を併合する前から、町に済州道から渡って来た人が住み着き始めていた。日本の漁船に済州道沿岸の好漁場を荒らされ、多くの農人が総督府に土地を（合法的に）取り上げられたうえ、のちに大阪の企業が島内で職工を積極的に募集し、済州道大阪間の定期船も就航したから、大量の済州道人が大阪に渡った。そのなかでも、町は「リトル済州道」と称せられてもいいほどであった。最初に居着いた者たちの地縁・血縁が、同郷人をさらに引き寄せた。大阪に行くなら、とりあえずあの町だというように。終戦のころには町の人口の半分ほどを占めた韓国人の大方を済州道人が占めた。その後かれらの多くは故郷に帰り、いくらかはそのままに住み着いた。

ところが、四八年に済州道で四・三事件が起こると、難を避けて多くの済州道人がふたたび町に流れ込んだ。その後も、朝鮮半島では戦争があり政治も経済も不安定な状態がつづくなか、済州道からの渡航者は細々と、八〇年代までつづいた。軍政下の韓国では国外に出るのが困難だったので、密航か、そうでなければ日本に住む親戚を訪問するという理由で旅券を得た。町の在日一世らは積極的に故郷の血縁者を招き、仕事を与えた(7)。

玄月は、いくつかの例を挙げて説明しているが、その中で、最も大きなきっかけになったのは済州道で起きた四・三事件であろう。玄月の両親のように、すさまじい弾圧を逃れて、多くの人たちが日本に渡ってきた。そして、彼らは日本での苦しい生活の中でも、ふるさとの慣習、民族、民間信仰などを守りつづけた。済州道の人びとの土俗的な文化が日本においても受け継がれたのである。

ところで、済州道から来たのは男だけではない。女も様々な理由で日本に渡ってくることになる。玄月が「舞台役者の孤独」で描いた主人公の望の母は、経済的な理由で済州道から嫁いできた。また、この作品の中に出てくる山本夫人も、望の母とまったく同じケースであった。二人のような女性は、相当な数になる。玄月は「舞台役者の孤独」の中で、日本人と済州道の女との結婚のことをこう述べている。

この土地の在日韓国人のなかに韓国人妻を周旋する人がいて、山本夫人その他数人と済州道から渡ってきたのだった。あのころ済州道は貧しく、日本に行くためならなんでもするという者はいくらでもいたという。そういう事情を承知している在日韓国人の周旋屋は、婚期が大幅にすぎていたり妻と死に別れたりした日本男を済州道に送り込み、見合いと結婚式と新婚旅行を短い時間にまとめて執り行った。(8)

このような日本人と済州道の女との結婚の話は「異物」の中にも出てくる。彼女らは貧しい済州道から日本に嫁いできた。しかし、彼女たちが他国での生活習慣の違いを克服することは、たやすいことでなかった。結局、望の母も山本夫人も、済州道の因襲深い村で身についた生き方を乗り越えることができなかった。済州道には帰りたくないと言っていた望の母は済州道に帰って死に、山本夫人は人に殺されてしまう。同じく「異物」で、コ・チェヨンの結婚も幸せなものではなかった。

先にも述べたように、玄月文学にある韓国は済州道であり、韓国人は済州道から来た人びとである。彼の作品の中には済州道のあらゆることが描かれている。そして、その済州道は母のことでもあった。玄月文学において済州道は、皆が帰りたがる母の懐のような存在であった。

「舞台役者の孤独」の望の母は、日本人の夫が死んで日本の家から疎外されてから、済州道に帰って死んだ。「蔭の棲みか」で、集落の頼母子を借り集めたスッチャが逃げようとした先も済州道であった。これは済州道が彼女の故郷であり、母のような存在だからだといえよう。母のような存在でなければ、たとえ故郷だとしても帰らないかもしれない。「百済のキム」も「いつまでもこんなことしていられない」と言って、故郷の島に帰りたがる。「異物」の中で、日本人と結婚したコ・チェヨンも済州道に帰った。要するに、済州道から日本に来た人びとはいつかは故郷に帰りたいと思っているのである。彼らにとって、済州道は母の懐のような存在であるからである。

「異物」の中で、済州道に向かう敦史に、ウヒが「済州道にはなんでもあるでぇ。買えんもんはない」と言っているように、済州道は今やもう貧しい島ではない。すべての面において日本とほとんど変わらないところであると思われる。「蔭の棲みか」に描かれた七十年前の貧しい済州道の人びとは、「異物」の中では貧しくない。これが、済州道から来た人びとが帰りたいと思っている理由でもあろう。

4

周知のように、日本と韓国とは歴史的に複雑な関係を持っている。日本に住んでいる在日韓国人はこの二国家の複雑な関係の直接的な対象でもある。玄月は在日韓国人の韓国と日本との関係をどのように考えているのであろうか。また、在日韓国人の未来をどう受け止めているのであろうか。玄月は「蔭の棲みか」の中で、在日韓国人二世の高本をとおして、現在の在日韓国人の実像を述べている。

「蔭の棲みか」の冒頭で、高本はソバンに会って、戦争に参加した朝鮮人元日本軍兵士に対する日本政府の和解勧告のことを話す。彼はソバンに戦後補償金の裁判を起こしたらどうかと話しながら、「わしみたいな戦後生まれの在日にはあんたのような人の心情をよく理解するのはむずかしい。在日でもいまの若いやつらのなかには、朝鮮人があの戦争で日本軍人として参加したことさえ知りよらんのが多い。

ともかく、もし本気で裁判を起こすなら、わしにできることはなんでもする」と付け加える。
しかし、高本の言葉はこの作品の最後のところで、変わっている。高本はソバンにこう述べる。

わしらの世代以降ではつけられんこの国へのけじめを、あんたらにつけてもらいたいんや。わしらは、いやわしは、あまりに無力や。そこそこの金と社会的地位を維持するだけで満足して、心もからだも弛緩しきっとる。この国のやり方に文句をつけられる筋合いではないかもしれんと思い沈むたびに、遣りきれずアホほど飲んでまうのや。そうやってきれいに忘れて、また呑気に日々をやり過ごす。そのくりかえしや。(9)

高本は、自分たちは「あまりに無力」だとつぶやく。彼は、自分たちの世代はもう日本との歴史問題に興味もないし、またそれを解決するいかなる意志もないという。そして在日一世のソバンに彼らの世代で歴史問題を片付けてほしいと語るのである。高本は在日二世の歴史認識を代表する。二世は日本で生まれ、日本語を母語にして、日本文化の中で育てられた世代である。事実上、彼らが日本人と異なるところはない。二国間の歴史問題から関心が遠のいているのは当然のことである。二世からすれば、日本との関係における民族的・政治的アイデンティティ、自分たちがこの国で何をして、いかに食べて生きるかという現実的な問題が大事なのであろう。
高本はソバンに、日本政府は戦後補償金の問題を取り上げずに、ただ基金をこしらえて涙金くらいを与えるだけだと非難しながら、この国ではそれが精一杯であるともいう。彼は日本政府に対して、もういかなる期待も持っていない。彼は、自分たちは日本政府に戦後補償金の問題を主張する意志もなく、涙金をもらえばそれで歴史問題がすべて片づけられると考えているのである。このような高本の考えは現実に安住するほとんどの二世が持っている共通のものであるといえよう。玄月自身も、原体験としての被害者意識や在日としての被差別意識はないという。

このように、玄月は現在日本に住んでいる在日二世の高本をとおして、在日韓国人の未来を表している。在日韓国人の権利を主張したソバンの息子の光一は、古アパートが立ち並ぶ中野の路上で「全身を、足の指の関節に至るまで紫に腫らした撲殺死体」として発見される。光一の主張は在日韓国人の母国に対する母国愛と在日韓国人の人間的な生活への叫びであった。実際に、光一の主張は在日韓国人としての当たり前の行動であったといえよう。しかし、このために光一は殺されたのである。

玄月はこの作品の中で、在日韓国人の権利を主張した光一を死なせるとともに、現実に安住した高本を描くことによって、これから日本で生きていく在日韓国人の現実と未来とを語っているといえよう。光一と高本は親友でもあった。光一は死んでしまって、高本は歴史意識がない。要するに、日本社会が変わらない限り、この国で在日韓国人の権利を主張することは無理なことであるといえよう。

5

玄月は「蔭の棲みか」を、済州道から来て集落を作ったソバンの父親の話から書きはじめている。この作品の中で、ソバンの父が「百年はだいじょうぶだ。おまえの孫の孫もこの水を沸かした産湯につかるだろう」と話したように、彼らは集落の井戸が永遠に続くと思っていたかもしれない。しかし、ソバンの代で早くも集落の井戸は枯れてしまう。ソバンの父の話した「おまえの孫の孫もこの水を沸かした産湯につかるだろう」井戸の水は二世代を越えることができないで、枯れてしまったのである。ここで、集落の井戸は在日韓国人の現実を物語っているといえよう。

要するに、集落の井戸は日本における在日韓国人の現在と未来とを象徴している。もし、集落の在日韓国人の数が増えていれば、集落の井戸はけっして枯れなかったであろう。人びとはあらゆる方法を使って井戸の水を守ったに違いない。井戸の水がなければ在日韓国人は集落に住むことができないからである。しかし、井戸は枯れてしまって、ここに住んでいた在日韓国人たちは集落を去って行く。

しかし、玄月は在日韓国人の未来に希望を持っている。この町に新しい人たちがやってくるからである。「異物」の中での新しい在日一世がそれである。この作品の中では、新しい在日一世がやって来て、町の人びとと一緒に暮らす。新しい一世と在日二、三世とは同世代であっても、接点はほとんどない。彼らに同じ血が流れているといっても、文化と言葉が違うからである。しかし、彼らは仲よく暮らしている。

玄月はその理由として、町の人びとは「かれらが問題を起こさなければ関心もない」としながら、それが可能なのは「かれらのなかで利害が対立しないからだ」と付け加える。日本生まれの二世・三世がしたがらない、きつく、汚ない仕事、安い仕事を、新しい住人たちがした。要するに、町の元々の住人と新しい一世とは働く領域が違っているのである。玄月は彼ら新しい一世に在日韓国人の希望を見ている。彼は、新しい在日一世らによって、町は新陣代謝を行い、活性化できる、と見ている。玄月が見ているように、これから町の元々の住人と新しい一世とはお互いに助け合いながら仲よく暮らしていくのであろう。

注

（1）磯貝治良『〈在日〉文学論』新幹社、二〇〇四年、二三七頁。

（2）対談：玄月・金石範「幸福な時代の在日作家」『文学界』二〇〇〇年三月号、一三頁。

（3）一九四八年四月三日、米軍政下にあった済州道で発生した事件。この事件の発生の背景には、一九四五年以後の、左右翼間の政治的対立がある。八・一五解放以後、済州道は日本植民地時代の社会主義勢力の人びとが政治的主導権を握った。その中には、革命的左翼傾向の人びとが多く含まれていた。しかし、米軍政の支持を受けた右派勢力が強化され、社会主義者たちとこの人びととの間の政治的葛藤が次第に深まった。この葛藤は一九四七年三月一日の記念集会中、米軍政の警察が済州道民に発砲して六人が殺されると、深刻化した。この事件以後、済州道に浸透、暗躍した南朝鮮労働党の誘いによって、済州道民と米軍政および右派勢力との対立は手のつけようもなく悪化した。対立は警察と西北青年団などの済州道民に対する弾圧のためにさらに増幅された。この弾圧に対抗して済州道民が一九四八年四月三日をもって、いっせいに蜂起した。蜂起した人びとに乗じた左翼系は暴力的な弾圧の中止、単独選挙反対、単独政府反対、民族統一、米軍政反対、民族独立などの政治的スローガンを掲げた。事件の初期に米軍政は警察を動員してこれを鎮圧しようとしたが、事態がさらに悪化すると、軍を投入して鎮圧した。その結果、罪のない多くの人を含め、約二八万名の道民の約一〇%にあたる三万余名の死傷者を出した（『ブリタニカ世界大百科事典』19、韓国ブリタニカ会社、二〇〇二年、三六四―三六五頁（韓国語・翻訳 黄））。

（4）「舞台役者の孤独」『蔭の棲みか』文藝春秋、二〇〇〇年、二二八頁。

（5）『悪い噂』文藝春秋、二〇〇〇年六月、一〇〇―一〇一頁。

(6) 『異物』講談社、二〇〇五年、一〇〇頁。
(7) 同書、一五一頁。
(8) 「舞台役者の孤独」『蔭の棲みか』文藝春秋、二〇〇〇年、一五〇―一五一頁。
(9) 『蔭の棲みか』文藝春秋、二〇〇〇年、八九頁。

柳美里と鷺沢萠

――東京・神奈川――錯綜と断絶をかかえて

花﨑育代

1　背景に止まらない〈場所〉

「柳美里と鷺沢萠」と並列されたタイトルの下に期待されているのは、いわゆる「在日」現代女性作家という文脈での考察であろうか。しかしたとえば論者は、ソウル生まれで大学・大学院を終えてから日本に留学し日本の大学院で「在日文学を研究テーマに選」び博士号を取得した研究者が、「在日女性文学」を論じた著書の「あとがき」で次のように語る切実さを、その重みを思うことはできても、共有することの困難を思わざるをえない。

今も在日作家の作品を読むときは、肩の重荷をおろし、もっと自由に生きていってほしいという気持ちと、いつまでも自分の立たされた足場を問い続けてほしいという気持ちが交錯する。(1)

論者などが知ったようなそぶりで書くことなど不可能であることを痛感する。

そしてまた「在日」というくくりで考えることが一方では必要かもしれなくとも、他方ではその枠組みに回収されて、各々の文学自体を見えにくくしてしまうということもあるのではないかとも考える。このタイトル「柳美里と鷺沢萠」を示されて想定しうる「在日」というくくりから、この二人の作品について同時に言いうることが――それは乱暴な言い方かもしれず、そのようなものはないということもできようが――あるとすれば、論者が、知っているかどうかということではなく、語りうるのは、父祖の地ではなく、柳や鷺沢が日本語で書いた小説の土地であり、彼女たちが生育した土地でもある東京・神奈川の鉄道沿線の都市ということであった。

むろん小説の書き手が、その舞台を何処に設定するかは、架空の地も含め、その書き手の自由である。実在する地を選ぶにしても、必ずしもいわゆる〈ありのまま〉である必要はなく、描き方も自由である。そしてその地を選ぶのは、知っている土地だから、なじみのある土地だから、とは限らない。知らない地だからこそなのかもしれない。しかし重要なのは、書き手が、その他ではない、その地を選択したということである。

すでに鷺沢については、永江朗が、この地域の文学であることの重要性を「鷺沢萠の小説は京浜工業地帯文学である。」とさらに限定的な地域区分で述べているが(2)、まず柳や鷺沢が日本語で書いたのは、そうした東京・神奈川のＪＲや横浜市営地下鉄、また東急線や京急線の沿線といった地域であった。以下に考察するが、それは単に小説の舞台といった意味以上のものを有しているはずである。

彼女たちが、日本語で、日本の東京を、横浜を、どのように書いてきたのか、ということ。いわゆる祖国ではなくまさに生育した日本を選択して何をどのように書いたのか。このことを考えてみたい。

2　柳美里　陽光暑熱――光と闇の錯綜・横浜

「フルハウス」（初出『文学界』一九九五年五月号）[3]では、「私」は、父がいまさらのように十六年ぶりの家族同居を願って建てた新興住宅地「港北ニュータウン」の家に赴くことを峻拒するわけでもないが馴染むことはできない。

鏡の反射に似た七月の陽光が居間を照らし出した。（一〇頁）

作品内現在において「平成6年11月6日　都筑区誕生」を待つ横浜市港北区の、これも新設の横浜市営地下鉄「センター南駅」周辺の住宅地が舞台である。実在の地名、駅名をそのまま登場させていることに注目したい。そして作品は、この新築の家に「得体の知れないなにかが漂っている」と感じ、「一刻も早くこの家から逃れたいという思いには勝てない」という「私」を記していくが、この違和感はすでに冒頭近くにも語られていた。

父は二階の全ての雨戸を開けて室内に光を招いたが、日光は決して家の底までは届かなかった。家の隅には黒い闇が鍋底の焦げのようにへばりついている。（一五頁）

作品は七月から八月にかけての真夏の暑い時期に設定されている。横浜市において真夏の日光が室内全てに届かないことは現実的にはありうることだが、注意すべきは、暑熱の陽光の中にすぐに見出されてしまう「黒い闇」が明記されていることである。そしてこの「黒い闇」の印象のある家は、エンディングにおいて、「私」に街全体への違和感を語らせていくことになる。

……私は玄関に向かって走った。扉を開け、裸足で車庫に駆け込み、自転車に跨って力いっぱいペダルを踏み、通りへ漕ぎ出した。私は腰を浮かせて、もはや完全に見知らぬ街となった新興住宅地を突っ切って、突き抜けた。（九二頁）

この小説では「光」の一方にすぐ「闇」をみてしまうところに、明らかに「私」の新しい家／街への違和感やマイナスイメージが示されている。しかし「闇」とはなにか。私たちの生活の中で、時間の堆積によって形成されたいわば〈歴史的〉なわかりにくさや複雑さは、どちらかといえば「光」よりも「闇」として表されよう。ところがこの小説では、住宅地としては新しい土地―都市に存在する新築の家に「光」の届かない「闇」を書き込んでいるのである。

つまりこの小説においては、新興住宅地の、住宅地としてのいわば〈歴史〉のなさ、といったことが、単純に複雑ななにものかを内包する闇がないことや違和としては書かれない。またこの作品には、この「闇」を排除すれば「家族」の問題は解決するなどとはむろん書かれていない。「闇」が即座に街の歴史をあらわすわけでも、マイナスイメージを形成するというわけでもないのである。この新築の家でさえなければ問題が解決するなどという楽観は存しない。新築の家や新興住宅地が一元的に把握できる種類のものではないことが物語られているとさえいえるのかもしれない。そしてこの「光」と「闇」、とりわけ夏のそれらの問題は、あらかじめ言っておけば、後続の柳作品でも追究されることになるはずである。作品には明記されないが、あるいは「光」に対しての「闇」の存在が、新築の家に自分は「棲まない」と言った妹に「お姉ちゃん」は、と訊かれ「ときどき」「棲む」と言ってしまっている「私」の決着のつかなさ、場所との距離感を測れないでいる「私」の問題ともかかわるといえるかもしれない。

「家族シネマ」（初出『群像』一九九六年一二月号）[4]では、「母の家」のある場所として登場するのが鎌倉である。別居後二十年の夫婦とその家族が再会する映画を作るという過程の中で、「フルハウス」に出てきたような新築の「都築区の家」も登場し、父は「都筑区の家でもう一度出直そうじゃないか、わたしたちは家族なんだ」と語る。作品の構成と舞台となる場所の連鎖の中に、決着の付かない問題が展開されていくことが読みとれる小説である。愛人と鎌倉に住む母は、生活のため「私」の父との「夫婦ごっこ」をいとわないと言う。「家族の頸木から解き放たれたと思っていたが、わずか数日で」「ふたたび繋がれてしまった」と思う「私」は、仕事の後、母を訪うため鎌倉に赴く。「私」は品川から横須賀線に乗る。

品川駅で降ろしてもらい、横須賀線に乗って鎌倉に着いたときには六時を過ぎていた。（六五頁）

ところで「家族の頸木」を意識しつつ、向かうことに逡巡しつつ、品川から湘南方面へ赴こうとする「私」は、すでに柳の小説的出発であった「石に泳ぐ魚」（初出『新潮』一九九四年九月号）に真夏の印象的な陽光を背景に描かれていた。

　私は品川駅のベンチに腰かけて、規則正しく停まっては発車する電車を眺めていた。乗る気がしない。といってこのまま八月の陽光に曝されていると、感光してしまいそうな気がする。私は右手を頭の天辺にやってみた。髪が熱くなっている。あの曲がった肘のような影は、何の影だろう。ホームには沢山の影が焼死体のように横たわっている。次の電車に乗ろう。私は縮こまった自分の影を踏んで立ちあがった。(5)

「私」はソウルに旅立つ前に母に会うべく「昼過ぎの久里浜行きの電車」に乗ろうとするのである。夏の陽光に焼かれるような「私」は、それから逃れるように横浜湘南方面を目指す。その電車がＪＲ横須賀線なのか、京浜急行本線なのかは、わからない。母の家――「北鎌倉」の家を転売した「今の家」――はおそらくは鎌倉と思われ、そうであれば乗換えの便を考えれば横須賀線かとも思われるものの、ここでは明記されていないだけでなくあいまいにされている。しかし強い陽射しの中で、「昼過ぎ」に、家族の問題で逡巡しつつ、日射しから逃れようとしながら、逆により強い陽射しの南西方向に向かう身体が描かれていることは確かである。それは自分が「感光してしまいそうな」陽射しを逃れつつもおそるおそる確認しようとするがごとくである。

こうして、逃れたく思いつつより強い陽射しの方向へ向かう身体を描いた柳は、同じ品川―久里浜間を結ぶ京浜急行本線沿い、横浜駅より南の黄金町を主な舞台として横浜市中区に焦点化した小説を展開していく。『ゴールドラッシュ』(初出『新潮』一九九八年一一月号)[6]である。

『ゴールドラッシュ』は柳もいうように[7]、実在の十四歳の少年犯罪を背景に、少年Aにいわば寄り添い、「共感」をもって書かれたものである。しかし、これまで言及してきた柳の「家族」に関わる小説との連鎖の中で紡がれていることは、たとえば地の文では「少年」としか書かれない人物が、「フルハウス」の「私」の弟である「一樹」と同じ音を持つ「かずき」と呼ばれるという点にもみてとれよう。そしてこの小説は横浜市中区をメインの空間として展開されていくのである。少年は、横浜中区山手の「港の見える丘公園」に連なる「横浜でいちばん地価が高い場所」に住んでいる。しかし幼い頃から好んでそこに居ようとする場所は、その山手ではなく、「暴力団」関係者の金本の手引きで親しんだ、山手と同じ中区の「欲望の租界」、黄金町であった。

小学校の高学年になると、父親は黄金町で遊ぶことを禁じたが、少年は友だちと野毛山動物園で待ち合わせをしているとうそをついては黄金町の迷路のなかにまぎれこんだ。(六頁)

その黄金町は品川からなら南へ向かう地にありながら、しかし「陽光」に満ちた場所としてではなく、「闇」として描かれはじめている。

黄金町は陽光を拒んでいる、というより独自の灼熱を内部に秘めているので陽光のほうが街を避けているというべきかもしれない。上空から見ると、白昼でさえ住人たちは人工灯を必要としているのではないかと思わせるほど町全体が洞穴のような闇につつまれている。（三頁）

少年は黄金町を「光」としてではなく「闇」としてこそ好んでいると書かれている。中学生である少年について、小説は、学校には通わず、ドラッグの売買をし、輪姦の現場に加わったりしている姿をまず映し出していく。母は家を出ており、父は黄金町をはじめ複数のパチンコ店を経営する会社社長であるが家にはあまり寄りつかない。ウィリアムズ病の兄とやはり高校に通わない姉と。そうした家族を持ち学校に行かない少年が、ある日久しぶりに学校に行き、「自分と同じ制服を着た学生たち」との大きな差異を感じとる場面がある。

中学の同級生と「ぜんぜんちがうところまできてしまった、もうもとには戻れないのだ」という少年の自らの異質性自覚の描写は、観念的な内省のことばそれだけなら、実在の少年Aの事件を背景におかなければ、必然性は薄いともいえる。しかしそこに圧倒的な存在感と説得力がありうるとすれば、それは黄金町のもつ磁場、その力である。柳美里作品に頻出する渋谷で、[8]父殺害の直接的原因ともなったといえる父の地下室の合い鍵を作った少年。その少年が、学校生活を断ち切る、いわば〈学校を捨てる〉儀式の場所に、この作品は東京から神奈川の私鉄・JRを乗り継がせたうえで、この京急線に沿った大岡川黄金町付近を選ばせる。

あいつらとはちがう、ぜんぜんちがうところまできてしまった、もうもとには戻れないのだ〔……〕

渋谷に出て東急ハンズで地下室の鍵をコピーし、駅に戻ってロッカーからかばんをとり出し東横線の改札に向かった。横浜駅で京浜東北線に乗り換えて関内で降り、伊勢佐木通りを直進して何本かの路地を通り抜け、大岡川に学生かばんを蹴り落とした。学校と完全に決別できたとは思えなかったが、かばんの重さ分は身軽になれた、少年はうまく音が出ない口笛を吹きながら黄金町の路地に溶け込んだ。雲に覆われた空にはところどころ水たまりのように青い空がのぞいていたが、真夏の開放的な雰囲気からはほど遠く、ここだけはじめじめとかびくさい梅雨のままだった。（八二―八三頁）

大岡川は、少年が親しんだ黄金町の中華料理店「金閣」主人サダ爺の妻の通夜に赴いた少年の幻想の中でも描かれる。

ひとが死んだらなにか起きるべきだ、とふいに頭のなかに大岡川をゆっくりと横浜港にむかって流れてゆく桜色の小船が浮かんだ、大勢のひとびとが川べりで手をふり、船のなかに横たわったシゲ婆は白菊に埋もれている。（一〇二頁）

大岡川は少年の学校生活を葬り、親しんだ老女を想像の中で葬送する弔いの川であった。これら葬送行為が、少年自らが行い想像したものとして書かれているということは、この場面が、少年がもはや同じ中区のなかで、山手の違和感と黄金町の安心、といったわかりやすい二重性の揺籃の中に安住することの不可能を、小説が読者に知らせている場面であることを示している。これらの葬送行為の記述は、少年の安住が、もはや少年自ら葬送すべき地点まで来ていることを物語っているのである。

少年は「学校」からも、山手の家からも、そこに地下室を持つ父からも自由になって黄金町に「帰還」したように思う。しかし、実際には、そのようなことはありえないこと、つまり空想的ユートピアなどありえないことが記されていく。かばんを捨てた場面につづく部分である。

路地のまんなかに見知らぬ老婆が立っている。〔……〕自分は敵地を脱出して帰還したのだから、と少年は笑顔で行進した。老婆は道をゆずる気配を見せず、身動きひとつしないで少年の顔を凝視した。少年が右側に寄ってすれちがおうとしたとき、「張《チャン》 英《ヨン》彰《チャン》の息子か、大きくなったな」口を動かしたとも声が発せられたとも思えなかったが、たしかに少年の耳にその言葉は届いた。（八三頁）

父に逆らってやって来る安堵できるはずの黄金町が、当の父の領域でもあったことを痛感する少年は、夏、あらためて山手の自宅付近にも、そして黄金町にも自分が不安になるなにものかを見出してしまう。黄金町は光を拒むような「闇」を抱えこんでいたが、陽光に満ちた高台の山手にもまた「闇」を見出していくのである。

方向感覚ではないべつの重要な感覚を失くした気がして、少年は坂の途中の高級住宅街で立ちすくんだ。真夏の陽射しが目にも膚にも悪いだけではなく心臓も止めかねないと不安におちいっているのだろうか、住宅街にひと気はない。〔……〕太陽を憎んでいるひとびとが棲む住宅街には黄金町よりも凶悪な何者かがひそんでいるように思える。〔……〕子どものころ黄金町で道に迷えば、金本でなくてもだれかが金閣か宝球殿にかならず連れていってくれた。しかしいまの自分をいったいだれが捜し出し、安全な場所へ連れ帰ってくれるというのだろう。少年は自分の名前が記された失踪届けが加賀町警察署のコンピューターに記録されているのではないか、とふと思い、身ぶるいした。（一三五—一三六頁）

新興住宅地の新築の家に光が射し込まぬ闇があることは、先述のようにすでに「フルハウス」で描かれていた。川村二郎「解説[9]」が「山手の豪邸」と「黄金町」との「上」と「下」という対比を指摘しているように、この小説は、誤解をおそれずにいえば、この土地―都市の二重性を抜きに語ることは不可能であろう。しかしこの小説は、山手と黄金町とのいっけん対比的な場所で、「光」と「闇」とに区分けされたようにみえる場所でバランスをとろうとしていた少年が、いまや、そうした「光」と「闇」といった区分を不分明な錯綜したものとして認知し、一枚岩でない輻輳した町のさまに想到し、まさにこの山手／黄金町で次第に変容していくさまを描いていくのである。

ストーリーの展開としてはヤマ場といえる少年の父殺害は、こうした横浜中区で手前勝手に想定していた安定した感覚を喪失した少年が、どこにも存在することができないという「身ぶるい」するような不安に陥っていくことで説得力をもっているように思われる。少年は山手の自宅の地下室で父を殺害し闇に閉じこめる。一方、その直後に、「金閣」の主人の老妻の死を弔うべく、仏壇を購入し黄金町に届ける。山手の「罪」を黄金町で免罪されようとする少年は、黄金町にすがっているようではある。父を殺害した当初、少年は周囲の人物にその犯行を発見されない。それは、父の会社の従業員の娘の眼に、少年がいまだ「全身に陽射しを浴びているのに日蔭にいるようにしか見えない」「こころの底に光が射し込まない沼をかかえているのに、それを隠して澄ました顔で現実と向き合っている」と映っていること。——あたかも作品冒頭の、山手に住みながら「闇につつまれている」黄金町を徘徊する少年の姿のくっきりした二重性を体現したかのように映っているところに、象徴的に示されている。しかしすでに少年の内部においては、先に引用したように、黄金町は少年の逃避や慰安を認めない。少年もまた、父殺害を隠蔽し続ける場面で、黄金町駅前の父の事務所から「黄金町を迂回して」帰宅する。

タクシーに乗るべきかどうか迷いながらしびれをともなったただるい足で黄金町を迂回して関内駅に向かった。〔……〕黄金町の路地を通り抜けるのをためらったのは金閣を避けたからだけではなく、子どものころの思い出にわずらわされたくなかったからだ。黄金町はサダ爺の死とともに滅びる気がする。(二〇二頁)

山手になじめず山手で父を殺害した少年に、黄金町を回避させ、安堵の場としての黄金町の意味を変容させながら、小説は、エンディングで、自首を決意した少年に動物園へと赴かせる。兄・幸樹と家政婦となっている父の店の自殺した従業員の娘・響子とともにである。八月の陽光が厳しい。

家を出たときは澄みきったおだやかな夏の朝だったのに、数分ごとに強さを増す八月の光が少年の皮膚の青白さ、肉がそげたほほのくぼみを容赦なく照らし出している。（三一一頁）

動物園は山手でも黄金町でもない。距離的位置的には野毛山動物園（横浜市西区）であるとみるのが至当ではある。先に引用したように、少年が黄金町に行くために父に偽った場所は「野毛山動物園」であったし、父殺害の罪を罰せられようとする少年が、父に騙ったその場所に行くというのは整合性があるようでもある。さらにラストシーンで、少年がポケットから取り出す色褪せた家族写真の背景が「この動物園だったのだ」と記されることで、「この動物園」が、本作中、唯一固有名を記された野毛山動物園である蓋然性は高まる。先の川村「解説」も野毛山動物園だと推定している。

おそらく野毛山動物園であろう。しかし、小説としては、横浜のどこかではあろうが、この終結部においては動物園の固有名や特定しうる場所は書かれていない。重要なことは、横浜市中区の黄金町と山手を主な舞台にして、少年に信じられていた魅惑的な「闇」となじめない「光」とのわかりやすい二重性が少年の内部で錯綜してしまったあと、それらの場所ではない、しかし父を含む家族の写真を撮影した記憶のおそらくは横浜の「この動物園」という想起の場こそが選ばれているということである。少年は通りかかった男性に、三人での写真撮影を依頼する。最末尾は次のように記されている。

三人は象のいない檻の前に並んだ。少年はカメラのなかの闇に目を凝らし、微笑もうとした。手をつないでいる響子と幸樹が笑っているかどうかはわからない。少年の頭のなかのすべてが感光された。

（二二三頁）

八月の強い光の中で、光と闇の二重性の安住から出ていかざるをえなくなった少年が、光と闇を凝視する。『ゴールドラッシュ』は、疑問符が打たれ、錯綜していくにふさわしい光と闇の強固な二重性を横浜市中区の山手と黄金町とに担わせて、光と闇の安定的な二重性から不安な錯綜に放り出された少年を描きえているのである。「石に泳ぐ魚」では、夏の暑熱に感光されそうな「私」が、感光される前に京浜地区を南下したが――それとの記述上の関わりでいえば――、『ゴールドラッシュ』では少年が、家族写真を撮影した（おそらくは）横浜の「この動物園」で、「闇」を見つめつつ、暑熱陽光下のカメラの「光」に曝されて、感光変質を受け止めているのだといえよう。

柳美里は『ゴールドラッシュ』で描いた暑熱陽光を、自らの祖父の足跡を辿った『8月の果て』(10)（初出『朝日新聞』夕刊、二〇〇二年四月一七日～二〇〇四年三月一六日、『新潮』二〇〇四年六月号）の最終章でも印象的に記していく。「八月の川べり」を走り「光」が「眩しくてなにも見えない」と記すのである。『ゴールドラッシュ』に戻れば、この小説は、止まりながら、変質していく少年を、暑熱の横浜中区を機軸にしながら、都市の、光も闇も固定的ではなく、錯綜し輻輳しながら存在する、そうした様相を見据えることで描いたものだといえるのである。

3　鷺沢萠〈断絶〉をかかえて――多摩川周辺

鷺沢萠の小説には、東京南部から川崎横浜の地名が頻出する。デビュー作「川べりの道」（『文学界』一九八七年六月号、文藝春秋、一九八九年一一月『帰れぬ人びと』所収、第六四回文学界新人賞）ではカタカナ表記ながら「ウノキ」（東急目蒲線［現・多摩川線］の鵜ノ木と思われる）、「かもめ家ものがたり」（『文學界』一九八七年八月号、『帰れぬ人びと』所収）の「蒲田」（主に京急蒲田〔京浜急行蒲田〕）駅の付近。また、東急目蒲線・池上線、JR京浜東北線の蒲田駅付近も）、「帰れぬ人びと」（『文学界』一九八九年五月号、『帰れぬ人びと』所収、第一〇一回芥川賞候補）の「柿の木坂」（東急東横線都立大学駅付近）、「大鳥居」「羽田」（京浜急行線）などである。多摩川を挟んだ東京と神奈川が多くの作品の舞台になっているが、鷺沢が、その小説執筆のために自身の戸籍を調べ、「父方の祖母の戸籍より自身が朝鮮半島の血を引いていることを知る」[11]ことになった「駈ける少年」（『文学界』一九八九年一二月号、文藝春秋、一九九二年四月）も同様である。すなわち、この小説も、亡父の生き方を追跡し、見出し、自らの困難に向きあう主人公龍之が、まず、亡父の戸籍を取りに公園通り上の渋谷区役所に行き、渋谷駅から東横線・大井町線という東急線を乗り継いで、菩提寺のある等々力に赴き、ふたたび多摩川を渡る東横線で母妹が住む横浜に向かう、また亡父の異母弟の生育地である「若林」（そういう言いかたをすれば東急世田谷線「若林」などが近い）を訪れる――と、主に多摩川を挟んだ地域の行動そのものが主人公の思考を押し進めるかのようである。本稿では、この「駈ける少年」直後の二作品、いっけん全く別の作風をもつようにおもわれる『スタイリッシュ・キッズ』（初出『文藝』一九九〇夏季号）[12]と「葉桜の日」（初出『新潮』一九九〇年八月号）[13]を考察したい。

二十歳を過ぎて自らの「血」を知った鷺沢は、だからといってそれまで記してきた多摩川流域の地域を記さなくなったのではない。しかも先述のように、いっけん、まったく別の印象を抱いてしまう小説を同時期に書いていくなかで、それらの地は、重要な意味を帯びていくのである。すなわち、首都圏の付属校から大学進学する比較的富裕な子女の、大きな事件は起こらない学外生活を中心とした大学生どうしの出会いと別れを綴った『スタイリッシュ・キッズ』と、両親が不明のまま養子として育てられた主人公が、自分の幼少時の生育の場所を知り、次へと歩もうとする「葉桜の日」とである。

『スタイリッシュ・キッズ』で、冒頭、同じ年の久志と理恵がはじめてことばを交わすのが、自由が丘である。二人はドライブでのデートが多い。しかしここでも駅からはやや距離はあるものの、東急線の沿線の東京・神奈川が舞台となる。しかも、二人は多摩川を挟んで都内と横浜にそれぞれ住んでいるのである。すなわち、出会った日、帰りに二人は、自由が丘や東急田園都市線沿線の駒沢公園に比較的近い久志の「駒沢通りと自由通りが交差する角の奥」[14]の家までタクシーに乗り、久志のプジョーで理恵の住む横浜[15]――「第三京浜」「港北インター」の記述からおそらく最寄り駅が新興住宅地の多い東急田園都市線の地域――へと送るのである。

時代背景は、全九章のタイトルが「一九八七年・初夏」から「一九八七年・夏」「一九八七年・冬」

などと年代記的に続き、「一九八九年・夏」まで、と示されているように、バブル景気の時代、となれば、長い不況を経た約二十年後の今日において、お気楽な大学生の話と片づけられてしまうかもしれない。しかし、例えば、この一九八七年初夏から一九八九年夏の二年の間は、元号で表記すれば、昭和から平成への変わり目でもある。この小説は「一九八八年・秋」の次はやや飛んで「一九八九年・晩冬」であり、天皇の症状にかかわる八八年秋以降の終夜にもわたる毎正時の報道や少なくとも首都圏で存在した歌舞音曲の自粛ムードなどは小説の言葉としては全く表現されていない。論証を抜きにしていえば、表現されていないなかに、この小説が無菌保存しながら抱えこんでいるもの、そして、それよりもさらに下層に下積みされているものも、あるいはうかがえるといえるかもしれない。

　この小説が無菌保存しながら抱えこんでいるもの。それは端的には、享楽的に心地よく過ごすなかで久志が感じ、理恵も同様だと考えているからこそ、互いに惹かれ、つきあっているのだと思っている「何かを知っちゃっていた〔傍点原文〕」感じ、「もうすぐ終わり」という感覚である。すでに高校卒業間際にこの感覚を抱いていたというのは、これも論証抜きに言えば、同一地域に大学を持つ「付属校」生の感覚の一部ともいえるかもしれない。推薦入試などが少なかった当時、進学試験はあってもいわゆる受験はなく、付属校から同じ大学に進学することで、まったくの新しい環境を想定することはできず、その変わり映えのない大学生活のあとに「大人」としての生が続くという——。（念のために記しておくが、むろんすべての付属生がそうだというのではない。ここで描かれているのはそうした感覚をもつ付属生だ、ということである。）

久志は理恵をはじめて見た高三の夏の日〔……〕なんだか投げやりな様子を見せていた理恵。やはり理恵も、あのときすでに何かを知っちゃっていたのだろうと久志は思うのだ。

誘惑と情報と、なんだか楽しそうなことであふれかえっているように見える街。〔……〕けれど夜中を通して朝まで消えることのない、ギラついた街のイルミネーションを見るとき、久志は自分の感覚だけは失いたくないと思う。

〔……〕流行を追うのも情報に敏感なのも、今の久志には全て泥くさく思える。

ちょっと前までは——、すくなくとも大学に入るまではそうではなかった。久志自身のその変化は、たぶんまわりを取り囲む状況の変化でもあるのだろう。言ってしまえば、大学に入ってから久志のまわりにいるようになった人間たちが泥くさいのである。(「一九八七年・冬」五五頁)

〔……〕理恵は、捨てばちとさえ呼べるような表情をしていた、だから久志は理恵を忘れられないでいたのだ。〔……〕

説明するのは難しいが、それはたぶん「もうすぐ終わり」なのだということを知っている者にだけ判る感情だったろうと思う。あのころ、久志はたしかに「もうすぐ終わり」だと思っていた。そうして、おそらくは理恵も。(「一九八八年・春」八一頁)

久志と理恵は車で移動する。自由が丘、「都立大学の駅のそばのボウリング場」の駐車場での待ち合わせ、「ドライブ・イン・シアター」での映画、横浜、と、二人の行動は、そうした地域を地域としてではなく、個々の固有名をもった場所として把握することでのみ意味をもつかのようである。そしてそうした個々の場所以外の外界とは、あたかも車の中という無菌状態で断絶して、存在するかのようである。

久志に向かって、「昔」は「安心」で、「今」は「今って、『これから』に直結してるじゃない。今やってることの結果みたいなものがすぐにやって来そうで、コワイんだもん」「ほんとに年齢《とし》取りたくない」(「一九八八年・秋」一二三、一二四頁)と言う理恵。久志は理恵の「コワイ」という感覚を慮る。

理恵は怖いのだ——。

外気に触れること、暖かい部屋の外へ出ていくことを怖がっている。(「一九八九年・晩冬」一四一—一四二頁)

その後、「一九八九年・春」、二人は「多摩川べりへ行こう」と、駒沢通りから車で走り、丸子橋(16)で多摩川を渡る。

久志と理恵は車の中で、川岸の風景を眺めながらサンドウイッチを食べた。(一四八頁)

二人は車内からは出ないが、久志の住む東京と理恵の住む神奈川を繋げつつ隔てている多摩川の「川べり」にいる。ここで理恵はもう「大学生活」が「半分終わっちゃった」と言い、久志はそう言う理恵が「するりと腕の中から逃げていく」感覚を覚えてしまう。理恵は「これから」にためらって出てこようとしない。しかし「今」「安心」感のない理恵を思ううちに久志は、「泥くささ」をもってしても「どこかで切り替わらないと」と思い始める。

〔……〕どこかで切り替わらないとその先へ進めない。
甚だ曖昧にではあるが、久志は、誰かを安心させるためになら、「泥くささ」に対する嫌悪感や、自分の中でいちばん大切な価値観をかなぐり捨ててもいいと思いはじめていた。そしてそんな曖昧な考えを確実に裏付けているのは、理恵への気持ちだった。（「一九八九年・夏」一六九頁）

この意味で、東京と神奈川を隔てる多摩川べりでの時間は、「もうすぐ終わり」と双方が思っていたはずの二人の時間の終わりを告げる場所であったといえる。久志が「切り替わ」ろうとするのに対し、理恵は「コワ」さゆえに無菌室のなかに止まろうとする。

この小説が、理恵において、理恵の母親世代の子育て開始時期すなわち、一九七〇年代前後に、その「層の数がピークを迎えた」「専業主婦」[17]への願望が強力に存在するものとして書かれていれば、外界が「コワイ」理恵と、「彼女を自分が庇護したい」（「一九八九年・春」）久志との関係は、理恵が、いわゆる〈家庭に入る〉という専業主婦志向での久志との結婚をめざすことで継続されていくような展開をもつだろう。しかし、外界に出ることに怖さをもつ理恵から切り出される別離のことばは、理恵の「コワ」さがそうした意味での「庇護」では解決がつくものではないこと、理恵と久志との齟齬をもあぶり出してゆく。その夏の別離は必然のものとして記されていく。

「好きなうちに別れたい」と言い、「だって、あたしたち、あんなにカッコ良かったんだもん」（「一九八九年・夏」）と過去形で言う理恵は、二年間を「カッコ良かった」時間として無菌状態で封印していこうとする。

この小説は、そうした、封印したままで外気を怖れるスタイルから出ない理恵の外界との断絶、そしてそれによる理恵と自らの断絶を抱えこみながら、しかしその理恵を知ったことで「切り替わ」ろうとする久志を描いたものといえる。その転機は、東京・神奈川を結ぶ自家用車の中の安心、東京・神奈川を結びつつ隔てる多摩川べりでの二人の断絶という転機で表現したものとさえいえる。

「葉桜の日」の十九歳のジョージ（本名賢佑《まさひろ》［ヒンヨウ］）は、「志賀さん」の養子として同居している。

志賀さんとジョージとが住んでいるマンションは、東急田園都市線のたまプラーザ駅の近くにある。そこいらは近年地価が急上昇して、変に知名度の高くなったところでもある。（二一一—二一二頁）

続く「美しが丘という嘘くさい名を持つこの町」という表現をまつまでもなく、ここにはすでに書き手によるニュートラルではないというより積極的に距離をとった価値判断が明記されている。『スタイリッシュ・キッズ』との差異もうかがえるところである。なお「志賀さん」は現住居のある地と同じ沿線、田園都市線の東京側の多摩川べり「二子玉川のデパートの中にあるクリスチャン・オジャールの店でわざわざ」従業員の結婚式参列用の衣服を作ったりもする。

小説は、その「都内で三つのレストランを経営している」志賀貴子（キュウジャ）が、白らの「出発点」であり世話になった「おじい」が今も拠点の一つを持つ「川崎南部の」「町を嫌う」その「徹底」ぶりを、「ジョージに本名を使わせないのにも似ていた」という比喩で表す。そうして、ジョージの出生とその町の関わりをほのめかしながら、志賀さんの店で働いていた明美の手紙で、出生や両親について不明でどことなく落ち着かないジョージが、ある程度の納得を得る、という筋をもってはいる。

ジョージ宛の明美の手紙には「川崎南部の」「南武線」が近い「町」について「あの町は在日朝鮮人が住みついて作った町」であり、「あたしも、志賀さんも、おじいもロクさんも」、「そうしてジョージ、あなたもあの町で生まれたのです」とあり、「志賀さん」がジョージ＝賢佑の母であることが記されていた。さらに「志賀さん自身が日本の国籍を持っていなかったから」ジョージ＝賢佑の出牛届を出さず養子とした、とも記されていた。

しかしこの小説は、ここで〈出生の秘密〉が明かされて謎解きで終わるとか、ジョージ＝賢佑が自分の「血」を確認して何らかの決意するといった方向で大団円に終わる、といったふうには進まない。そういう言い方をすれば、そもそもジョージ＝賢佑がこの手紙の内容を貴子に告げたとき、貴子は否定はしないが、明美の手紙が「真実」かどうかも不明である。つまりこの小説は、「真実」かどうか、を問題としているのではなく、そのような過去、忘れえない過去を背負った場所、それを忘れさせてくれるような新しい住宅街、そうした解決のつかないすべてのなかで、ジョージ＝賢佑が「志賀さん」と、このままやっていこう、と話しかけ、そこに立ち止まろうとしているということを記しているのである。

『スタイシッシュ・キッズ』とはずいぶん趣が違うようにもみえる。しかしジョージ＝賢佑は志賀さんが「怖」さを抱いて生きてきているのだということを、見出し、確認し、過去の地を避けて生きることも「それでいいじゃない」と共有しようとしていく。

「怖かったんだよね、俺のこと真実《ほんとう》に息子だって思ったり、真実《ほんとう》に賢佑《ヒンヨウ》だって思ったりするの……」

「……」

志賀さんの目は、何か訴えるようにジョージを見つめた。何も言わないでくれと言いたいのかもしれなかった。けれどジョージは止《や》めてはいけないと思った。止めたくなかった。

「怖かったんだよね、真実《ほんとう》に貴子《キョウジャ》だって思ったりするの」

「……」

「怖いこと、志賀さん、いっぱいあるよ。怖いことばっかだよ。でもそれでいいじゃない……」

「……」

「嘘ついたって、いいじゃない……」（二〇一頁）

「志賀さん」のことばは記されないから、ジョージが思っているような共感が成立しうるかどうかはわからない。しかしここには神奈川のふたつの土地の一方を忌避し、一方に「これから」をのみ託そうとする実の母の内心の「怖さ」を慮りながら、そうした土地の断絶したい記憶も「嘘」もかかえながら、そのまま生きることを肯定する姿勢が示されている。

『スタイリッシュ・キッズ』では、「これから」に怯え、東京・神奈川を横断しながらも無菌状態の記憶を封印するスタイルを守ろうとする理恵と、「切り替わ」るべきだと思い直していく久志が、二人の住居の境界である多摩川べりを印象的な場面として記されていった。小説は久志が、理恵の、車の中と点としての東京、横浜の個別の場所以外の外界との断絶を守りそこから出ることを怖れる姿勢を慮り、理恵の外界への「コワ」さをかかえつつも、自らは切り替わろうとする姿をそのまま残して終幕する。「葉桜の日」は、過去の神奈川の土地を封じ込め、「東京」の店と神奈川の新しい住宅街に「これから」を託す志賀さんの、忘れたいがゆえに忘れえぬ断絶願望を、彼女とともにかかえようとするジョージ＝賢佑が描かれている。対照的に描かれる土地が存在することによってこそ、人物たちの逡巡や、矛盾をそのまま解決せずにかかえこんで生きる姿勢が描かれえたというべきであろう。ゆえに鷺沢にとっては、対照的に描かれた土地の双方ともが必要だったといわざるをえない。土地、過去、その記憶と怖れ——この意味で、いっけん対照的な二つの小説は問題を共有しているのである。

4　東京・神奈川からの出発——錯綜と断絶とをかかえて

以上、柳美里、鷺沢萠の小説について、そのデビューにおいて、そしてそれ以後、まず何をどのように書き、書きつづけていったかを考えた。双方ともやがて「朝鮮半島」それ自体と向き合ってもいくのだが、柳も鷺沢も、東京南部や、横浜、川崎など神奈川の土地とそこに具体的に生きる人物たちを、その土地の二重性を織りなす「光」と「闇」との区分不可能な混沌、錯綜（柳美里）や、一方を忘却し他方のみを記憶するという強い断絶願望ゆえの強固な記憶（鷺沢萠）をかかえこむ作品を書きこんでいった。それらは、東京・神奈川の土地を人物の骨がらみのものとして書いた作品群であり、その説得力によって、柳美里や鷺沢萠の大きな足跡だといえるのである。

注

（1）金壎我『在日朝鮮人女性文学論』作品社、二〇〇四年八月。
（2）永江朗「京浜工業地帯文学」『文藝』二〇〇四年八月。
（3）第一一三回芥川賞候補。単行本は第二四回泉鏡花文学賞、第一八回野間文芸新人賞受賞。引用は、「フルハウス」、『フルハウス』所収、文藝春秋社、一九九六年六月。以下、本文中の頁数は、引用に使用した単行本の頁数を示す。
（4）第一一六回芥川賞受賞。引用は、「家族シネマ」、『家族シネマ』所収、講談社、一九九七年一月。
（5）引用は、改訂版『石に泳ぐ魚』新潮社、二〇〇二年一〇月、二五頁。なお、初出にも同一の文章が存在する。
（6）第三回木山捷平文学賞受賞。引用は、『ゴールドラッシュ』新潮社、一九九八年一一月。
（7）柳美里・後藤繁雄「その世界に入っていって見えるものを書く」、後藤繁雄『彼女たちは小説を書く』、メタローグ、二〇〇一年三月所収。なお、柳は後藤の「柳さんの黄金町は、リアルな黄金町じゃなくて、記憶の黄金町、フィクションとして設定してるでしょう。」という問いに「そうですね。」と応じ、「私が最後にあそこを見たのは14歳ぐらい」と述べて、「記憶」から自らの小説空間を紡いだことを強調している。
（8）「石に泳ぐ魚」でも「渋谷のカフェ・ラ・ミル」で里花と待ち合わせ、「公園通り」を肩を並べて歩く「私」がすでに描かれていたが、東由多加の死と息子の誕生に取材した『命』四部作では主要な舞台となっていた。また『山手線内回り』（初出『新潮』二〇〇三年九月号、河出書房新社、二〇〇七年八月）では、山手線の車内放送が次の停車駅「渋谷」を告げると、決して故郷といえるような安堵はないのにもかかわらず、骨がらみの場所だと思わざるをえない「私」が登場している。「渋谷だ、シ、ブ、ヤ……十六歳から三十二歳までの十六年間を過ごした街……この街だったら、すべての街頭とネオンが消えても帰ることができる……ルッー……帰る……どこに……?」

(9) 川村二郎「解説」、柳美里『ゴールドラッシュ』新潮文庫、二〇〇一年五月所収。

(10) 引用は、『8月の果て』新潮社、二〇〇四年八月。

(11) 小柳しおり「鷺沢萠　年譜」、武蔵野大学文学部日本語・日本文学研究室編『現代女性作家読本　別巻1　鷺沢萠』鼎書房、二〇〇四年六月所収。

(12) 引用は、『スタイリッシュ・キッズ』河出書房新社、一九九〇年六月。

(13) 第一〇四回芥川賞候補。引用は、「葉桜の日」、『葉桜の日』所収、新潮社、一九九〇年一一月。

(14) 泉麻人「解説」(鷺沢萠『スタイリッシュ・キッズ』河出文庫、一九九三年一一月所収)は「おそらく八雲五丁目か東が丘二丁目(いずれも目黒区)の、駒沢公園に隣接する一角」と推定している。

(15) 「横浜市緑区美しが丘からあざみ野、荏田にかけての地域という線が浮上する」(泉「解説」前掲書)。なお「葉桜の日」ではその舞台であると明記されている「美しが丘」を含めたこの地域は、次いで開発された、柳美里「フルハウス」の舞台「港北ニュータウン」の近傍でもある。

(16) なお、二人は鉄路で辿ることをしないが、この丸子橋は東急東横線のごく近く、東京と神奈川を隔てる多摩川の両端を結ぶ中原街道の橋である。

(17) 杉野勇・米村千代「専業主婦層の形成と変容」、原純輔編『日本の階層システム1　近代化と社会階層』東京大学出版会、二〇〇〇年六月。

附記:引用に際しルビは適宜省略した。

「冬のソナタ」ブームの背景
――《最初の夫の死ぬ物語》外伝

平野芳信

いまさら説明するまでもないことだろうが、ユン・ソクホ監督の韓国テレビ番組『冬のソナタ』が日本のNHK衛生放送で、最初に放映されたのは二〇〇三年のことであり、反響が大きかったので同年末に再放送された。さらには要望に答える形で、NHK地上波でも二〇〇四年四月から八月にかけて放送され、その後一大ブームになったことは記憶に新しい。それを契機として韓流ブームと呼ばれるようになり、日本と韓国の新しい関係を構築するムーブメントになった。

一九九〇年代後半、金大中大統領が日本映画の解禁を宣言した直後に生じたのは、日本映画の韓国への雪崩込みではなく、その逆の現象、すなわち韓国映画の世界的なブレイクであった。(1)

と記したのは、四方田犬彦氏であったが、当初予想された「日本映画の韓国への雪崩込み」現象は十分に根拠のあることだった。なぜなら韓国において、一九九八年の日本文化解禁が決定される三年前の一九九五年には、岩井俊二監督の日本映画『Love Letter』が大ブレイクし、一大ブームとなった結果、作品の舞台となった小樽が韓国人の新婚旅行のメッカとなるような出来事が起こっていたからである。さらにそれに先立つ数年前から韓国では、村上春樹ブームの嵐が吹き荒れ、「ハルキ世代」と呼ばれる人々が出現し、春樹作品剽窃事件まで発生していたのである。

しかるに、いざ蓋を開けてみると結果はまったく逆であり、日本だけではなく香港・台湾・中国さらには東アジア全域において韓国映画ブームがにわかにわき上がったのである。ここにはいったいどのような事情があるのか。それを解明し、その一端を明らかにすることが本稿のめざすところである。

1

その要はないかもしれないが、一応、『冬のソナタ』がどのような物語なのか、その梗概を記しておこう。

一九九二年韓国江原道春川（チュンチョン）にある高校に通う二年生ユジンとサンヒョクは幼なじみであった。常習犯ユジンがまたしても遅刻したある日、一人の風変わりな転校生の少年チュンサンがアメリカからやってくる。チュンサンの母は高名なピアニスト、カン・ミヒであったが、父親がおらず、その父を捜すためにわざわざやって来たのであった。

一七年前、ミヒには二人の男友達がいた。一人はチヌで、後に数学者となって別の女性と結婚し、サンヒョクという息子をもうけた。もう一人のヒョンスはミヒと深い仲だったが、彼もまた別の女性と結婚してしまい、若くして死んでしまった。彼の妻は遺児ユジンを立派な娘に育て上げていた。

チュンサンは数学とピアノに特異な才能を示し、チヌの大学の講義に潜り込み、偶然にその天賦の才をチヌによって見出される。チュンサンとチヌが研究室で親しげに話をしているのを目撃した息子のサンヒョクは、ユジンが密かに境遇が似ているチュンサンに惹かれはじめていることもあって、彼の行動を訝しく思う。

ユジンとチュンサンはますます惹かれ合い、クリスマスの出来事を境に恋に落ちる。しかし二人の幸せな日々は長くは続かなかった。デートの約束をしていた大晦日、約束の場所に急ぐチュンサンが交通事故に遭ってしまったからである。待ちぼうけのユジンは翌日、彼の死を知らされた。

それから一〇年後の二〇〇二年、ユジンはソウルの設計事務所で働いていた。ラジオ局に勤めるサンヒョクとの婚約をひかえていたが、その婚約式当日に死んだはずのチュンサンに酷似した人物を目撃し、彼を追って、式を台無しにするが、ついにその人物を捜し当てることができなかった。

ユジンはチュンサンの面影を忘れようと懸命に働きはじめるが、そんな彼女の前に幼なじみでフランス留学から帰国したチェリンとその恋人ミニョンが姿を現す。驚いたことに彼はチュンサンと瓜二つだった。しかも彼はユジンの勤める事務所の取引先に赴任してきたばかりの理事でもあった。

ユジンとミニョンは一緒に仕事を始めるが、かつて思いを寄せていたチュンサンをユジンに奪われていたチェリンは、二人の仲を嫉妬し、引き裂こうと画策する。それが功を奏して、二人の間は冷え切る。

が、ユジンの親友ジンスクからチュンサンのことを聞かされたミニョンはユジンへの誤解を解く。その翌日、自分を庇って怪我をしたユジンのチュンサンへの消えぬ思いに気がつき、ミニョンはユジンを愛しはじめる。

仕事で、あるスキー場を訪れたユジンとミニョンは吹雪で一晩閉じこめられる。その時、ミニョンはユジンに想いを打ち明けるが、ユジンを混乱させるだけであった。翌日、下山したミニョンはチュンサンのことを調査し、春川で彼が住んでいた家を見つけるが、そこで母ミヒに遇い、真相を知ることになる。実はミニョンこそがチュンサンその人であり、一〇年前の交通事故で瀕死の傷を負い、記憶を喪失してしまったのだった。そしてミヒはそんな息子に、精神科医に依頼してミニョンの記憶を移植したのだった。

この事実を前に、チュンサン（ミニョン）とユジンは再会を喜び、結婚を約束する。ところがその直後、二人が異母兄弟である可能性が発覚し、それを理由に双方の母親がこの結婚に反対する。悪いことにチュンサンは交通事故の後遺症で失明の危機が迫っていた。結局、サンヒョクの父チヌがチュンサンの父でもあることが判明するが、チュンサンは治療のためにアメリカへ、ユジンは建築を学ぶためにフランスへと別々に出発する。

その三年後、建築家となったユジンは帰国し、以前に自分が空想した「不可能な家」がある海辺に建てられていることを知り、訪れる。そこにはほとんど視力を失ったチュンサンが住んでおり、再び邂逅する。

この甘く切ないラヴ・ストリーが本国では、そこそこのヒット作であったのに対して、日本で爆発的な人気を博したのは一体どうしてなのであろうか(2)。

その理由を説明するべく多くの『冬のソナタ』論が発表されたが、残念ながらそのどれもが筆者を納得させるものではなかった。が、最近筆者の目に止まった『冬のソナタ』論に、内田樹氏の『村上春樹にご用心』（二〇〇七年）に収められた二篇のエッセイがある。そのうちの一篇「『冬のソナタ』と村上春樹」の中で、内田氏は、

> タケノコご飯を食べているうちに、不意に「『冬ソナ』を見て泣く人間」と、村上春樹ファンはけっこう「かぶる」のではないかという天啓がひらめく。
>
> あながち無根拠な妄想とも言えない。
>
> というのは、先に書いたとおり、村上春樹ワールドは「『父』のいない世界で、『子ども』たちはどうやって生きるのか？」という問いをめぐる物語であり、『冬ソナ』の作劇術もやはり「父を持たない息子」と「父を持たない娘」が、「父の不在」と「父の顕現」が織りなす無数の出来事に翻弄される姿を描くところにあったからである。

と指摘し、さらに「『冬ソナ』と『羊をめぐる冒険』の説話論的構造」ではそのタイトルに示されているように、『冬のソナタ』と『羊をめぐる冒険』が、いわば「死者をいかにして死なせるか」という同一の説話論的構造を有していると力説している(3)。

ここで筆者が興味を惹かれたのは、『冬のソナタ』と村上春樹の作品の間に同じ説話論的構造がある

ことが指摘されていたからである。すでにご存じの方があるとは思うが、筆者は二〇〇一年に『村上春樹と《最初の夫の死ぬ物語》』を上梓した。この中で村上春樹という作家が、いかに同時代の作家や漫画家あるいは映画監督といった表現者と同じ嗅覚をもって、自身の作品を創造していたかということを論証した。

より具体的にいうと大塚英志氏は高橋留美子の『めぞん一刻』、あだち充の『タッチ』、紡木たくの『ホット・ロード』という一九八〇年代の日本の漫画界とその作家自身の代表作である三つの作品の間に共通する構造論的特徴を見出し、「通過儀礼コミック群」と命名し、その根底に「猿聟入」という昔話が存在することを指摘した。筆者は『タッチ』において、それまで主人公の一人であると思われていた上杉和也が夏の高校野球地方予選の決勝戦に向かうまさにその途中に、交通事故によってあっけなく命を落とすエピソードが発表されたのが一九八三年一月であり、まったく同じ月に村上春樹の「螢」が発表されている点に着目した。そして後に、「螢」を第一・二章にほぼそっくりそのまま取りこんだ『ノルウェイの森』ではキズキと呼ばれることになる少年の死が描かれており、「螢」という短篇を媒介として長篇『ノルウェイの森』と「通過儀礼コミック群」の間にも共通の物語構造があるという仮説を提示し、それを《最初の夫の死ぬ物語》と呼んだ。この《最初の夫の死ぬ物語》はさらに驚くべきことに、一九九〇年代に入っても別のジャンルの複数の作品に見つけだすことができた。その一つが岩井俊二の『Love Letter』であった。

2

不思議なことに『Love Letter』も、日本では一部カルト的で熱狂的に受け入れられたものの全国的な一大ブームといえるような広がりをもつにはいたらなかった。にもかかわらず、隣国では大ブレイクしたのである(5)。

いささか長くなるが、論の展開上どうしても必要と思われるので、『Love Letter』の荒筋も示しておく。

神戸に住む渡辺博子は二年前、山の遭難で恋人藤井樹《いつき》に死なれていた。三回忌の三月三日、彼女は法要の後、樹の母安代に乞われて雛人形の飾りつけを手伝った。その際、偶然、樹がかつて住んでいた小樽の中学の卒業アルバムを見つけ、ふとした悪戯心から彼の住所をひかえて帰り、そこに手紙を送る。安代の話では一家が小樽を去った後、彼らが住んでいた場所は国道が通ったということであり、その手紙は決して届くはずもなかった。

ところがくるはずのない返事が博子に届いた。しかも藤井樹から。混乱した博子は、この出来事を友人の秋葉に告げ、相談する。秋葉はガラス工芸作家で、博子と樹が出会うきっかけをつくった人物であり、博子を愛していた。樹との絆を捨てきれない博子は、返事を書き送る。それに対してまたしても返信が届く。何度目かの手紙の往還の後、博子は、作家仲間の展覧会に招待された秋葉に誘われ、小樽を訪れる。二人は博子が手紙を送った住所に建つ洋館を訪れるが、そこにいたのは一人の老人だけだった。

この直後、秋葉は同級生の中に藤井樹がもう一人いる可能性に気づく。はたして、返信の主、藤井樹は市立図書館で司書をする女性であり、博子のフィアンセであった藤井樹と同姓同名で、卒業まぎわに男の藤井樹が転居してしまったために、彼女の住所だけがアルバムに残されていたことがわかる。

事情の分かった博子と樹の間で手紙がやりとりされる中で、二人の藤井樹は三年間クラスをともにし、一緒に図書委員をやっていたことが明らかになってくる。しかも博子は男の樹が半ば一方的に女の樹に恋し、その思いを告げる前に転居してしまったのではないかということに気づいてしまう。なぜなら、博子と樹がはじめて出会った日、一目惚れという言葉を口にし、いきなり交際を申し込んだからであり、それは博子と樹が姉妹（双子）といっていいほど似た容貌をもっていたからであった。

ある日、樹は博子に母校の写真を撮影することを依頼され、校門をくぐり、かつての恩師に再会する。恩師から現図書委員の間で流行している、藤井樹ゲームについて教えられる。そのゲームとは男の樹が中学三年の時、誰も借りないような本ばかりを借り、その図書カードに自分の名前を書く悪戯をしていたのを、まるで愛の伝説か何かのように現在の委員たちが思いなして、藤井樹と書かれたカードを競争で探し出すというものだった。

博子と秋葉は樹が遭難した山を訪れていた。博子は樹への思いをふっきるため、秋葉は博子との交際を樹の霊（?）に告げるために。ちょうどその頃、小樽の藤井樹は風邪をこじらせ、肺炎をおこし、生死の境をさまよっていた。

女の樹は中学三年の冬、父親を喪っていた。風邪をこじらせて肺炎を併発して手当てが遅れたのである。正月早々、葬式に続き、母親が過労で寝込んだりして学校どころではなかった。そんなある日、男の樹が図書館から借りた『失われた時を求めて』を返してくれるように頼みに来た。自分で返すようにと彼女がいうと事情があってそれができないと彼はいった。その真相が分かったのは一週間後であった。久しぶりに登校した彼女は彼の机の上に花の活けられた花瓶が置かれているのを見、心臓が止まるほど驚く。彼が突然、転校したことに対する男子生徒の悪戯だったのだが、彼女は花瓶をたたき割ってしまう。しかし彼との約束は守り、託された本は図書館に戻した。

ようやく病の癒えた藤井樹のもとに、中学の後輩図書委員たちがやって来た。応対に出た樹に一冊の本が差し出された。マルセル・プルーストの『失われた時を求めて』だった。生徒たちにいわれるまま、中の図書カードを取り出し、裏を見て、樹は言葉を失った。そこには中学時代の自分の似顔絵が書いてあったからであった。

なぜ『Love Letter』のストーリーを紙幅を費やして記したかは、説明するまでもないだろう。初恋、恋人の死、瓜二つの人間、三角関係等々の共通点をいちいち数えあげるまでもなく、『冬のソナタ』と『Love Letter』は基本的に同じ話なのである。この場合、同じ話とはどういうことかというと私が以前から提唱している「構造（話型）」[6]が同じということである。私見では「構造（話型）」とは言語における「文法」と同じようなものであると考えている。普段我々は意識してはいないが、すべての言語にはその根底に「文法」があるように、すべての文学作品にはその基盤に「構造（話型）」があると信じている。

小説や映画、あるいはテレビドラマなどを観たり、読んだりした際、時折そのお話をどこかで見たり、聞いたりしたことがあると感じた経験がある人は、意外に多いのではないだろうか。それは二つないしはそれ以上の物語の間で「構造〈話型〉」が共有されているためなのである。

たとえば筆者はこの視点から、村上春樹の『ノルウェイの森』と夏目漱石の『こころ』の間にも共通の「構造」があることを指摘し、約一世紀隔たった二人の天才が同じ物語類型を選択するにいたったその理由を時代状況の酷似に求めた。(7)

この論法でいえば、『ノルウェイの森』と『こころ』が時間的に隔てられてはいても、同じ社会状況を有していたために、異なる個性ではあったが鋭敏な嗅覚をもつ二人の芸術家によって同じ構造〈話型〉が選びとられていたように、類似した状況下にあったために『Love Letter』は韓国で熱狂的に受け入れられ、それが『冬のソナタ』へと継承されたのである。

3

実は韓国において《最初の夫の死ぬ物語》という「構造〈話型〉」が受容されていく過程において忘れてはならない重要な作品がある。それは二〇〇二年に韓国で制作され大ヒットした映画『猟奇的な彼女』である。

知人に薦められてこの映画を見はじめて、ものの数分で筆者は開いた口が塞がらなかった。ここにもまた《最初の夫の死ぬ物語》が発見されたからである。この物語はキョヌという男性が地下鉄で泥酔状態だった彼女を成り行きで介抱し、それを契機にして付き合いはじめることになるわけだが、彼女は美しい容姿とは裏腹に暴力的で、キョヌはそんな彼女に翻弄されながらも、惹かれていくという展開を示す。興味深いのはその後の展開で、彼女には恋人に死なれるという悲しい過去があるという点で、しかもその恋人は偶然にもキョヌの従兄弟であったという落ちまでつくのである。

この作品でキョヌと泥酔した彼女が出会う冒頭のシーンは、私見では村上春樹の文壇デビュー作『風の歌を聴け』(一九七九年)「断章9」における次の場面を連想させるように思える。


「〔……〕あの店の洗面所は大抵排水口がつまって水がたまってるからね。あまり中に入りたくない。でも昨夜《ゆうべ》は珍しく水がたまってなかった。そのかわり床に君が転がってた」

「それで?」

「君を抱き起こして洗面所から連れ出し、店じゅうの客に君のことを知らないかって訊ねてまわった。でも誰も知らなかった。それからジェイと二人で傷の手当てをした」

「傷?」

「転んだ時にどこかの角で頭を打ったのさ。でもたいした傷じゃなかった」

彼女は肯いてタオルの中から手を出し、指先で額の傷口を軽く押えた。

「それでジェイと相談した。どうすりゃいいだろうってさ。結局僕が家まで車で送ることになった。

〔……〕」(8)


『猟奇的な彼女』で、出会いの後キョヌが名も知らぬ彼女をホテルまで連れて行き介抱するシークエンス全体が、『風の歌を聴け』において僕が酔いつぶれたその女の子(左手の小指のないあの女の子である）を部屋まで送っていき、翌朝目覚めるという展開を、半ばあからさまなまでに引用しているのではないかと思うのは、私だけではあるまい。

もう一本言及しておかねばならない映画がある。『猟奇的な彼女』の主演女優チョン・ジヒョンが二〇〇〇年に出演した『イルマーレ』である。物語は一九九七年、とある海辺にある美しい軒家に引っ越してきたばかりの青年ソンヒョンが、郵便受けに一通の郵便物が入っていることに気づくことからはじまる。それは不思議にも二年後の一九九九年の未来に生きるウンジュという女性からの時空を越えた手紙であった。ここまで読むだけでも、この映画が『Love Letter』の強い影響下にあることに気がつくだろう。さらに二年という時を隔てて二人が文通を始め、心を通わせた結果、物語の最後で逢おうとした際、ソンヒョンが交通事故に遭う場面にまでいたると、この作品もまた《最初の犬の死ぬ物語》のヴァリアントであることに思い当たらざるをえないだろう。

おそらく事情は次のようなものではないだろうか。まず韓国において一九九〇年代に入って春樹ブームが到来し、それに続いて一九九五年には『Love Letter』ブームも巻き起こった。それを受けて二〇〇〇年に『イルマーレ』が制作され、翌二〇〇一年には『猟奇的な彼女』が創られた。その翌年の二〇〇二年になって『冬のソナタ』が韓国で放送された。それが日本で放送された二〇〇二年になって韓流ブームとなったというわけである。(9)

4

今少し視野を広げて《最初の夫の死ぬ物語》という話型を考えてみたいと思う。というのは二〇〇六年に『イルマーレ』がアメリカでキアヌ・リーブスとサンドラ・ブロック主演でリメイクされたからである。さらに同じ年に制作された『ルイーズに訪れた恋は』もまた《最初の夫の死ぬ物語》であったが、それらは東アジアだけではなくアメリカの地においてさえも同じような物語類型が共有されつつあることを意味しているのではないだろうか。これは確かにアメリカやヨーロッパだけではなく、東アジアの地域全体にいわば大衆消費社会が出現し、地域の枠を越えて、ある種の脱領域的な物語文化圏が出現していることの証拠であるだろう。[10] しかしそういってしまうだけでは、本当の問題は何も解明されないのではなかろうか。

なぜならここでは、《最初の夫の死ぬ物語》にある種の変質が認められるからである。『冬のソナタ』が日本で最初に公開され、次第に人気を博しつつあったほぼ同時期に『世界の中心で、愛をさけぶ』ブーム、いわゆる「セカチューブーム」というものがあったことを記憶にとどめている方は多いであろう。もともとは二〇〇一年四月に小学館から刊行された片山恭一の『世界の中心で、愛をさけぶ』は、口コミで評判となり、二〇〇二年あたりから売り上げが伸び始め、二〇〇三年末には一〇〇万部を越え、二〇〇四年五月にはそれまでの記録であった村上春樹の『ノルウェイの森』上巻の記録であった二五一万部を抜いて、日本国内での小説発行部数の新記録を達成した。同二〇〇四年には映画化、テレビドラマ化、ラジオドラマ化、舞台化と幅を広げ、大きなブームとなった。

紙数に余裕がないので、詳述は避けるが、構造（話型）論的な観点でいうなら、この物語は『ノルウェイの森』と同じ物語類型を有している。拙著『村上春樹と《最初の夫の死ぬ物語》』でも触れたが、《最初の夫の死ぬ物語》は本質的には短篇『螢』の構造（話型）であって、『ノルウェイの森』はあたかもそれを隠蔽するかのように《最初の妻が死ぬ物語》という物語類型が覆い被さっている。《最初の夫の死ぬ物語》が昔話「猿聟入」に原型をもつことは既述したが、それは実は「女性が自立するための生け贄として男性が死ぬ」話であった。にもかかわらず、夏目漱石の『こころ』にしろ、村上春樹の『ノルウェイの森』にしろ、半ば強引に男性原理中心の物語をコーティングして近代小説と変容させられた結果、《最初の妻が死ぬ物語》に見えるのである。

日本国内で《最初の夫の死ぬ物語》から《最初の妻が死ぬ物語》への明確な移行が生じたのは、私見では梶尾真治の小説『黄泉がえり』（初出『熊本日々新聞』土曜夕刊、一九九九年四月〜二〇〇〇年四月）であったと思われる。この物語は一見《最初の夫の死ぬ物語》に見えながら実は、いわば《最初の妻が死ぬ物語》だったという落ちがつくというもので、二つの物語類型の融合というか転換を示している。

きわめて興味深いことに韓国ではやや遅れて二〇〇一年に『ラスト・プレゼント』という、いわば韓国版《最初の妻が死ぬ物語》の嚆矢と考えられる映画が制作されている。続いて二〇〇四年に『私の頭の中の消しゴム』という、病妻ものとでもいうべき後続の作品も作られて、ともに日本でそのリメイク版が制作されている。さらに興味深いことに、日本製の《最初の妻が死ぬ物語》であった『世界の中心で、愛をさけぶ』が韓国で『僕の、世界の中心は、君だ。』とタイトルが変更されてリメイクされている。

もはや許された紙幅を越えてしまったので、《最初の夫の死ぬ物語》から《最初の妻が死ぬ物語》への転換の意味を考えることが、筆者の次の課題であることを明記して、稿を終えたいと思う。

補論

二〇〇八年九月にアメリカでサブプライム問題が起こって以降、世界的な金融恐慌とでもいうべき危機的状況に立ち入ったことは周知のことであろう。紙幅の関係で本論では言及できなかったが、筆者は《最初の夫の死ぬ物語》をベースとして生み出された作品が、ベストセラーやヒット作になり、さらに次々とヴァリアントとしての模倣作が再生産される背景に、経済問題とそれにともなう心理あるいは気分といったものがあるのではないかという仮説をもっている。

拙著『村上春樹と《最初の夫の死ぬ物語》』で詳述したが、《最初の夫の死ぬ物語》の根底には、昔話「猿聟入」と共通する「構造」が存在するが、この昔話において猿の夫は人間の妻に殺害される。その理由は説明されず、あたかも異類であるがゆえに殺されねばならなったかのようである。その後味の悪い異類の夫に対する敵意の中に、筆者はどこかかつてのヨーロッパ・アメリカの人々を「鬼畜米英」と呼んだ日本人の心理的状況に似たものを感じてしまうのである。夏目漱石の『こころ』が作者の生前よりもその死後、次第に発行部数を伸ばし、延々と読み継がれ日本近代文学の金字塔になっていったことは、今では半ば常識とされているだろう。『こころ』という作品を読者としての日本人が少しずつ、しかし確実に受け入れていった理由はいったい何であったのだろうか。

たとえば、日本において『ノルウェイの森』が発表されたのは一九八七年九月であるが、直後の一〇月にはブラック・マンデーという歴史的な経済事変が起こっている。また、韓国において日本映画『Love Letter』がヒットし、大ブームになったのは一九九九年のことだが、一九九七年から九八年にかけて東南アジア各国においては深刻な経済不安・通貨危機が到来し、韓国ではＩＭＦの介入による財閥解体等の措置が行われたことも記憶に生々しく残っているであろう。

アメリカにおいて、二〇〇六年制作のリメイク版『イルマーレ』とその構造的再生産である『ルイーズに訪れた恋は』については、本文で触れたとおりである。さらに二〇〇七年には『P．S．アイラヴユー』という映画が作られたが、この作品は二〇〇四年に発表された小説がベストセラーになったものを原作にしており、《最初の夫の死ぬ物語》のヴァリアント以外のなにものでもない。そして二〇〇八年夏には『猟奇的な彼女』のリメイク版もアメリカで創られ、その直後にサブプライム問題に端を発した経済的危機が到来したわけである。

もちろん、《最初の夫の死ぬ物語》の蔓延と経済問題の間には、何の関係もないのかもしれない。単なる偶然が積み重なっただけかもしれない。しかしながら、それでもなお気になるのは、漱石の『こころ』が発表された年に第一次世界大戦が勃発し、一時好景気に沸いた日本が、戦争の終結後、急激に経済的恐慌が始まり、最終的にどのような歴史を辿ったことを知っているからである。そんな我々が、今また『ノルウェイの森』の発表から数年後にいわゆるバブル経済の崩壊を経験し、その後の様々な経済的困窮状態の中で、《最初の夫の死ぬ物語》の再生産を日本だけではなく他の国々で創造される作品群の中にも確認しつつあるのだ。

それは筆者の単なる個人的な解釈やこじつけかもしれない。が、もし、それが事実であるとしたら、《最初の夫の死ぬ物語》を受け入れつつある人々の心の奥に、いったい何が潜んでいるのかということを解明する必要があるように思われる。

付記：本稿は二〇〇八年一〇月刊行を目指して、同年二月末の原稿締切りに応じて執筆した。が、諸般の事情で刊行が遅れ二〇〇九年に入ってしまったので、この段階でどうしても一言申し述べたく思い、編集部の許しを得て補論を添えさせていただくことになった。

注

（1）四方田犬彦「『ヨン様』とは何か　韓流覚書」『日本映画と戦後の神話』岩波書店、二〇〇七（平成一九）年一二月、二四八頁。

（2）ビョン・ヒジェの「ユン・ソクホ監督のドラマ世界と韓流スター」（『冬のソナタは終わらない。』廣済堂出版、二〇〇五［平成一七］年三月）によれば、同じユン・ソクホ監督が『冬のソナタ』の前に手がけた『秋の童話』の視聴率は『冬のソナタ』の約二倍、常時五〇パーセントを越えていたという（二三〇頁）。

（3）内田樹『村上春樹にご用心』アルテスパブリッシング、二〇〇七（平成一九）年一〇月参照。

（4）平野芳信『村上春樹と《最初の夫の死ぬ物語》』翰林書房、二〇〇一（平成一三）年四月参照。

（5）ちなみに『Love Letter』は、日本で公開された一九九五年度のキネマ旬報ベストテン第三位、同・読者選出第一位だった（http://ja.wikipedia.org/wiki/Love_Letter）。

（6）議論を単純化するために本稿では「構造」という用語に統一している。が、厳密には、より基層部分、より下位に存在しているのが「構造」であって、「話型」というやや表層あるいは上位に位置している「話型」も存在すると考えている。

ただし誤解されては困るが、「構造」と「話型」の関係において上と下という位置づけは、価値評価的なものではなく、あくまでも比喩的な表現であるということとその関係は絶対的でスタティックなものではないということである。

たとえば生物学で我々の体を構成している最も基本的な遺伝情報を司るDNAなるものは、その上位概念としてRNAをもっている。DNAの遺伝情報は通常、RNAに転写（コピー）されることで、生物の体を構成しているタンパク質に伝えられるが、RNAに一端移された情報が逆にもう一度DNAに転写（逆転写）されることもあるという。そのような逆転写酵素を有するウイルスがいわゆるレトロウイルスといわれるものであり、エイズ・ウイルスやインフルエンザ・ウイルスがその典型であるという。

筆者がまだ中学生だった頃はレトロウイルスの存在が知られておらず、DNAの遺伝情報はRNAに一方的に伝えられるだけでその逆はないと教えられた記憶がある。その後エイズ・ウイルスの存在が確認されて、DNAとRNAの関係が不可逆的ではなく可逆的であるという報告がなされて、筆者はそこに文学作品等における「構造」と「話型」の存在を確信したような気がする。

おそらくはこれまで人類が生みだしてきた物語を構造レベルにおいて分類したとしたら、ごく少数のパターンにまで還元できるのではないかと思われる。その上位概念であるところの「話型」にしてもそれほど多くのパターンがあるわけではなかろう。たとえば「ロミオとジュリエット型の恋愛譚」とか「ハムレット型の復讐劇」とか、その「話型」をより広く、より的確に象徴しうる代表傑作の名を冠した幾つかの説話類型があるだけではないだろうか。

(7)「最初の夫の死ぬ物語──『ノルウェイの森』から『こゝろ』に架ける橋」『漱石研究』第九号、一九九七（平成九）年一一月、翰林書房、平野前掲書所収。

（8）村上春樹『風の歌を聴け』『村上春樹全作品1979～1989』第一巻、講談社、一九九〇（平成二）年五月、二九一―三〇頁。

（9）『イルマーレ』のＤＶＤが日本国内で発売された際に、この映画が劇場公開時に配布されたプログラムの復刻版が付録として添付され、その中の「Production Notes」には、『イルマーレ』が公開された二〇〇〇年九月の少し前の五月に、同じく韓国で発表された『リメンバー・ミー』が「時を超える愛」というテーマの偶然の類似ゆえに話題になった事実を伝えている。さらにシナリオは『イルマーレ』の方が『リメンバー・ミー』よりも約一年前に完成し、監督の凝り性のために完成が遅れたことが記されている。明らかに「時を超える愛」というテーマが、数年前の『Love Letter』ブームに端を発していた証左になっていると思われる。

（10）四方田前掲書、二四二頁。

「韓流」高句麗ドラマに甦る「大朝鮮主義史観」
——ドラマ『太王四神記』を中心に

佐々充昭

1　中国の「東北工程」と韓国の高句麗ドラマ

最近、韓国で高句麗をテーマにしたテレビドラマが流行っている。二〇〇六年には、『朱蒙《チュモン》』（ＭＢＣ制作：朱蒙は高句麗の始祖である東明聖王）、『淵蓋蘇文《ヨンゲソムン》』（ＳＢＳ制作：淵蓋蘇文は高句麗末期に唐太宗との対決で活躍した将軍）、『大祚栄《テジョヨン》』（ＫＢＳ制作：大祚栄は高句麗の流れをうけて渤海を建国した初代王）など、韓国の各テレビ局は競い合うようにして高句麗ドラマを放映した。なかでも『朱蒙』は、最高視聴率五〇％以上を記録し、『宮廷女官―チャングムの誓い』に並ぶ大ヒット時代劇となった。この朱蒙人気にあやかり、朱蒙の孫で朝鮮史上唯一「神」の称号を与えられたとされる高句麗第三代王無恤の生涯を描いた『風の国』（二〇〇八年：ＫＢＳ制作）なども放映されている。

また、二〇〇七年にはＭＢＣ放送局でペ・ヨンジュン主演のドラマ『太王四神記』が放映され、視聴率三〇％を超える人気を博した。このドラマは、高句麗史上で最大の栄華を誇り、最も知略に富んだとされる第一九代広開土王（＝タムドク）を主人公にしたものであり、神話時代の前生と高句麗時代の今生との因縁を基軸に、主人公タムドクが四神（玄武・朱雀・白虎・青龍）と神器を探し求めながら真の王に成長していくという筋書きである。このドラマはヨン様主演ということもあって、日本でも二〇〇八年にNHKの総合テレビや衛星放送を通じて放映され大きな話題を呼んだ。

このように韓国で高句麗関連のドラマが多数制作されているのは、昨今、韓国放送界を席捲している時代劇ブームだけによるものではない。その背景には、現在、中国と韓国との間で展開されている激しい歴史認識論争の存在があると考えられる。中国では、二〇〇二年二月から二〇〇七年一月までの五年間にわたって、社会科学院の中国辺疆史地研究センターを中心に「東北辺疆歴史与現状系列研究工程」（以下、「東北工程」とする）という大規模な研究プロジェクトが推進された(1)。このプロジェクトは、主に中国東北地方の歴史に関する学術研究を目的とするものであったが、その内容は、中国政府が掲げる「統一的多民族国家論」の立場から、東北地方で勃興したすべての部族・民族の歴史を中国内の一地方政権の歴史として強制的に中国史に編入しようとするものであった。その一例として、高句麗の歴史帰属問題があげられる。従来、高句麗に対する中国側の見解は、「一史両用論」の立場から、平壌遷都（AD四二七年）以前は中国史であり、それ以後の歴史は朝鮮史と見なすものであった。実際、中国で刊行された過去の各種歴史地図を見ても、高句麗は明らかに中国の国境線の外に描かれていた。これに対して、「東北工程」では、高句麗を「中国辺境少数民族の地方政権」に縮小し、高句麗の歴史は朝鮮史ではなく、すべて中国史に属するものとされた。

この「東北工程」に対して、韓国側では、中国による国策的な歴史歪曲行為であるとして、全国民を挙げての一大反対運動が巻き起こった。(2) 二〇〇三年夏頃から各種マスコミでこの問題が取り沙汰されはじめたのをきっかけに、二〇〇三年一〇月に『KBS日曜スペシャル』で「韓中歴史戦争――高句麗は中国史か?」という番組が放映され、韓国の国民感情に火が付いた。この番組が放映された直後から、韓国では「東北工程」に対する反対運動が大々的に展開されたが、この問題に最も敏感に反応したのが歴史学者たちであった。韓国の歴史学界を中心に「中国の高句麗史歪曲対策委員会」が開催され、「東北工程」を「中華人民共和国による歴史侵奪」行為であるとして激しく非難する一方で、これに対する挙国的な対応策を講じる必要性が訴えられた。こうして、二〇〇四年に公的研究機関として「高句麗研究財団」が設立され(現在は、「東北亜歴史財団」に統合)、「東北工程」に対抗するための専門的な学術研究プロジェクトが開始された。また、一般の民間人のあいだでも、「高句麗の歴史を守る汎市民連帯」「我が国の歴史を正す市民連帯」などの各種市民団体が結成され、一〇〇万人の反対署名が中国大使館に伝達されたりした。

韓国のテレビ局が、最近こぞって高句麗を主題とするドラマを制作しているのも、中国の「東北工程」に対抗する目的があったものと思われる。ちょうどアジア各国では「韓流」ブームが巻き起こり、韓国ドラマが大きな人気を呼んでいた。「韓流」は、もともと中国語圏(台湾・香港・中国)で火が付いたものであり、その後『冬のソナタ』の放映などをきっかけに日本へ波及したものである。韓国人の手で韓国人が主人公となる高句麗ドラマを制作することによって、韓国国民に愛国主義的な歴史意識を高揚させると同時に、それらを「韓流」コンテンツとして中国や日本に輸出することによって、高句麗はまぎれもない韓国の歴史であるということを国際的に宣伝しようとしたわけである。

このような中国への歴史対抗意識が内包されているためか、韓国で制作された高句麗ドラマには、朝鮮古代史の偉大性を誇張する国粋主義的な要素が数多く盛り込まれている。特に、最近の「韓流」高句麗ドラマには、東北アジアで活躍したすべての部族（かつて「東夷」と呼ばれた部族のすべて）を朝鮮民族から派生した同一系統の部族であるとして、東北アジア全域を自民族の領土と見なす、いわゆる「大朝鮮主義史観」[3]を下敷きにしたものが多い。例えば、高句麗ドラマの最大ヒット作である『朱蒙』においては、朱蒙の父であるヘモス（解慕漱）が古代東方世界の一大中心国であった古朝鮮の流民という設定になっており、父の果たせなかった古朝鮮再興の夢を息子の朱蒙が実現するというストーリーになっている。また、広開土王をモデルにした『太王四神記』は、最新のCG技術を駆使して作られた架空の歴史ファンタジードラマであるが、その筋書きは、主人公のタムドク（＝広開土王）が、高句麗の領土をはるかに超えた太古の一大理想王国である「チュシン国」を再建するという内容のものとなっている（これについては後に詳述する）。さらに、KBSの大河ドラマとして制作された『大祚栄』でも、主人公のデ・ジョヨン（大祚栄）が高句麗復興運動を通じて渤海国を建国する過程で、高句麗・百済・新羅・契丹・靺鞨・突厥など古代東北アジアで活動した全部族を漢民族に敵対する同志的部族と見なし、それら東北アジアの諸部族を結集して中国の唐に対抗しようとする姿勢を強調する場面が数多く出てくる。

このような朝鮮民族中心の国粋主義的な歴史観は、中国の『東北工程』に対抗するための文化戦略として盛り込まれたものであると考えられる[4]。しかしながら、その一方で、「大朝鮮主義史観」のモチーフ自体は、実のところ、日本植民地時代に創出された民族主義史観に由来するものでもある。以下では、

「韓流」高句麗ドラマの中に共通して見られる「大朝鮮主義史観」が、どのような歴史的経緯によって創出されたものなのか、詳しく考察してみたい。

2　韓末愛国啓蒙運動期における「満州」への関心と英雄史観の台頭

今を遡ること百年前の朝鮮でも、高句麗をはじめとする古代東北地方の歴史が非常に注目されていた。一九〇五年の第二次日韓協約により朝鮮が日本の保護国とされ、愛国啓蒙運動と呼ばれる実力養成運動が一九一〇年まで展開されていた時代である。この時期、各種の愛国団体が全国各地に組織され、新聞・雑誌・図書の出版による近代開化思想の啓蒙運動が大々的に行われた。その際、愛国啓蒙運動を通じて受容された近代思想の多くは、日本で刊行された出版物か、あるいは日本語文献を漢訳した梁啓超の書籍を情報源とするものであった。清末の変法思想家である梁啓超は戊戌政変の挫折後、日本に亡命し、当時日本で紹介されていた西洋近代思想を幅広く吸収しながら精力的な言論活動を行った。その多くが儒学者であった朝鮮の知識人たちは、日本語図書を翻訳した梁啓超の漢訳書籍を通じて近代開化思想を受容していったのである(5)。当時の朝鮮思想界では、日増しに深まる日本の帝国主義侵略に対抗するために、近代的な民族主義思想が高揚していった。しかし、それらの民族主義思想は、近代的に言説化された日本流のナショナリズム思想の枠組みを受容し、それらを朝鮮の歴史的・文化的な文脈の中で再構築していったものであった。

例えば、日本では一八八〇年代後半から、政教社の志賀重昂や三宅雪嶺らの雑誌『日本人』や陸羯南の新聞『日本』を中心に国粋主義運動が巻き起こった。「国粋」とは英語の「nationality」の訳語として案出されたものであり、日本の国粋とは「武士道の精神」としての「日本魂」であると主張された。これに影響を受けた梁啓超は、中国固有の民族魂として「中国魂」の存在を訴え、春秋戦国から漢初の時代に活躍した武勇たちの「尚武の風」を「中国魂」ととらえた。これに触発されて、韓国でも「朝鮮魂」の発揚が唱導されたが、その内実は、日本の「武士道・大和魂」と同様に、諸外国との戦争に勝利した武人たちの尚武精神の中に求められた(6)。

徳富蘇峰を中心とする民友社の言論活動も、朝鮮の愛国啓蒙運動に大きな影響を与えた。蘇峰は雑誌『国民之友』や『国民新聞』を発刊し、「平民主義」を訴えながら「国民＝ネイション」の形成をめざす運動を展開した。また、民友社では、西洋偉人伝の翻訳事業を精力的に行いながら「英雄史観」を唱導し、歴史的英雄の顕彰による国民統合を訴えていった。例えば、平田久は一八九二年に『伊太利建国三傑』を編纂して民友社から刊行した。本書は、マッチーニ・カヴール・ガリバルディーの三傑によるイタリア統一事業を日本の明治維新に比較することで、日本国民に英雄精神の鼓舞を訴えたものである。本書は日本の思想界で大きな反響を呼び、その後、吉田松陰をマッチーニに比肩したり、西郷隆盛・大久保利通・木戸孝允の明治三傑をイタリア三傑になぞらえたりする論説などが発表された。本書は梁啓超によって漢訳され、さらに、この漢訳本を韓訳したものが朝鮮でも出版されて大きな反響を呼んだ(7)。例えば、本書を翻訳した申采浩などは、英雄史観に心酔し、朝鮮の自主独立のためにはイタリア三傑のような英雄が必要であると訴え、朝鮮史の三傑として乙支文徳・崔瑩・李舜臣の伝記を著述した。こうして、韓末の朝鮮思想界においても、民友社流の英雄偉人伝ブームが巻き起こったのである。

このような英雄史観の高揚の中で、高句麗の歴史が特別に注目されるようになっていった。それは、当時の「満州」（以下では括弧を省略）をめぐる緊迫した政治情勢を反映したものであった。周知の通り、前近代における満州は、清朝の封禁策によって非満州族の移住が禁止されていた。しかし、朝鮮北部における連年の大災害や一八八五年の封禁令廃止により、一九世紀末には多数の朝鮮農民が満州地域に越境し定住していた。また、日清戦争後、帝国主義列強による植民地獲得競争が本格化する中で、満州は地政学的に最も重要な政治的空白地帯として国際的な注目を集めるようになった。最終的に、日露戦争の勝利によって日本が満州の権益を獲得すると、当時日本の保護国支配下にあった朝鮮人たちは、自国の完全植民地化への危機意識をつのらせながら、多数の同胞たちが住む満州地域の動勢に特別な関心を払うようになった。このような政治情勢の中で、朝鮮の歴史家たちは、特に満州地域で活躍した古朝鮮や高句麗の歴史的英雄たちに注目するようになっていったのである。

その際、満州地域で活躍した歴史的英雄たちの発掘と顕彰において、大きな役割を果たしたのが西北学会であった。この学会が創設された西北地方（黄海道・平安道・咸鏡道を含む今の北朝鮮地域）は、かつて古朝鮮や高句麗に属した地域であり、この地方の人々は檀君や高句麗に対する強い歴史的自負心を持っていた。また、この地方は大陸との境にあたり、古代から中国や北方民族との戦闘が絶えることなく、高句麗や高麗・朝鮮時代にかけてこの地方から英雄的な武将たちが数多く登場した。愛国団体として組織された西北学会では、この地方で活躍した武人たちの歴史的事跡を称揚する啓蒙運動を展開していったのである。その中心人物が、当時『皇城新聞』の主筆をつとめていた朴殷植であった。彼は特に、高句麗発展の原動力が尚武教育にあったとし、西北学会の学会誌を通じて、「韓国国民は高句麗の風気を崇拝・愛慕してこそ勁悍勇敢なる性質を養成することができる」[8]と訴えて、東明聖王・広開土王・故国川王・淵蓋蘇文・乙支文徳など、高句麗で活躍した英雄たちの偉業をさかんに讃美した。

その他、『大韓毎日申報』の主筆をつとめた申采浩も、檀君古朝鮮や高句麗の歴史を称揚する言論活動を大々的に展開した。特に申采浩の場合、単に歴史的英雄を讃美するだけにとどまらず、半島の北方勢力を中心とする新たな歴史観を提唱していった点が注目される。当時の朝鮮では、朝鮮王朝時代の小中華主義を継承して、「箕子―馬韓―新羅」という半島南部の韓・新羅中心の歴史観が正統とされていた。これに対して、申采浩は、一九〇八年『大韓毎日申報』紙上に「読史新論」という論説を連載して、朝鮮史の正統は「檀君―扶余―高句麗」にあると主張し、満州を舞台に活躍した扶余族を朝鮮史の主流とする新たな歴史観を提唱した[9]。これ以降、朝鮮の歴史家たちは、扶余族系統の国家として満州全域を領有し、朝鮮史上最大の軍事力を誇った高句麗に多大な関心を寄せるようになっていった。このように、百年前の朝鮮においても、一種の高句麗ブームが巻き起こっていたのである。

3 ドラマ『太王四神記』の中に描かれた「大朝鮮主義史観」

周知のとおり、戦前の日本では、天皇を万世一系にして天照大神の子孫であるとする国体論にもとづいて、日本史を天皇による神聖政治の歴史と見なす「皇国史観」が提唱されていった。さらに、帝国主義支配を周辺アジア諸国に押し進めていく過程で、天孫民族である日本を盟主にして全アジアを一つに統合するべきであるとする「大アジア主義」思想が提唱され、それにともなって、アジア全域の歴史を天皇による神聖統治の歴史と見なす「大日本主義史観[10]」が唱導されていった。このような「大日本主義史観」は、日本の帝国主義支配をアジア全域（朝鮮→満州→蒙古→華北→中国全土）に拡大していく過程で、国体論にもとづく皇国史観を、アジア全域に向けて放射状に拡大させていったものと見なすことができよう。

一方、日本の植民地支配下におかれた朝鮮では、天神の子孫にして古朝鮮の開国始祖である「檀君」を中心に、民族の一致団結を図ろうとする運動が展開されていった。すなわち、日本が天照大神の子孫である天皇に統治された天孫民族であるとするなら、朝鮮も天神の子孫である檀君を国祖とする天孫民族であるとして、日本の国体論に対抗するための「檀君ナショナリズム[11]」が唱導されていったのである。さらに、日本の帝国主義支配が東北アジア全域にまで拡大されると、朝鮮の民族主義歴史家たちは、東北アジアで活躍した部族・民族のすべてを檀君の子孫であるとする観点から、東北アジア全域を朝鮮史の領土と見なす「大朝鮮主義史観」を提唱していった。ある意味で、日本の帝国主義的な侵略言説である「大日本主義史観」と、それに対する朝鮮の民族主義的な抵抗言説である「大朝鮮主義史観」は、日本近代ナショナリズムの帝国主義的膨脹過程で創出された「双子の敵対的鏡像物」であったと言えよう。そして、注目すべきことに、最近の「韓流」高句麗ドラマの中にも、日本植民地時代に創出された「大朝鮮主義史観」のモチーフが数多く見られるのである。その典型的な例として、ここでは『太王四神記』について取り上げてみたい。

まず、『太王四神記』で注目したいのは、冒頭の第一話で、その後の登場人物たちの人間関係を運命づける太古のエピソードとして、檀君神話が描かれている点である。もちろん、架空の歴史ファンタジードラマとして作られた『太王四神記』では、檀君神話そのものが忠実に再現されているわけではない。しかし、ペ・ヨンジュンが扮する桓雄（ファヌン）が天から降臨して、人間界で平和王国（「チュシン国」）を統治し、虎族の首長である火の巫女カジンに嫉妬されながら、熊族の首長である女性セオと恋愛関係をもって子供を生むというストーリーは、明らかに檀君神話のモチーフを踏襲したものである。実際、ドラマの中では、「桓因」「桓雄」「風伯」「雲師」「雨師」「神壇樹」「神市」など『三国遺事』の中に記された檀君神話の用語がそのまま使用されている。

また、その後のドラマ展開において、神話時代の登場人物はすべて高句麗時代に転生し、桓雄（ファヌン）はタムドク（＝広開土王）として生まれ変わる一方、虎族首長のカジンと熊族首長のセオは実の姉妹（名前はキハとスジニ）として生まれ変わり、互いにタムドクに恋愛感情を抱きながら、彼の英雄的活躍に深く関わっていく。このように『太王四神記』では、神話時代の桓雄をめぐる三角関係が、高句麗時代の広開土王をめぐる三角関係へと発展する形でストーリーが展開されていく。この筋書きで注目したいのは、高句麗の歴史は檀君古朝鮮の栄光を継承したものであるというメッセージが内包されている点である。すなわち、ヨン様演じる主人公と二人の女性の三角関係という、「韓流」ドラマファンたちが最も喜びそうなエンターテイメント的要素の中に、「大朝鮮主義史観」の基本モチーフである「檀君―高句麗」という正統史認識が、非常に巧妙な形で織り込まれているのである。

さらに、『太王四神記』では、主人公のタムドクが高句麗の領土を拡張する単なる開拓王としてではなく、天帝（桓因「ファニン」）の息子である桓雄（ファヌン）が開いた一大王国である「チュシン国」を再興する「チュシン王」として描かれている。ここで、桓雄（ファヌン）が建国する国の名前が、「朝《チョ》鮮《ソン》」ではなく「チュシン」となっていることに注目したい。管見によると、この「チュシン」なる名称を最初に唱えたのは、植民地期に活躍した歴史学者の崔南善である。彼は、一九一八年に発表した「稽古箚存」において、「当時、朝鮮人の居住した境域は実に広大であり、〔……〕三千年前の当時までは『チュシン』という総名下に諸多種姓を括称した[12]」と述べている。このように、太古の東北アジアには「チュシン」という名の一大帝国が存在し、扶余・高句麗・渤海はその後裔であるという歴史説は、当時の朝鮮人歴史家たちの間で広く信じられていた学説であった。例えば、申采浩が一九三一年から翌年にかけて『朝鮮日報』紙上に発表した「朝鮮上古文化史」の中でも、「チュシン（＝朝鮮）」論について記述されている[13]。また、これと関連して、『太王四神記』の中では、太古の東北アジアを統一した部族名を「倍達《ベダル》族」と称しているが、この名称も檀君ナショナリズムを信奉する民族主義史学者たちの間で広く使用されていたものである[14]。このように、『太王四神記』の中では、日本植民地期の「大朝鮮主義史観」に由来する用語や歴史観がドラマの基本モチーフとして採用されているのである。

4　東アジアのグローバル化とナショナリズム

解放後、東西冷戦体制が構築される過程で、朝鮮半島はイデオロギー対立による南北分断という悲劇を被ることになった。特に南では、日本による植民地支配が清算されないまま、親米的な李承晩大統領によって大韓民国が樹立され、その後も反共イデオロギーを国是とする軍事独裁政権が長期にわたって継続した。南の大韓民国では、統治主体が帝国日本から韓国軍部へと移行することで、植民地時代に構築された権威主義的な支配体制がそのまま維持されていったのである。そのために、植民地支配下における「支配／被支配」という二項対立構造の中で、日本帝国主義に対する敵対的鏡像物として創出された民族主義言説は、その創出の由来について批判・清算されることなく、むしろ、未完の課題である南北統一を推進する愛国主義イデオロギーとして、無傷のまま温存されていった。こうして、植民地時代に創出された「大朝鮮主義史観」は、大韓民国の右派民族主義者たちが信奉する国粋主義思想として残存していったのである。

その後、韓国が高度経済成長を遂げ、個人主義的消費文化が進展した一九八〇年代以降になると、民族主義的な歴史観を説く歴史書籍などが大衆的な娯楽商品として流通していくようになる。こうして、出版メディアを通じて、檀君を中心とする「大朝鮮主義史観」が大衆化されていった。例えば、一九八四年に『丹』という歴史空想小説が出版されたが[15]、本書では、三千年来の白頭山族（韓民族）の大運が回復し、南北は無血統一され、さらに統一されたコリアは、バイカル湖・モンゴル・北中国を領土に獲得して世界の強大国に浮上することが謳われている。また、一九九四年には、『大朝鮮（チュシン）帝国史』（全三巻、金珊瑚作、東亜出版社）という漫画本が出版された。本書は、その題名の通りに、古代東北アジアに存在した一大帝国である「朝鮮（チュシン）帝国」の存亡史を描いたものであるが、韓国文化体育部（日本の文部科学省に相当）の韓国漫画文化賞を受賞したことで大きな話題を呼んだ。最近の「韓流」高句麗ドラマの中に描かれた「大朝鮮主義史観」は、このように一九八〇年代以降、主に出版メディアを通じて商品化された大衆的な歴史書籍を参考にしたものであると考えられる。

近年、グローバル化の進展により、東アジア地域における域内交流が進み、中国と韓国の間にも歴史認識をめぐる対立摩擦が生じるようになった。特に、韓国では二〇〇六年以降、高句麗関連の歴史ドラマが立て続けに制作されているが、これは中国側が推進する国策的な『東北工程』に対抗するためであると考えられる。その意味で、最近の「韓流」高句麗ドラマは、中国ナショナリズムに応答した韓国ナショナリズムの文化的産物であると見なすことができよう。しかし、ここで注目したいのは、現代の中国ナショナリズムに対抗するために制作された韓国の高句麗ドラマの民族主義的モチーフは、植民地時代に日本帝国主義に対抗するために創出された近代的な言説であるという点である。すなわち、かつて日本の帝国主義的侵略言説の敵対的鏡像物として創出された「大朝鮮主義史観」が、現代の中国ナショナリズムに対する対抗言説として召喚され、東アジア全域を流通するグローバルな「韓流」コンテンツの中に甦っているのである。

しかし、日本の「韓流」ドラマファンは、このような事情をまったく知らないまま韓国の高句麗ドラマを楽しんでいる。特に『太王四神記』は、ヨン様主演ドラマということもあって、宝塚歌劇団でミュージカルとして公演されるなど、日本で大きな人気を博している。[16] ヨン様と言えば『冬のソナタ』の大ヒットにより、日本中年女性のカリスマというイメージが定着した。彼にとって次にどのような作品に登場するかは、自身の俳優生命を左右する大きな問題であったはずである。非常に穿った見方かもしれないが、ヨン様が、中国に対抗するための国民的な使命をもつドラマに敢えて挑戦したのも、日本の中年女性をターゲットにビジネスを行う親日家というイメージから脱皮するためであったかもしれない。

しかし、ここで注目したいのは、ヨン様が展開するしたたかなイメージ戦略ではない。現在日本で最も人気のある韓国人俳優が、中国ナショナリズムに対抗するために制作された歴史ドラマの主人公に抜擢され、それによって日本の「韓流」ファンに、韓国ナショナリズムを盛りこんだ文化コンテンツが無批判に受容されている事実に注目すべきであろう。

百年前に、日本帝国主義に対抗するために構想された「大朝鮮主義史観」が、「東北工程」をめぐる中国との歴史認識摩擦を契機に、現代韓国ドラマの中でよみがえり、かつて朝鮮を植民地支配した日本人の日常生活の中に大衆的娯楽物として浸透しているのである。「韓流」ブームとは、ここ百年間における、東アジアで創出された「帝国主義的膨脹を欲望する近代ナショナリズム」の国境を超えた「環流」現象でもあるわけである。

注

(1)「東北工程」の概要に関しては、徐吉洙「中華人民共和国東北工程五年の成果と展望」(社団法人高句麗研究会編『高句麗研究』第二九輯、学研文化社、二〇〇七年、一三―五八頁)を参照。

(2) 韓国における反対運動については、李鎔賢「『東北工程』と韓国の高句麗史の現状」(古代学研究所編『東アジアの古代文化』第一二二号、大和書房、二〇〇五年冬)を参照。

(3) 韓永愚は『韓国民族主義歴史学』(一潮閣、一九九四年、一一頁)の中で、申采浩が提示した歴史認識を「大朝鮮主義」と論じている。本稿はこの用例にならった。

(4) 余昊奎「高句麗ドラマ熱風の虚と実――ドラマ〈朱蒙〉を中心に」(『韓国史市民講座』第四一輯、一潮閣、二〇〇七年八月)では、韓国で高句麗ドラマが制作されている背景に中国の「東北工程」があることを指摘し、ドラマ『朱蒙』を例にあげながら、行き過ぎた中国王朝との対決姿勢はむしろ高句麗史を歪曲化し、韓民族が排他的な民族であるという認識を与えてしまい、グローバルな国際感覚を培う上で障害となってしまうことを指摘している(七、二一頁)。

（5）これに関しては、拙稿「韓末における『強権』的社会進化論の展開――梁啓超と朝鮮愛国啓蒙運動」（『朝鮮史研究会論文集』第四〇集、二〇〇二年一〇月）を参照。

（6）拙稿「檀君ナショナリズムの形成――韓末愛国啓蒙運動期を中心に」（『朝鮮学報』第一七四輯、二〇〇〇年一月、七七―八〇頁を）参照。

（7）申采浩訳述、張志淵校閲『伊太利建国三傑伝』皇城広学書舗、一九〇七年。一九〇八年には周時経によって翻訳された純ハングル訳本が博文書館から刊行されている。

（8）栩然子「対童子論史」『西北学会月報』第一巻第三号、一九〇八年八月、一―三頁。

（9）申采浩「読史新論」『改訂版丹斎申采浩全集』上、蛍雪出版社、一九七二年、四七四頁。

（10）例えば、一九三一年に内田良平が率いる黒龍会を中核として、右翼団体の大同団結の旗幟下に大日本生産党が結成された。同党は、「大日本主義を以て国家の経綸を行う」（『大日本生産党主義政綱党則』黒龍会出版部、一九三一年九月一八日「主義」の項目）ことを掲げ、アジア全域を天皇の統治領域とする国粋主義的な歴史観を称揚していった。

（11）檀君ナショナリズムに関しては、拙稿「韓末における檀君教の『重光』と檀君ナショナリズム」（『朝鮮学報』第一八〇輯、二〇〇一年七月）を参照。

（12）崔南善「稽古箚存」『月刊青春』第一四号、一九一八年六月（高麗大学校亜細亜問題研究所編『六堂崔南善全集』第二巻、玄岩社、一九七三年、一四―五頁）。

（13）申采浩「朝鮮上古史」『改訂版丹斎申采浩全集』上、三六八頁。

（14）一九〇九年一月に檀君を主宰神として信奉する檀君教（後に大倧教に改称）が創設された。その際に宣布された「檀君教佈明書」の中で、純粋なる朝鮮古語として初めて使用された名称である（『大倧教重光六十年史』大倧教総本司、一九七一年、八六頁）。

（15）金正彬『丹』精神世界社、一九八四年。本書は韓国で百万部を超えるベストセラーとなり、一九八八年に八幡書店から日本語訳出版された。
(16) 二〇〇九年一月に花組によって、「『太王四神記』——チュシンの星のもとに」が公演された後、二〇〇九年六月に星組によって「『太王四神記Ⅱ』——新たなる王の旅立ち」が公演された。宝塚歌劇団公式ホームページ(http://kageki.hankyu.co.jp/taiou/)を参照。

あとがき

ひと頃ほどの熱狂的な勢いはないにしても、「韓流」に寄せる人びとの思いは、なお、継続していると言ってよいであろう。映画やテレビドラマ、音楽、また料理やファッションなどのいわゆるポピュラー文化の享受から生活面にいたるまで、さらに観光や各種の交流といった人びとの行き来にいたるまで、「韓流」は、今や私たちの日常生活のうちになじみ、定着した感すらあるようだ。昨今の円とウォンとのレートの格差も、それを後押しする一助となっているのかもしれない。

いずれにしても、十年近く前から起こった「韓流」が、アジアの多くの地域に巻き起こしたこうした「文化の越境」は、歓迎すべき現象であると思う。百数十年前から動きはじめた日本の近代化の歩みは、近隣の国ぐにに、地域に対して、武力・軍事力による侵略・統治が何よりも前面に出ていた。この間、ヒトやモノなどの移動は、じつに活発であったが、文化の交流は、ほとんど副次的であって、片隅におかれていたのである。また、文明開化というスローガンを掲げた日本は、「文明」のうちに東アジアの文明を、まったく視野に入れようとはしなかった。福沢諭吉の「脱亜論」は、その象徴であった。

しかしながら、東アジアの歴史を長いスパンで眺めてみると、文化や文明は、そのほとんどが大陸から朝鮮半島を経て日本へと入ってきていたことは言うまでもない。文化伝播は、ある時期まではこのルート以外になく、まさに一衣帯水であったのだ。とすれば、当然のことながら、古い時代にも「韓流」

ブームは、幾度かあったことが推測される。比較的メディアの発展した近世江戸期に目を向ければ、それは朝鮮通信使の来日によって起こったと言えるだろう。江戸期、十二回に及ぶ使節団の来訪が、とくに江戸往還の道筋にあたる民衆たちの耳目を引きつけたことは、文献に多く記されている。通信使の仲介・接待役にあった対馬藩雨森芳洲は、「互に欺かず争わず真実を以って交り候を誠信とは申し候」(『誠信堂記』)と記し、「朝鮮」との「誠心の交り」を説いた。すなわち、これは、「朝鮮の風俗、慣習、歴史、人情に精通」していることと、この相手との信頼関係を基本とする理念が相まって、円滑な国際関係が成立し得る」との謂いであった(上垣外憲一『雨森芳洲』中央公論社、一九八九年)。また「交隣」すなわち外交におけるあり方については、「対等、互恵、不戦の原則の上に立って展開すべきである」とした(仲尾宏『朝鮮通信使をよみなおす』明石書店、二〇〇六年)。「誠心」にもとづく「交隣」は、現代においてもその重要さは変わらない。半世紀あまり前までの日本と「朝鮮」との関わりは、この点において日本側に非のあったことを認めなければならない。「韓流」との文字を付したのは、こうした歴史を念頭においたものである。

本書の構想は、訪韓のたびごとに、もう一人の編者である崔在喆氏、また、許昊氏らと会合をもち、議論をし、酒食をともに語らうなかから生まれてきたものである。すでに、四、五年前ごろからこの百年余り、すなわち近現代における朝鮮・韓国を舞台にし、題材とした日本語を用いて書かれた文学についての論集発刊について話し合ってきていた。それは、崔在喆氏らと日本近現代文学研究の状況を議論するごとに、発想・価値観の違いを研究の場でぶつけあい、論じあうべき必要を感じたからである。研究対象は同じであっても、その受け取り方やアプローチの文法が異なるところに、新しい視点や問題設定、解釈が生まれてくることを実感した。また、ここ二十年近くの間、韓国で発表されている日本近現代文学に関しての論文の数は多く、日本文学関連の学会活動もきわめて盛んになってきている。この動向に、日本の側の研究者が無関心であってはならないのは当然だとしても、積極的に研究交流の場を作ろうと考えたからでもある。その試みの一つとして本書の企画は生まれた。

当初の執筆の依頼、締切りからすると大幅に刊行が遅れることとなったのは、編者の力不足によるところが大であったが、また、日韓双方の歴史認識に関わっての意見のくい違いの調整に時間を費やしたのも事実である。今後は、具体的に作家や作品を取りあげ、テーマを絞っての日本近現代研究を、日韓双方の協力によって進めたいと考えている。

なお、「作品年表」は、おそらくこれまでに作られたもののうちで最も詳細を極めて、資料的価値を有するものと思われる。

本書の発刊にいたるまで、人文書院編集部の伊藤桃子さんには、多大な尽力をいただいた。謝意を表したく思う。

本書は、立命館大学の「研究高度化支援制度」二〇〇九年度学術図書出版推進プログラムの採択を得、その助成を受けたことを記し、感謝するものである。

二〇〇九年七月

木村一信

2001年（平成13） 3月　崔碩義『放浪の天才詩人　金笠』集英社刊
8月　金石範『満月』講談社刊

注記

本年表の作成にあたり、高崎隆治著『文学のなかの朝鮮人像』（青弓社、1982年4月）、黒川創編『〈外地〉の日本語文学選3　朝鮮』（新宿書房、1996年3月）、川村湊著『生まれたらそこがふるさと――在日朝鮮人文学論』〈平凡社選書195〉（平凡社、1999年9月）、川村湊著『ソウル都市物語――歴史・文学・風景』〈平凡社新書039〉（平凡社、2000年4月）、三枝壽勝作成「韓国文学関連日本語文献一覧」（李光鎬編『韓国の近現代文学』尹相仁・渡辺直紀訳、〈韓国の学術と文化8〉所収、法政大学出版局、2001年8月）、白川豊監修『日本植民地文学精選集（朝鮮編1～6）』（ゆまに書房、2000年9月）、白川豊監修『日本植民地文学精選集（朝鮮編7～13）』（ゆまに書房、2001年9月）、大村益夫・布袋敏博編『近代朝鮮文学日本語作品集（1939～1945）創作篇1～6』（緑蔭書房、2001年12月）、大村益夫・布袋敏博編『近代朝鮮文学日本語作品集（1901～1938）創作篇1～5』（緑蔭書房、2004年6月）、大村益夫・布袋敏博編『近代朝鮮文学日本語作品集（1908～1945）セレクション1～6』（緑蔭書房、2008年6月）所収の年表、解説、出典一覧などを参照した。記して深謝申し上げる。　（年表作成：橋本正志）

1996年（平成８）	１月	柳美里『魚の祭』白水社刊
		金真須美『メソッド』河出書房新社刊
	５月	李恢成「死者と生者の市」『文学界』
	６月	金石範『地の影』集英社刊
		柳美里『フルハウス』文藝春秋刊
	10月	李恢成『死者と生者の市』文藝春秋刊
	12月	柳美里『窓のある書店から』角川春樹事務所刊
1997年（平成９）	２月	北影一『自由の地いずこ』河出書房新社刊
		柳美里『水辺のゆりかご』角川書店刊
		尹東柱詩碑建立委員会編『星うたう詩人』三五館刊
	６月	鷺沢萠「君はこの国を好きか」『新潮』
	７月	鷺沢萠『君はこの国を好きか』新潮社刊
	８月	金時鐘『草むらの時』海風社刊
	10月	姜琪東『身世打鈴』石風社刊
	11月	金真須美「燃える草家」『新潮』
		李正子『葉桜』河出書房新社刊
		宋敏鎬『ブルックリン』青土社刊
		柳美里『タイル』文藝春秋刊
1998年（平成10）	２月	梁石日『血と骨』幻冬舎刊
	４月	柳美里『仮面の国』新潮社刊
	５月	金達寿『わが文学と生活』青丘文化社刊
	６月	野崎充彦『朝鮮の物語』大修館書店刊
	８月	宋敏鎬『ヤコブソンの遺言』青土社刊
	９月	深沢夏衣「パルチャ打鈴」『群像』
	10月	金時鐘『化石の夏』海風社刊
		丁章『民族と人間とサラム』新幹社刊
		玄月「おっぱい」『樹林』
	11月	柳美里『ゴールドラッシュ』新潮社刊
	12月	玄月「舞台役者の孤独」『文学界』
		崔孝先『海峡に立つ人』批評社刊
1999年（平成11）	５月	玄月「悪い噂」『文学界』
	６月	柳美里「女学生の友」『別冊文藝春秋』
	11月	金石範「海の底から、地の底から」『群像』
		玄月「蔭の棲みか」『文学界』
2000年（平成12）	１月	李恢成「地上生活者」『群像』〜連載中
	２月	金石範『海の底から、地の底から』講談社刊
	３月	姜信子『棄郷ノート』作品社刊
		玄月『蔭の棲みか』文藝春秋刊
	６月	玄月『悪い噂』文藝春秋刊
	10月	林容澤『金素雲『朝鮮詩集』の世界』中央公論新社刊
	12月	金思燁『韓国・歴史と詩の旅』明石書店刊

宮本徳蔵『虎砲記』新潮社刊
7月 林浩治『在日朝鮮人日本語文学論』新幹社刊
8月 金重明「算士伝奇」『季刊青丘』
姜信子『かたつむりの歩き方』朝日新聞社刊
10月 伊集院静『海峡』新潮社刊
11月 金時鐘『原野の詩』立風書房刊
柳美里『静物画』而立書房刊
1992年（平成4）4月 鷺沢萠「ほんとうの夏」『新潮』
5月 梁石日『子宮の中の子守歌』青峰社刊
9月 李良枝『石の聲』講談社刊
11月 金在南『鳳仙花のうた』河出書房新社刊
12月 深沢夏衣『夜の子供』講談社刊
1993年（平成5）3月 梁石日『タクシードライバーほろにが日記』書肆ルネッサンス刊
7月 金石範『転向と親日派』岩波書店刊
日野啓三『台風の眼』新潮社刊
8月 川野順『狂いたる磁石盤』新幹社刊
9月 黄民基『奴らが哭くまえに』筑摩書房刊
10月 金石範「炸烈する闇」『すばる』
梁石日『断層海流』青峰社刊
孫志遠『鶏は鳴かずにはいられない』朝鮮青年社刊
1994年（平成6）2月 鷺沢萠『ケナリも花、サクラも花』新潮社刊
3月 柳美里『Green Bench』河出書房新社刊
9月 柳美里「石に泳ぐ魚」『新潮』
李龍海『ソウル』新幹社刊
10月 麗羅『断層寒流』文藝春秋刊
11月 李正子『ふりむけば日本』河出書房新社刊
12月 金石範「光の洞窟」『群像』
梁石日『夜を賭けて』日本放送出版協会刊
1995年（平成7）2月 梁石日『修羅を生きる』講談社刊
5月 柳美里『家族の標本』朝日新聞社刊
梁石日『闇の想像力』解放出版社刊
6月 金蒼生『赤い実』行路社刊
金石範『夢、草深し』講談社刊
8月 飯尾憲士『一九四〇年釜山』文藝春秋刊
9月 全美恵『ウリマル』紫陽社刊
10月 梁石日『雷鳴』徳間書店刊
11月 元秀一「チェジュの夏」『季刊青丘』
12月 金石範「黄色き陽、白き月」『群像』
松本富生『風の通る道』下野新聞社刊
朴重鎬『消えた日々』青弓社刊

	12月	康太成ほか『狂った友』朝鮮青年社刊
1986年（昭和61）	1月	竹田青嗣解説『金鶴泳作品集成』作品社刊
	5月	金時鐘『「在日」のはざまで』立風書房刊
	7月	宗秋月『猪飼野タリョン』思想の科学社刊
		成美子『同胞たちの風景』亜紀書房刊
		五木寛之『旅の幻燈』講談社刊
	8月	麗羅『英霊の身代金』文藝春秋刊
	9月	金石範『金縛りの歳月』集英社刊
	11月	李起昇「風が走る」『群像』
	12月	つかこうへい『広島に原爆を落とす日』角川書店刊
1987年（昭和62）	6月	北影一『革命は来たれども』河出書房新社刊
	7月	元秀一『猪飼野物語』草風館刊
	10月	香山純「どらきゅら綺談」『中央公論』
		梁石日『ドライバー・最後の叛逆』情報センター出版局刊
	12月	金允浩『物語朝鮮詩歌史』彩流社刊
1988年（昭和63）	9月	崔華国『ピーターとG』花神社刊
		金香都子『猪飼野路地裏通りゃんせ』風媒社刊
		麗羅『地獄の特殊工作員』徳間書店刊
	11月	李良枝「由熙」『群像』
1989年（平成元）	1月	梁石日『族譜の果て』立風書房刊
	2月	李良枝『由熙』講談社刊
	3月	松本富生「蛇尾川」『群像』
		朴重鎬『犬の鑑札』青弓社刊
		北影一『さらば戦場よ』河出書房新社刊
	9月	香山純『どらきゅら綺談』中央公論社刊
	10月	崔華国『崔華国詩集』土曜美術社刊
		長璋吉『朝鮮・言葉・人間』河出書房新社刊
1990年（平成2）	1月	卞宰洙『南朝鮮文学点描』朝鮮青年社刊
	4月	梁石日『アジア的身体』青峰社刊
	8月	金石範『故国行』岩波書店刊
		鷺沢萠「葉桜の日」『新潮』
	10月	松本富生『野薔薇の道』下野新聞社刊
		つかこうへい『娘に語る祖国』光文社刊
	11月	梁石日『夜の河を渡れ』筑摩書房刊
		金重明『幻の大国手』新幹社刊
		茨木のり子訳編『韓国現代詩選』花神社刊
		鷺沢萠『葉桜の日』新潮社刊
	12月	朴重鎬『澪木』青弓社刊
		金学烈・高演義編『朝鮮幻想小説傑作集』白水社刊
1991年（平成3）	4月	金石範「夢、草深し」『群像』
	5月	李正子『ナグネタリョン』河出書房新社刊

		崔華国『驢馬の鼻唄』詩学社刊
		金達寿・姜在彦共編『手記＝在日朝鮮人』龍溪書舎刊
		金石範『祭司なき祭り』集英社刊
	11月	梁石日『狂躁曲』筑摩書房刊
		古山高麗雄『韓国現代文学13人集』新潮社刊
	12月	金石範『「在日」の思想』筑摩書房刊
1982年（昭和57）	3月	金達寿『行基の時代』朝日新聞社刊
	4月	金達寿『故国まで』河出書房新社刊
		成律子『白い花影』創樹社刊
		高崎隆治『文学のなかの朝鮮人像』青弓社刊
	8月	金達寿『私の少年時代』ポプラ社刊
	10月	金石範『幽冥の肖像』筑摩書房刊
	11月	李良枝「ナビ・タリョン」『群像』
1983年（昭和58）	1月	竹田青嗣『「在日」という根拠』国文社刊
	4月	李良枝「かずきめ」『群像』
	5月	李恢成『サハリンへの旅』講談社刊
	6月	金石範『火山島1』文藝春秋刊～『火山島7』97年9月
		麗羅『桜子は帰ってきたか』文藝春秋刊
	7月	金鶴泳「郷愁は終り、そしてわれらは――」『新潮』
	9月	李良枝『かずきめ』講談社刊
	11月	金泰生「紅い花」『すばる』
		安宇植『評伝金史良』草風館刊
		金鶴泳『郷愁は終り、そしてわれらは――』新潮社刊
1984年（昭和59）	3月	金賛汀『抵抗詩人尹東柱の死』朝日新聞社刊
	7月	金石範「金縛りの歳月」『すばる』
	8月	李良枝「刻」『群像』
		飯尾憲士『隻眼の人』文藝春秋刊
	9月	梁石日『タクシードライバー日誌』筑摩書房刊
		崔華国『猫談義』花神社刊
		李正子『鳳仙花（ボンソナ）のうた』雁書館刊
	11月	尹東柱『空と風と星と詩』尹一柱編，伊吹郷訳，記録社刊
1985年（昭和60）	2月	金泰生『私の人間地図』青弓社刊
		卞宰洙『朝鮮文学史』青木書店刊
		李良枝『刻』講談社刊
	5月	飯尾憲士「開聞岳」『すばる』
	6月	李起昇「ゼロはん」『群像』
	7月	飯尾憲士『開聞岳』集英社刊
	8月	金泰生『旅人伝説』記録社刊
		梶山季之『性欲のある風景』河出書房新社刊
	9月	李起昇『ゼロはん』講談社刊
	10月	竹久昌夫『月の足』紫陽社刊

		井出愚樹『韓国の知識人と金芝河』青木書店刊
	6月	金達寿『わがアリランの歌』中央公論社刊
	7月	麗羅『死者の柩を揺り動かすな』集英社刊
	9月	金泰生『骨片』創樹社刊
	10月	長璋吉『韓国小説を読む』草思社刊
	11月	李恢成『見果てぬ夢1　禁じられた土地』講談社刊
1978年（昭和53）	2月	李恢成『見果てぬ夢2　引き裂かれる日々』講談社刊
	4月	尹学準『時調』創樹社刊
	5月	李恢成『見果てぬ夢3　はらからの空』講談社刊
		長璋吉『ソウル遊学記』北洋社刊
	6月	金泰生『私の日本地図』未來社刊
	7月	金石範『マンドギ物語』筑摩書房刊
	8月	李恢成『見果てぬ夢4　七月のサーカス』講談社刊
	9月	金芝河、金芝河刊行委員会訳編『苦行』中央公論社刊
		金鶴泳『鑿』文藝春秋刊
	10月	金時鐘『猪飼野詩集』東京新聞出版局刊
	11月	李恢成『見果てぬ夢5　燕よ、なぜ来ない』講談社刊
	12月	飯尾憲士「海の向うの血」『すばる』
1979年（昭和54）	3月	村松武司『遥かなる故郷』皓星社刊
	4月	金達寿『落照』筑摩書房刊
	5月	李恢成『見果てぬ夢6　魂が呼ぶ荒野』講談社刊
	8月	成律子『異国への旅』創樹社刊
		麗羅『山河哀号』集英社刊
		金石範「往生異聞」『すばる』
		李良枝「散調の律動の中へ」『季刊三千里』
	9月	磯貝治良『始源の光』創樹社刊
	10月	金達寿『対馬まで』河出書房新社刊
		張斗植『運命の人びと』同成社刊
	11月	金石範『往生異聞』集英社刊
	12月	金素雲『近く遥かな国から』新潮社刊
1980年（昭和55）	2月	飯尾憲士「ソウルの位牌」『すばる』
	7月	麗羅『わが屍に石を積め』集英社刊
	8月	李恢成『流民伝』河出書房新社刊
		梁石日『夢魔の彼方へ』梨花書房刊
		飯尾憲士『ソウルの位牌』集英社刊
	11月	金時鐘『クレメンタインの歌』文和書房刊
		金学鉉『荒野に呼ぶ声』柘植書房刊
1981年（昭和56）	1月	金石範「祭司なき祭り」『すばる』
	4月	張斗植『ある在日朝鮮人の記録』同成社刊
	6月	李恢成『青春と祖国』筑摩書房刊
		竹久昌夫『針子の唄』紫陽社刊

	7月	金石範『ことばの呪縛』筑摩書房刊
	8月	鄭承博「地点」『文学界』
	9月	李恢成「北であれ南であれ、わが祖国」『文藝春秋』
1973年（昭和48）	1月	鄭承博「電灯が点いている」『文学界』
	2月	鄭承博『裸の捕虜』文藝春秋刊
	3月	金鶴泳「軒灯のない家」『文藝』
		呉林俊『絶えざる架橋』風媒社刊
	5月	姜基東『パンチョッパリ』私家版
	6月	李恢成『約束の土地』講談社刊
	7月	成允植『朝鮮人部落』同成社刊
		金鶴泳『あるこーるらんぷ』河出書房新社刊
	8月	高史明『彼方に光を求めて』筑摩書房刊
	10月	金鶴泳「石の道」『季刊芸術』
		呉林俊『海峡』風媒社刊
		金石範『夜』文藝春秋刊
1974年（昭和49）	3月	金鶴泳「仮面」『文藝』
		李恢成『北であれ南であれわが祖国』河出書房新社刊
	4月	金石範『1945年夏』筑摩書房刊
		呉林俊『伝説の群像』同成社刊
	7月	金石範『詐欺師』講談社刊
		金素雲『日本という名の汽車』冬樹社刊
	12月	金鶴泳『石の道』河出書房新社刊
		高史明『生きることの意味』筑摩書房刊
		金東旭『朝鮮文学史』日本放送出版協会刊
1975年（昭和50）	1月	李恢成『追放と自由』新潮社刊
	4月	金石範『口あるものは語れ』筑摩書房刊
	5月	金達寿『小説在日朝鮮人史・上』創樹社刊
	7月	金達寿『小説在日朝鮮人史・下』創樹社刊
	8月	李恢成『イムジン江をめざすとき』角川書店刊
	9月	金時鐘『さらされるものとさらすものと』明治図書出版刊
	11月	李恢成『私のサハリン』講談社刊
	12月	金芝河、李恢成訳『不帰』中央公論社刊
1976年（昭和51）	2月	金達寿『金達寿評論集・上　わが文学』筑摩書房刊
	3月	金達寿『金達寿評論集・下　わが民族』筑摩書房刊
		後藤明生『夢かたり』中央公論社刊
	4月	日野啓三『風の地平』中央公論社刊
	7月	李恢成「見果てぬ夢」『群像』～79年4月
	11月	金石範『民族・ことば・文学』創樹社刊
		金鶴泳「冬の光」『文藝』
1977年（昭和52）	1月	金石範『遺された記憶』河出書房新社刊
	4月	安宇植『天皇制と朝鮮人』三一書房刊

	10月	金秉動ほか『道づれ』外国文出版社刊
	11月	金鶴泳「凍える口」『文藝』
1966年（昭和41）	5月	千世鳳ほか『春の農村にやってきた若者』外国文出版社刊
	12月	姜魏堂『生きている虜囚』新興書房刊
1967年（昭和42）	5月	李殷直『濁流1　その序章』新興書房刊
	6月	林啓編訳『歳月』新興書房刊
	9月	金石範『鴉の死』新興書房刊
1968年（昭和43）	5月	呉林俊『海と顔』新興書房刊
	7月	李殷直『濁流2　暴圧の下で』新興書房刊
	10月	李殷直『濁流3　人民抗争』新興書房刊
1969年（昭和44）	2月	呉林俊『記録なき囚人』三一書房刊
	5月	金達寿『太白山脈』筑摩書房刊
	6月	李恢成「またふたたびの道」『群像』
		李恢成『またふたたびの道』講談社刊
	8月	金石範「虚無譚」『世界』
		李恢成「われら青春の途上にて」『群像』
	9月	金鶴泳「弾性限界」『文藝』
	11月	金鶴泳「まなざしの壁」『文藝』
1970年（昭和45）	2月	李恢成「死者の遺したもの」『群像』
	5月	李恢成「証人のいない光景」『文学界』
	6月	李恢成『われら青春の途上にて』講談社刊
	7月	金鶴泳『凍える口』河出書房新社刊
	8月	金時鐘『新潟』構造社刊
		姜舜『なるなり』思潮社刊
		李恢成「伽倻子のために」『新潮』～9月
	10月	李恢成「武装するわが子」『文学界』
	12月	李恢成『伽倻子のために』新潮社刊
		金石範「万徳幽霊奇譚」『人間として』
1971年（昭和46）	2月	金夏日『無窮花』光風社刊
	3月	李恢成「青丘の宿」『群像』
	4月	宗秋月『宗秋月詩集』編集工房ノア刊
	6月	李恢成『青丘の宿』講談社刊
	7月	李恢成「砧をうつ女」『季刊芸術』
		金鶴泳「錯迷」『文藝』
	9月	高史明『夜がときの歩みを暗くするとき』筑摩書房刊
	11月	金石範『万徳幽霊奇譚』筑摩書房刊
		鄭承博「裸の捕虜」『農民文学』
	12月	金思燁・趙演鉉『朝鮮文学史』北望社刊
1972年（昭和47）	1月	安宇植『金史良』岩波書店刊
	2月	金鶴泳「あるこーるらんぷ」『文藝』
	3月	李恢成『砧をうつ女』文藝春秋刊

許南麒『巨済島』理論社刊
12月 湯浅克衛『対馬』出版東京刊
1953年（昭和28） 3月 金素雲編訳『朝鮮詩集』創元社刊
6月 金素雲編『ろばの耳の王さま』大日本雄弁会講談社刊
12月 金素雲編『ネギをうえた人』岩波書店刊
1954年（昭和29） 1月 金達寿『玄海灘』筑摩書房刊
6月 金達寿編『金史良作品集』理論社刊
野口赫宙＝張赫宙『無窮花』大日本雄弁会講談社刊
7月 金太中『囚われの街』書肆ユリイカ刊
11月 野口赫宙『遍歴の調書』新潮社刊
1955年（昭和30） 8月 金達寿『私の創作と体験』葦出版社刊
韓雪野『大同江』李殷直訳，東方社刊
李孝石ほか『現代朝鮮文学短篇集』東方社刊
許南麒編訳『朝鮮詩選』青木書店刊
9月 金達寿『前夜の章』東京書林刊
1956年（昭和31） 9月 金達寿『故国の人』筑摩書房刊
11月 野口赫宙『ひかげの子』新潮社刊
1957年（昭和32） 4月 金達寿『日本の冬』筑摩書房刊
6月 野口赫宙『美しい抵抗』角川書店刊
11月 金時鐘『日本風土記』国文社刊
全和凰『カンナニの埋葬』黎明社刊
辺煕根ほか『短篇小説集』外国文出版社刊
12月 金石範「鴉の死」『文芸首都』
1958年（昭和33） 5月 保高徳蔵『道』東方社刊
6月 金文輯『ありらん峠』第二書房刊
9月 金達寿『朝鮮』岩波書店刊
10月 野口赫宙『黒い地帯』新制社刊
1959年（昭和34） 4月 許南麒『朝鮮海峡』国文社刊
5月 金達寿『朴達の裁判』筑摩書房刊
金達寿『番地のない部落』光書房刊
野口赫宙『ガン病棟』講談社刊
1960年（昭和35） 9月 許南麒編訳『現代朝鮮詩選』朝鮮文化社刊
1961年（昭和36） 3月 金達寿『夜きた男』東方社刊
10月 野口赫宙『武蔵陣屋』雪華社刊
1962年（昭和37） 2月 野口赫宙『湖上の不死鳥』東都書房刊
1963年（昭和38） 6月 金達寿『密航者』筑摩書房刊
金達寿『中山道』東方社刊
8月 梶山李之『李朝残影』文藝春秋新社刊
1964年（昭和39） 9月 金達寿「太白山脈」『文化評論』～68年9月
1965年（昭和40） 5月 朴雄傑ほか『通信兵』外国文出版社刊
9月 金達寿『公僕異聞』東方社刊

5月　秋山六郎兵衛「暁明」『文芸日本』
尹徳祚「大いなる時代」『朝鮮』
牧洋＝李石薫「善霊」『国民文学』
香山光郎ほか『半島作家短篇集』朝鮮図書出版刊
石田耕造編『新半島文学選集1』人文社刊
8月　汐入雄作「徽章物語」『興亜文化』
円地文子「朝鮮学徒志願兵の軍隊生活視察記」『興亜文化』
吉村貞司「逞しい希望の実現」『興亜文化』
保高徳蔵「精鋭学徒志願兵」『興亜文化』
辛島驍「文化と青年」『興亜文化』
9月　小尾十三「炎一筋に」『興亜文化』
円地文子ほか「半島学徒兵と語る」『新女性』
10月　湯浅克衛「戦ふ朝鮮作家たち」『新潮』
印南高一『朝鮮の演劇』北光書房刊
12月　小尾十三「登攀」『文藝春秋』
石田耕造編『新半島文学選集2』人文社刊
1945年（昭和20）3月　牧洋＝李石薫『蓬島物語』普文社刊
1946年（昭和21）4月　金達寿「金鍾漢のこと」『民主朝鮮』
11月　湯浅克衛『カンナニ』大日本雄弁会講談社刊
12月　張赫宙『孤児たち』萬里閣刊
1947年（昭和22）2月　金達寿「塵（ごみ）」『民主朝鮮』
3月　安倍能成『槿域抄』齋藤書店刊
8月　尹紫遠＝尹徳祚「朝鮮の民謡について」『民主朝鮮』
10月　村山知義『亡き妻に』桜井書店刊
12月　張赫宙『ひとの善さと悪さと』丹頂書房刊
1948年（昭和23）3月　金達寿『後裔の街』朝鮮文芸社刊
11月　田中英光「酔いどれ船1」『綜合文化』
12月　張赫宙『愚劣漢』富国出版社刊
李殷直『新編春香伝』極東出版社刊
1949年（昭和24）3月　張赫宙『恩を返したツバメ』羽田書店刊
9月　許南麒『朝鮮冬物語』朝日書房刊
12月　田中英光『酔いどれ船』小山書店刊
1950年（昭和25）3月　張赫宙『秘苑の花』世界社刊
5月　金達寿『叛乱軍』冬芽書房刊
11月　尹紫遠＝尹徳祚『38度線』早川書房刊
許南麒『日本時事詩集』朝日書房刊
1951年（昭和26）6月　李箕永『蘇える大地』金達寿・朴元俊共訳，ナウカ社刊
8月　許南麒『火縄銃のうた』朝日書房刊
1952年（昭和27）4月　趙基天『白頭山』許南麒訳，ハト書房刊
5月　張赫宙『嗚呼朝鮮』新潮社刊
9月　金達寿『富士のみえる村で』東方社刊

1943年（昭和18）	1月	田中英光「半島文学に於て」『文化朝鮮』
	2月	田中英光「朝鮮の作家」『新潮』
		平貞蔵「朝鮮雑記」『日本評論』
		金史良「太白山脈」『国民文学』～4月／6～10月
		湯浅克衛「鴨緑江」『緑旗』～10月
	3月	光吉夏弥「崔承喜」『婦人画報』
		山形雄策『望楼の決死隊』工人社刊
	4月	加藤武雄『我が血我が土』海南書房刊
		三好達治『屋上の鶏』文体社刊
		保田与重郎『慶州まで・扶余』生活社刊
		張赫宙『幸福の民』南方書院刊
		張赫宙『開墾』中央公論社刊
		朝鮮文人協会編『朝鮮国民文学』東都書籍刊
	5月	津田剛ほか「今日の半島文学」『緑旗』
		松田寿男「半島の心」『文庫』
		畠山晴行「韓帝と伊藤博文」『明朗』
		鉄甚平＝金素雲『黄ろい牛と黒い牛』天佑書房刊
	6月	牧洋＝李石薫『静かな嵐』毎日新報社刊
	7月	金鍾漢『たらちねのうた』人文社刊
		金鍾漢編訳『雪白集』博文書館刊
		牧洋「豚追遊戯」『国民文学』
	8月	張赫宙「岩本志願兵」『毎日新聞』～9月
		鉄甚平＝金素雲編訳『朝鮮詩集・前期』興風館刊
	9月	金鍾漢「海洋創世」『文藝』
		李無影『青瓦の家』新太陽社刊
	10月	難波田春夫「朝鮮のこころ」『改造』
		石井柏亭『行旅』啓徳社刊
		香山光郎＝李光洙「加川校長」『国民文学』
		鉄甚平＝金素雲編訳『朝鮮詩集・中期』興風館刊
	11月	則武三雄『鴨緑江』第一出版協会刊
		張赫宙『浮き沈み』河出書房刊
1944年（昭和19）	1月	張赫宙＝野口稔『岩本志願兵』興亜文化出版刊
		金鍾漢「龍飛御天歌」『国民文学』
	2月	鷹比呂子「果樹園の別れ」『文庫』
		津田美代子「舞鶴高女壮行会の感激」『緑旗』
		湯浅克衛『鴨緑江』晴南社刊
		小尾十三「登攀」『国民文学』
	3月	井伏鱒二『御神火』甲鳥書林刊
	4月	斎藤清衛「京城の牖」『興亜文化』
		李無影『情熱の書』東都書籍刊
		高倉テル「シヤーマン号事件」『興亜文化』～5月

	11月	張赫宙『緑の北国』河出書房刊
		大澤達雄＝金達寿「族譜」『新芸術』
		李石薫「静かな嵐１」『国民文学』
	12月	島木健作『地方生活』創元社刊
1942年（昭和17）	１月	井上友一郎・豊田三郎・新田潤『満州旅日記』明石書房刊
		兪鎮午「南谷先生」『国民文学』
	２月	田中英光「星ひとつ」『文学界』
		張赫宙『孤独なる魂』三崎書房刊
		青木洪「ミィンメヌリ」『中央公論』
		金史良「ムルオリ島」『国民文学』
	３月	張赫宙『和戦何れも辞せず』大観堂刊
		金光淳＝金達寿「塵（ごみ）」『文芸首都』
		牧洋＝李石薫「隣りの女」『緑旗』
	４月	田中英光ほか「新しい半島文壇の構想」『緑旗』
		緒方久「京城にて」『新潮』
		金史良『故郷』甲鳥書林刊
		青木洪「妻の故郷」『国民文学』
		金鍾漢「合唱について」『国民文学』
		鉄甚平＝金素雲『三韓昔がたり』学習社刊
	５月	張赫宙『わが風土記』赤塚書房刊
	６月	金素雲『石の鐘』東亜書院刊
		青山春風「内鮮鳩」『内鮮一体』～７月
		香山光郎＝李光洙「国語と朝鮮語」『新時代』
	７月	湯浅克衛『半島の朝』三教書院刊
		湯浅克衛「美しき五月も」『文化朝鮮』
		中島敦『光と風と夢』筑摩書房刊
	８月	関口猛夫「満州と北鮮の記」『時局雑誌』
		野上豊一郎・野上弥生子『朝鮮台湾海南諸港』拓南社刊
	９月	土山柴牛「半島青年層と俳句」『緑旗』
		田中英光「半島文壇の新発足について」『京城日報』
		張赫宙『フンブとノルブ』赤塚書房刊
		鉄甚平＝金素雲『恩田木工』天佑書房刊
	10月	本領信治郎「鮮満紀行」『現地報告』
		青木洪「ふるさとの姉」『国民文学』
	11月	鉄甚平＝金素雲『青い葉つぱ』三学書房刊
		尹徳祚『月陰山』河北書房刊
		田中英光「ピンポンを廻つて」『東洋之光』　12月
	12月	豊島与志雄『文学母胎』河出書房刊
		田中英光「海州港にて」『知性』
		金村龍濟＝金龍濟『亜細亜詩集』大同出版社刊
		韓植『高麗村』汎東洋社刊

金聖珉『緑旗聯盟』羽田書店刊
李光洙『有情』金逸善訳，モダン日本社刊
7月 林房雄「朝鮮の精神」『文藝』
李孝石「ほのかな光」『文藝』
兪鎮午「夏」『文藝』
李殷直「ぶらんこ」『芸術科』
島村利正「高麗人」『文学者』～10月
8月 湯浅克衛『青い上衣』昭和書房刊
張赫宙『愛憎の記録』河出書房刊
金達寿「位置」『芸術科』
9月 張赫宙・兪鎮午ほか編『朝鮮文学選集2』赤塚書房刊
10月 鎌原正巳『蒙疆紀行』赤塚書房刊
11月 張赫宙『田園の雷鳴』洛陽書院刊
大澤達雄＝金達寿「をやじ」『芸術科』
12月 金史良『光の中に』小山書店刊
張赫宙・兪鎮午ほか編『朝鮮文学選集3』赤塚書房刊
1941年（昭和16） 1月 浅見淵「朝鮮旅館」『月刊文章』
2月 張赫宙『人間の絆』河出書房刊
張赫宙『沈清伝・春香伝』赤塚書房刊
佐多稲子「朝鮮の巫女」『会館芸術』
4月 桜井章「朴順賢」『記録』
張赫宙『七年の嵐』洛陽書院刊
桝富照子『月鳳里の歌』竹柏会刊
5月 張赫宙『曠野の乙女』南方書院刊
香山光郎＝李光洙『内鮮一体随想録』中央協和会刊
6月 富安風生「半島旅信」『現地報告』
大林清『時代の尖兵』蒼生社刊
張赫宙『美しき抑制』河出書房刊
7月 飯島正・日夏英太郎「君と僕」『映画評論』
津久井竜雄「満鮮の表情」『現地報告』
金素雲編『朝鮮民謡集』新潮社刊
8月 青木洪＝洪鐘羽『耕す人々の群』第一書房刊
宮原惣一＝金聖珉『恵蓮物語』新元社刊
李泰俊『福徳房』モダン日本社刊
9月 杉山元治郎「済州島紀行」『政界往来』
金原健児「半島の作家李泰俊氏」『文芸首都』
赤石沢邦彦『張鼓峰』興亜書房刊
津久井竜雄「朝鮮の印象」『文藝』
10月 張赫宙『白日の路』南方書院刊
三鼓飛泉「春の朝鮮を尋ねて」『同士』
島村利正「草の中」『新潮』

8月　張赫宙『三曲』漢城図書刊
1938年（昭和13）3月　柳宗悦「全羅紀行」『工芸』
4月　張赫宙『春香伝』新潮社刊
6月　青木洪「東京の片隅で」『文芸首都』
金鍾漢「古井戸のある風景」『芸術科』
野上豊一郎『草衣集』相模書房刊
佐藤春夫「半島旅情記」『文藝春秋』
松内則三「朝鮮物語」『大陸』
8月　川上喜久子「木槿咲く国」『文学界』
11月　前田河広一郎『火田』六芸社刊
12月　豊島与志雄「李永泰」『文藝春秋』
則武三雄「北朝鮮」『文藝春秋』
豊島与志雄「在学理由」『日本評論』
1939年（昭和14）1月　村山知義「春香伝」『文学界』
2月　村山知義「黄金の朝鮮」『新風土』
張赫宙『路地』赤塚書房刊
湯浅克衛『莨』赤塚書房刊
3月　張赫宙『痴人浄土』赤塚書房刊
4月　張赫宙『加藤清正』改造社刊
5月　池島信平「半島軍国調」『文藝春秋』
中本たか子『島の挿話』新潮社刊
湯浅克衛『葉山桃子』新潮社刊
金鍾漢「帰路」『芸術科』
金鍾漢「旅情」『芸術科』
6月　小林秀雄「慶州」『文藝春秋』
7月　下島甚三「護路兵」『文学地帯』
8月　小島政二郎「朝鮮紀行」『大洋』
9月　白井髭二「半島人」『文芸首都』
今日出海・村山知義・伊藤整「朝鮮満州を巡りて」『文学界』
10月　弓削幸太郎『朝鮮を訪ふ』竹柏会刊
金史良「光の中に」『文芸首都』
11月　張赫宙『美しき結婚』赤塚書房刊
李殷直「ながれ」『芸術科』
1940年（昭和15）2月　金史良「土城廊」『文芸首都』
申建編訳『朝鮮小説代表作集』教材社刊
3月　井伏鱒二「朝鮮の久遠寺」『新潮』
張赫宙・兪鎮午ほか編『朝鮮文学選集1』赤塚書房刊
4月　金素雲編訳『乳色の雲』河出書房刊
金圻洙『童女像』詩洋社刊
李光洙『嘉実』モダン日本社刊
6月　金史良「天馬」『文藝春秋』

		金龍済「愛する大陸よ」『ナップ』
1932年（昭和７）	４月	張赫宙「餓鬼道」『改造』
		槇村浩「間島パルチザンの歌」『プロレタリア文学』
	９月	安倍能成『青丘雑記』岩波書店刊
	10月	山本実彦『満鮮』改造社刊
1933年（昭和８）	１月	金素雲編訳『朝鮮童謡選』岩波書店刊
	８月	金素雲編訳『朝鮮民謡選』岩波書店刊
1934年（昭和９）	１月	市山盛雄ほか編『朝鮮歌集』朝鮮歌話会刊
	２月	堀田昇一「崔」『文化公論』
	６月	張赫宙『権といふ男』改造社刊
	７月	中島敦「虎狩」『中央公論』※作品名と氏名のみ記載
	10月	島木健作『獄』ナウカ社刊
		穂積重遠「朝鮮再遊記」『文藝春秋』
	11月	鄭遇尚「声」『文学評論』
1935年（昭和10）	１月	市山盛雄編『朝鮮風土歌集』真人社刊
	４月	湯浅克衛「カンナニ」『文学評論』
		湯浅克衛「焔の記録」『改造』
	６月	佐多稲子「一袋の駄菓子」『文藝春秋』
		張赫宙『仁王洞時代』河出書房刊
	７月	島田和夫「北鮮南湖」『社会評論』
	８月	上田広「オンドル夜話」『文学評論』
	11月	李兆鳴「初陣」『文学評論』
	12月	金來成「探偵小説家の殺人」『ぷろふいる』
1936年（昭和11）	１月	阿部知二「冬の宿」『文学界』
	２月	金時昌＝金史良「荷」『佐賀高校文科乙類卒業記念誌』
	４月	湯浅克衛「移民」『改造』
		中西伊之助『支那・満州・朝鮮』実践社刊
	７月	葉山嘉樹「濁流」『中央公論』
		湯浅克衛「莨」『人民文庫』
		泉靖一「五番目の叔父さん」『城大文学』
	８月	李光洙「万爺の死」『改造』
		金聖珉「半島の芸術家たち」『サンデー毎日』
	９月	湯浅克衛「諺文の秋」『若草』
	11月	川上喜久子「滅亡の門」『文学界』
1937年（昭和12）	２月	玄民＝兪鎮午「金講師とＴ教授」『文学案内』
		李孝石「蕎麦の花の頃」『文学案内』
		韓雪野「白い開墾地」『文学案内』
	４月	張赫宙『深淵の人』赤塚書房刊
	６月	丸山薫「朝鮮」『改造』
		鄭人沢「清涼里界隈」『毎日申報』～７月
	７月	湯浅克衛「棗」『中央公論』

	11月	徳田秋声「ファイヤガン」『中央公論』
1924年（大正13）	9月	室生犀星『高麗の花』新潮社刊
		呂圭亨「春香伝」中西伊之助訳，『女性改造』～11月
	11月	細井肇編『朝鮮文学傑作集』奉公会刊
		田山花袋『満鮮の行楽』大阪屋号書店刊
1925年（大正14）	1月	中西伊之助「朴烈君のことなど」『文芸戦線』
	3月	宇野四郎「朝鮮人・台湾人」『文藝春秋』
	7月	土師清二「朝鮮事件覚書」『大衆文芸』
		木村毅『兎と妓生と』新詩壇社刊
	10月	小山内薫「金玉均」『中央公論』
1926年（大正15）	3月	金熙明「異邦哀愁」『文芸戦線』
	6月	中西伊之助『国と人民』平凡社刊
1927年（昭和２）	3月	鄭寅燮『温突夜話』日本書院刊
	9月	越中谷利一「一兵卒の震災手記」『解放』
		金熙明「苔の下を行く」『文芸戦線』
		中野重治「朝鮮の娘たち」『無産者新聞』
	11月	中山正善『鮮満支素見』丹波市町
	12月	赤木麟「京城の顔の点描」『文芸戦線』
1928年（昭和３）	1月	鹿地亘「地獄」『プロレタリア芸術』
	5月	黒島伝治「穴」『文芸戦線』
	9月	金達寿『公僕異聞』東方社刊
	10月	鄭芝溶「馬」『同志社文学』
		難波専太郎『朝鮮風土記』大阪屋号書店刊
	12月	佐多稲子「朝鮮の少女」『驢馬』
		岩藤雪夫「ガトフ・フセグダア」『文芸戦線』
1929年（昭和４）	2月	中野重治「雨の降る品川駅」『改造』
	6月	中島敦「巡査の居る風景」『校友会雑誌』
	7月	金素雲訳『朝鮮民謡集』泰文館刊
	10月	平林たい子「朝鮮人」『文学時代』
	11月	前田河広一郎「セムガ」『改造』
	12月	杉田利久「職を失つた鮮人よ」『文芸戦線』
1930年（昭和５）	1月	藤沢桓夫「傷だらけの歌」『新潮』
	5月	高浜虚子『二三片』ほとゝぎす発行所刊
		志村徹夫「けい子」『前衛芸術』
1931年（昭和６）	3月	藤沢桓夫「芽」『改造』
	7月	崔然『憂鬱の世界』平凡社刊
		李箱「異常の可逆反応」『朝鮮と建築』
	8月	李箱「鳥瞰図」『朝鮮と建築』
	9月	前田河広一郎「朝鮮」『文芸戦線』～12月
		川田順『鵲』改造社刊
	10月	伊藤永之介「万宝山」『改造』

韓流百年の日本語文学——作品年表

1882年（明治15）	6月	桃水野史＝半井桃水翻訳「鶏林情話　春香伝」『朝日新聞』～7月
1886年（明治19）	8月	福沢諭吉「金玉均氏」『時事新報』
1887年（明治20）	10月	植木枝盛『自由詩林』出版人・市原真影
1892年（明治25）	8月	福沢諭吉「朝鮮政略は他国と共にす可らず」『時事新報』
1894年（明治27）	3月	服部図南『小説東学党』岡島宝文館刊
1896年（明治29）	7月	与謝野鉄幹『東西南北』明治書院刊
1902年（明治35）	1月	与謝野鉄幹「開戦」『明星』
	4月	与謝野鉄幹「小刺客」『明星』
1906年（明治39）	3月	木下尚江「朝鮮の復活期」『新紀元』
	4月	小野有香「ああ韓国」『新紀元』
	11月	徳富蘇峰『七十八日遊記』民友社刊
1908年（明治41）	5月	原田譲二「朝鮮行」『秀才文壇』
	10月	山路愛山『愛山文集』隆文館刊
1909年（明治42）	10月	夏目漱石「満韓ところどころ」『朝日新聞』～12月
	12月	李光洙「愛か」『白金学報』
1910年（明治43）	10月	石川啄木「九月の夜の不平」『創作』
1911年（明治44）	6月	高浜虚子「朝鮮」『東京日日新聞』～11月・『大阪毎日新聞』～8月
1912年（明治45）	2月	高浜虚子『朝鮮』実業之日本社刊
1917年（大正6）	7月	高浜虚子『道』新潮社刊
1919年（大正8）	5月	柳宗悦「朝鮮人を想ふ」『読売新聞』
	7月	丹潔「朝鮮飴屋」『黒煙』
	10月	大町桂月『満鮮遊記』大阪屋号書店刊
	12月	谷崎潤一郎『自画像』春陽堂刊
1920年（大正9）	6月	柳宗悦「朝鮮の友に贈る書」『改造』
	10月	柳宗悦「彼の朝鮮紀行」『改造』
1921年（大正10）	6月	石井柏亭『絵の旅』（朝鮮支那の巻）日本評論社出版部刊
1922年（大正11）	1月	柳宗悦「朝鮮とその芸術」『新潮』
	2月	中西伊之助『赭土に芽ぐむもの』改造社刊
	9月	中西伊之助「不逞鮮人」『改造』
1923年（大正12）	2月	中西伊之助『汝等の背後より』改造社刊
		鄭然圭『さすらひの空』宣伝社刊
		鄭然圭『生の悶え』宣伝社刊
	8月	木村毅「兎と妓生と」『大阪毎日新聞』
	10月	内野健児『土墻に描く』耕人社刊

《最初の夫の死ぬ物語》』（翰林書房、2001年）、『技術立国ニッポンの文学』（共著、鼎書房、2003年）、「装置論――図書館　君は暗い図書館の奥にひっそりと生きつづける」（『解釈と鑑賞』別冊、2008年）、『文人たちの短歌　われらの文芸の基は短歌』（共著、勉誠出版、近刊）など。

佐々充昭（さっさ・みつあき）
1964年生。ソウル大学校大学院宗教学科博士課程修了。哲学博士（ソウル大学）。立命館大学文学部教授。朝鮮近現代宗教史・現代韓国文化論。ソウル大学校宗教問題研究所編『宗教と歴史』（共著、ソウル大学校出版会、2006年）、「亡命ディアスポラによる朝鮮ナショナル・アイデンティティの創出――大倧教が大韓民国臨時政府運動に及ぼした影響を中心に」（『朝鮮史研究会論文集』第43集、2005年）など。

橋本正志（はしもと・まさし）
1972年生。立命館大学大学院文学研究科博士後期課程単位取得退学。立命館大学非常勤講師。日本近代文学、日本語教育。『ひたむきな人々――近代小説の情熱家たち』（共編、龜鳴屋、2009年）、「中島敦の教科書編修――旧南洋群島における『公学校国語読本』の第５次編纂について」（『日本語教育』123号、2004年）など。

三谷憲正（みたに・のりまさ）
1952年生。筑波大学大学院博士課程文芸・言語研究科単位取得修了満期退学。佛教大学文学部教授。日本近代文学専攻。『太宰文学の研究』（東京堂出版、1998年）、『オンドルと畳の国』（思文閣出版、2003年）、コレクション・モダン都市文化『花街と芸妓』第22巻（編著、ゆまに書房、2006年）など。

西成彦（にし・まさひこ）
1955年生。東京大学大学院人文科学研究科博士課程中退。立命館大学大学院先端総合学術研究科教授。比較文学・ポーランド文学。『複数の沖縄』（共編著、人文書院、2003年）、『森のゲリラ宮澤賢治』（平凡社ライブラリー、2004年）、『異郷の死――知里幸恵、そのまわり』（共編著、人文書院、2007年）、『エクストラテリトリアル』（作品社、2008年）など。

神谷忠孝（かみや・ただたか）
1937年生。北海道大学大学院文学研究科博士課程修了。文学修士。北海道文教大学外国語学部教授。日本近代文学、植民地・占領地の日本語文学。『南方徴用作家』（共編著、世界思想社、1996年）、『〈外地〉日本語文学論』（共編著、世界思想社、2007年）など。

黄奉模（ファン・ボンモ）
1962年生。関西大学文学研究科博士課程後期修了。文学博士。韓国外国語大学非常勤講師。在日朝鮮人文学、日本プロレタリア文学。『在日同胞文学とデイアスポラ1』（共著、韓国J & C、2008年）、『在日同胞文学とデイアスポラ2』（共著、韓国J & C、2008年）、『在日同胞文学とデイアスポラ3』（共著、韓国J & C、2008年）、『少数集団と少数文学』（共著、韓国月印出版、2005年）など。

花﨑育代（はなざき・いくよ）
1961年生。日本女子大学大学院文学研究科博士課程前期修了。博士（文学日本女子大学）。立命館大学文学部教授。日本近現代文学。『大岡昇平研究』（双文社出版、2003年、第12回やまなし文学賞（研究・評論部門）受賞）、「大岡昇平――俘虜としての戦中戦後」（『国語と国文学』2006年11月）、「三島由紀夫『金閣寺』――鳳凰を夢みた男」（『三島由紀夫研究』⑥、2008年7月など。

平野芳信（ひらの・よしのぶ）
1954年生。関西学院大学大学院文学研究科博士課程後期課程単位取得退学。文学修士。山口大学人文学部教授。日本近現代文学、映像及びサブ・カルチャー。『村上春樹と

瀧本和成（たきもと・かずなり）

1957年生。立命館大学大学院文学研究科博士課程後期課程単位取得。立命館大学文学部教授。日本近現代文学、20世紀初頭の文学・芸術。『森鷗外現代小説の世界』（単著、和泉書院、1995年）、『明治文芸館』Ⅰ～Ⅳ（共編、嵯峨野書院、1999～2004年）、『明治文学史』（共編、晃洋書房、1998年）、『大正文学史』（共編、晃洋書房、2001年）、『森鷗外現代小品集』（編著、晃洋書房、2004年）など。

鄭百秀（チョン・ベクス）

1962年生。東京大学大学院総合文化研究科博士課程修了。学術博士。桜美林大学国際学部・リベラルアーツ学群准教授。比較文学・文化、韓国文学・文化。『韓国近代の植民地体験と二重言語文学』（亜細亜文化社（ソウル）、2000年）、『日・中・韓文学史の反省と模索』（共著、プルン思想社（ソウル）、2004年）、『コロニアリズムの超克——韓国近代文化における脱植民地化への道程』（草風館、2007年）など。

勝村誠（かつむら・まこと）

1957年生。中央大学大学院法学研究科博士後期課程単位取得退学。法学修士。立命館大学政策科学部教授。日本政治史、北東アジアの社会運動史・地域史。「大正・昭和期の朝鮮——中西伊之助」（『社会文学』第29号、2009年）、洪淳権「1910～20年代釜山府協議会の構成と地方政治（1）・（2）」（翻訳、『政策科学』第16巻第1号・2号、2008年・2009年）、「『人民戦線』と中西伊之助」（『『人民戦線』解題・総目次・索引』、不二出版、2006年）など。

木村一信（きむら・かずあき）★

1946年生。関西学院大学大学院文学研究科博士課程単位取得退学。博士（文学立命館大学）。立命館大学文学部教授。日本近現代文学、外地日本語文学論。『中島敦論』（双文社出版、1986年）、『もうひとつの文学史——「戦争」へのまなざし』（増進会出版社、1996年）、『昭和作家の〈南洋行〉』（世界思想社、2004年）、『不安に生きる文学誌』（双文社出版、2008年）など。

許昊（フ・ホオ）

1954年生。筑波大学大学院、梅光学院大学博士課程修了。文学博士。水原大学校日本語学科教授。日本近代文学。韓国日本近代文学会会長。『三島由紀夫の文学における両性対立の構図』（J & C、2005年）、『日本文学と女性』（共著、J & C、2006年）、『日本近代文学と恋愛』（共著、J & C、2008年）、翻訳に中上建次『枯木灘』（文学トンネ、2001年）、三島由紀夫『金閣寺』（ウンジン、2002年）、太宰治『人間失格』（ウンジン、2002年）、大岡昇平『俘虜記』（文学トンネ、2009年）など。

執筆者略歴

（★印は編著）

崔 在 喆（チエ・ゼチォル）★

1952年生。東京大学大学院人文科学研究科博士課程修了。韓国外国語大学校教授。比較文学比較文化、日本近現代文学。『日本文学の理解』（民音社、1995年）、『中国文学と日本文学』（共著、熊進出版、1998年）、「森鷗外における韓国」（『講座森鷗外』第1巻、新曜社、1997年）、「彷徨する青春——『三四郎』を読む」（『国文学解釈と鑑賞』至文堂、1997年6月）、『日本近現代文学と恋愛』（共著、J & C、2008年）、『日本近代文学研究と批評』第1-5号（共編著、韓国日本近代文学会、2002-2006）など。

金 泰 俊（キム・テジュン）

1939年生。東国大学校大学院修了。博士（文学東京大学）。東国大学校名誉教授。韓国文学、東アジア比較文学。『虚学から実学へ——18世紀朝鮮知識人洪大容の北京旅行』（東京大大学出版会、1988年）、『韓国文学の東アジア的視角』1-3（集文堂、1999～2004年）、『文学地理——韓国人の心象空間』1-3（共編著、論衡、2005年）、『日本文学に現れた韓国・韓国人像』（共著、東国大学校出版部、2004年）、加藤周一『日本文学史序説』（共訳、1995～1996年、時事日本語社）など。

尹 大 石（ユン・デソク）

1970年生。ソウル大学大学院国語国文学科博士課程修了。文学博士（ソウル大学）。明知大学国語国文学科助教授。韓国近現代文学、植民地言説。『植民地国民文学論』（亦樂、2006年、ハングル）、『近代を読み直す』（共編著、歴史批評社、2006年、ハングル）、『揺れる言葉』（共著、城均館大学出版部、2008年、ハングル）、翻訳に『国民国家論の射程』（西川長夫）、『聴衆の誕生』（渡辺裕）、『公共性』（齋藤純一）など。

孫 順 玉（ソン・シュンオク）

1948年生。韓国外国語大学大学院日文学科博士課程修了。文学博士。東京大学客員研究員。（韓国）中央大学外国語学部日語学科教授。日本近代文学。『正岡子規の詩歌と絵画』（中央大学校出版部、1995年）、「虞美人草」論——道徳の問題を中心として」（『解釈と鑑賞』至文堂、1997年）、『子規選集13子規の現在』（共著、増進会出版社、2002年）、『朝鮮通信使と千代女の俳句』（ハンヌリメディア、2006年）、『石川啄木詩選』（訳、民音社、1998年）など。

韓流百年の日本語文学

二〇〇九年一〇月一〇日　初版印刷
二〇〇九年一〇月二〇日　初版発行

編　者　木村一信／崔在喆

発行者　渡辺博史
発行所　人文書院
〒612-8447　京都市伏見区竹田西内畑町九
電話〇七五（六〇三）一三四四　振替〇一〇〇〇・八・一一〇三

印刷　創栄図書印刷株式会社
製本　坂井製本所

ISBN978-4-409-16093-0 C1095

http://www.jimbunshoin.co.jp/